트로야의 빌라

Vila v Tróji

Collection of Czech Literary Classics

Selection © Jaroslav Olša, jr.
Korean Translation © Seonbi Yu, Jeongin Lee, Bora Chung

Original titles of published works:
- Jaroslav Hašek: Lidská ješitnost
- Jaroslav Hašek: Přátelský zápas mezi Tillingen a Höchstadt
- Jaroslav Hašek: Po stopách státní policie v Praze
- Ivan Klíma: Vila v Tróji
- Karel Čapek: Šlépěj
- Jakub Arbes: Newtonův mozek
- Jan Neruda: Týden v tichém domě

• The publication of this book was supported by the Embassy of Czech Republic in Seoul.
• 이 책은 주한 체코 공화국 대사관의 지원을 받아 출간되었습니다.

VELVYSLANECTVÍ ČESKÉ REPUBLIKY
주한 체코 공화국 대사관
EMBASSY OF THE CZECH REPUBLIC

www.mzv.cz/seoul

트로야의 빌라

초판 1쇄 펴낸 날 / 2012년 12월 17일

지은이 • 야로슬라프 하세크, 얀 네루다 외 │ 옮긴이 • 유선비, 이정인, 정보라 │ 펴낸이 • 임형욱
편집장 • 정성민 │ 디자인 • AM │ 영업 • 이다윗
펴낸곳 • 행복한책읽기 │ 주소 • 서울시 중구 필동3가 15 문화빌딩 403호
전화 • 02-2277-9216,7 │ 팩스 • 02-2277-8283 │ E-mail • happysf@naver.com
필름출력 • 신화출력 │ 인쇄 제본 • 동양인쇄주식회사 │ 배본처 • 뱅크북
등록 • 2001년 2월 5일 제2-3258호 │ ISBN 978-89-89571-80-3 03890 값 • 12,000원

트로야의 빌라

Vila v Tróji

야로슬라프 하세크 · 얀 네루다 외 지음
신상일, 유선비, 이정인 옮김

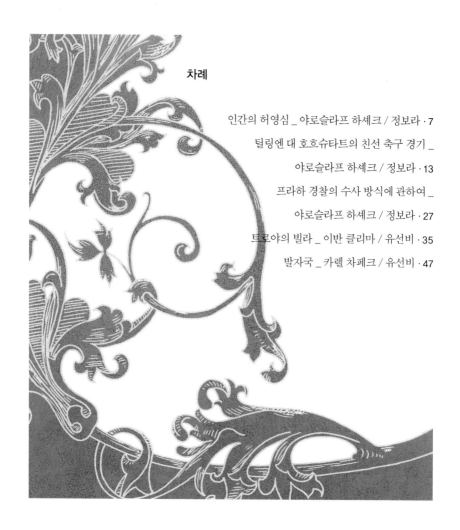

차례

야로슬라프 하셰크_ Jaroslav Hašek

인간의 허영심

Lidská ješitnost

　　지역 신문 기자로 일하면서 나는 인간이 얼마나 허영심으로 가득한 동물인가에 대해 깨달을 경탄할 만한 기회들을 몇 차례 맞이하게 되었다.

　　내가 어느 날 우연히 쓴 기사에 따르면, 스미호프 출신의 바츨라프 스트란스키라는 신사가 킨스키 대로에 있는 한 술집에서 너무나 퍼마신 나머지 대단히 많은 구경꾼들이 지켜보는 가운데 영업장에서 쫓겨나고 말았으며, 그 소동 중에 그의 모자가 찌그러졌다. 그런데 그 다음날 바츨라프 스트란스키 씨는 대단히 흥분한 상태로 신문사 사무실에 나타나서는 나에게 기사를 정정해 줄 것을 요구하였다. 그에 따르면 찌그러진 것은 그의 톱해트[1]였지 아무 데서나 파는 그저 그런 싸구려 모자가 아니었다는 것이다.

1) Top hat, 둥글고 넓은 테 위에 원기둥 모양으로 솟은 신사용 모자.

며칠 후에 또 다른 소동이 벌어졌는데 이번 사건의 원인은 슬라비 씨가 운영하는 돼지고기 정육점의 화재가 어떻게 진압되었는지를 묘사한 기사 때문이었다.

나는 소시지 안에 넣은 밀가루가 초자연적인 힘으로 불꽃을 뿜으며 타올랐기 때문에 이 화재는 진실로 위험한 사건이었다고 썼다. 순전히 독자를 즐겁게 해주겠다는 좋은 의도에서였다. 왜냐하면 나는 절대로 지루한 기사를 쓰지 않는 것이야말로 지역 신문 기자의 신성한 의무라고 믿었기 때문이다.

다음날, 세 사람이 신문사로 찾아왔다. 돼지 도축업자인 슬라비 씨와 그의 아버지와 할아버지였다.

세 사람 중에서 가장 호전적인 인물은 가장 나이 드신 어르신이었는데, 사정 봐주지 말고 나에게 한 방 먹이라고 아들과 손자를 계속 부추겼다. 반면에 손자는 감성이 가득한 목소리로 말했다.

"우리 소시지를 한 번이라도 드셔 보셨더라면!"

그리고 슬라비 씨의 아버지는 줄곧 내가 자신들의 사업을 망쳤다고 울부짖었다.

상황이 점점 고조되어 결정적인 단계에 도달할 무렵에 편집장이 나타났다. 나는 이제 그만 사라지는 것이 전략적으로 가장 현명한 행동이라고 판단하고 그들에게 책임자인 편집장에게 가서 이야기하라고 더듬거리며 말했다.

'책임자'라는 낱말은 내 입에서 나오자마자 방문객들에게 마술 같은 효과를 불러일으켜서, 세 사람은 마치 강아지를 못살게 구는 아이들처럼 편집장을 이리

저리 잡아당기기 시작했다. 그들은 가까스로 빠져나가는 편집장을 따라 인쇄실까지 쫓아 들어갔으며, 편집장이 가장 작은 방에 들어가서 입구를 막아버리자 문을 쾅쾅 두드리며 마치 전염병 유행기의 폭도들처럼 문을 부수고 안으로 들어가려고 했다. 가장 야만적으로 행동한 것은 역시나 할아버지였다. 그는 문을 발로 차며 이렇게 으르렁 외쳐댔다.

"밀가루가 가득 든 소시지를 뱃속에 잔뜩 쑤셔 넣어 줄 테다!"

편집장이 새된 목소리로 고함쳤다.

"여러분, 그건 제 잘못이 아닙니다. 우리는 경찰에게서 이야기를 들었고 기사는 제가 모르는 사이에 인쇄돼서 나간 겁니다."

사무실에서 누군가 제대로 신경 쓰거나 주의를 기울이지 않아서 벌어지는 일 때문에 편집장이 대중에게 얼마나 자주, 얼마나 혹독하게 비난을 받는지 독자 여러분은 모두 아시리라 생각한다. 그리고 이 세 사람은 멕시코 법정의 배심원보다 더 심하게 행동하고 있었다.

인쇄공들이 위층으로 달려왔을 때에야 간신히 이 푸주한 일가족을 강제로 건물 밖으로 쫓아낼 수 있었다. 그러자 그들은 곧장 경찰에게 따지러 갔다.

얼마 뒤, 골절된 다리와 자살과 사나운 고양이들에 대한 이런저런 이야기와 어딘가에서 전차가 충돌한 사건과 무슨 절도사건 등을 확인하러 경찰서에 들렀을 때 서장은 내게 앞으로는 불꽃을 뿜으며 타오르는 밀가루 소시지를 만드는 돼지 도축업자들과는 더 이상 부딪치지 않도록 조심해 달라고 요청했다.

푸주한 가족은 정치적으로 우리 신문의 적수인 한 일간지에 도움을 청했고,

이 사건의 후기는 그 일간지에 실리게 되었다. 그들은 우리가 지지하는 정당의 무역 정책이 파산에 이르렀다는 선정적인 기사로 우리를 공격했다. 기사 전체에 담긴 대단히 높은 도덕적 관점에 따르면 우리는 큰 회사에 매수된 하인들이며 소상공업자를 밟아 뭉개려 한다는 것이었다. 우리 정당이 지상에서 흔적도 남기지 않고 깡그리 사라지는 날이 언젠가 오고야 말 것이라고 그 기사는 결론지었다.

나는 앞으로 지역 소식을 이전처럼 화려한 방식으로 보도하지 않고 건조하고 정확하게 객관적으로 다루겠다고 결심했다. 그래서 이렇게 썼다.

"어제 저녁 다섯 시에 장식장 제조업자인 얀 키셀라는 쥐쥬코프 거리 612번지에 있는 작업장에서 그의 아내 마리아(결혼 전 성은 포르토바)와 언쟁을 벌이다가 쇠막대로 아내의 머리를 때려 키셀라 부인은 구급차로 병원에 실려 갔다. 이 사건 때문에 많은 구경꾼들이 몰려들었다."

다음날 신문사에 들어섰을 때, 안내원이 계단에서 걱정스러운 표정으로 나를 맞이하며 사무실에서 남자 두 명이 나를 기다리고 있다고 말했다. 그들은 자리에 앉아 있었고 한 명은 손에 커다랗고 굵은 몽둥이를 들고 있었다.

아무런 서론도 없이 그 남자가 성난 목소리로 내게 말했다.

"기자 양반, 이게 쇠막대기요?"

여기서 나는 양보할 수밖에 없었다. 나는 아니라고, 그가 옳다고 선언했다. 그것은 절대로 쇠막대는 아니었다.

남자는 좀 더 진정된 말투로 말했다.

"그러니까 이제 아시겠죠? 저는 그저 이 나무 조각으로 아내의 머리를 때렸을 뿐입니다."

그리고 남자는 자신이 쇠막대로 아내를 때리는 잔혹한 짓은 절대로 할 수 없을 것이라고 진심을 담아 말했다. 게다가 장식장을 만드는 그가 뭐하러 작업장에 쇠막대기를 두고 있겠는가? 어떻게든 쇠막대기 같은 걸 찾아낼 무렵에는 분노가 벌써 가라앉았을 것이다.

그러므로 내가 정의를 위하여 기사를 정정한 것은 그저 유쾌하게 내 맡은 바 임무를 다 하는 행위였을 뿐이다. 나는 이렇게 썼다.

"쥐쥐코프의 장식장 제조업자인 얀 키셀라가 쇠막대로 아내의 머리를 때렸다는 기사는 사실이 아니다. 키셀라 씨는 어제 길이 2미터 40센티미터의 나무 몽둥이를 들고 우리 사무실을 방문하여 자신은 오로지 그 도구만을 사용하여 아내의 머리를 때렸으며 절대로 쇠막대는 사용하지 않았음을 밝혔다."

대중 앞에서 이렇게 확실하게 정당성을 입증 받은 키셀라 씨가 바로 그 몽둥이를 들고 사무실로 다시 찾아와서 내 머리를 때릴 것이라고는 예상하지 못했다. 그는 나 때문에 이 사건이 지나치게 주목을 받게 되었기 때문에 이런 식으로 행동할 수밖에 없다고 설명했다. 물론 그렇다. 이것이 인간이라는 종의 허영심이다!

한번은 난쟁이 알폰소가 매니저인 마싸리니 씨를 대동하고 신문사를 방문한 적이 있다. 그때 그는 프라하에서 입장료 40할레르쥬[2]를 받고 공연 중이었다.

---

2) haléř, 체코의 돈 단위. 100할레르쥬가 1코루나koruna이다.

난쟁이 알폰소에 대하여 나는 입장료를 지불한 관객들이 더없이 즐겁게 구경할 수 있는 지상에서 가장 흉칙한 괴물이라는 내용으로 대단히 흥미로운 기사를 썼다. 그의 매니저는 누군가에게 이 기사의 번역을 맡겼는데 그 결과 오해가 생겼다. 매니저 마싸리니 씨는 내가 묘사한 흉칙한 괴물이 바로 자신이라고 생각했던 것이다.

그래서 그는 자신의 남성적 아름다움을 이러한 박수갈채 속에서 지켜 낼 기회가 생긴 것을 기뻐하며, 권총으로 나를 세 번 쏘았다.

그의 총알 하나가 내 어깨를 망가뜨렸기 때문에 그날 이후로 나는 더 이상 기사를 쓸 수 없게 되었다. 분명 우리 신문의 모든 독자들은 이 일을 대단히 기뻐할 것이다.

야로슬라프 하셰크_ Jaroslav Hašek

틸링엔 대 호흐슈타트의 친선 축구 경기

Přátelský zápas mezi Tillingen a Höchstadt

바바리아의 도시인 틸링엔과 도나우 강변의 호흐슈타트 사이에는 적의가 넘쳐흘렀다. 중세 시대에 틸링엔 주민들은 봇짐에 인화성 물질을 가득 채워서 호흐슈타트로 향했고, 그러면 호흐슈타트는 잿더미만 남게 되기를 몇 번이고 반복했다. 가끔은 호흐슈타트 주민들도 틸링엔 사람들을 쫓을 때가 있었는데, 그럴 때면 두 도시를 연결하는 40킬로미터나 되는 길을 쏜살같이 달리고는 했다. 호흐슈타트의 경계선을 벗어나 틸링엔으로 향하는 10킬로미터 거리의 거친 오솔길은 지금도 '목 매달린 틸링엔 사람들의 길'이라고 불린다.

틸링엔 주민들은 호흐슈타트 주민들과는 달리 포로로 잡힌 이웃 도시 사람들을 도나우 강에 던져 빠뜨려 죽였다. 어느 날은 호흐슈타트 시 위원회의 참사의원 한 명을 붙잡았는데, 그 시의원의 몸을 네 조각으로 잘라서 그중 하나를 특별히 임명한 사절을 통해 호흐슈타트 시에 보냈다. 틸링엔의 사절은 자신이 외교적으로 면책특권이 있다고 항의했으나, 호흐슈타트 주민들은 즉각 그를 성채 담벽에 목매달아 버렸다.

이런 일들이 계속 이어졌으나 마침내 시대가 변하여 도시들은 이와 비슷한 놀이나 여흥을 누릴 권리를 빼앗겼고, 현재의 시대는 사람들의 격렬한 심성을 부드럽게 길들였으며 주먹싸움은 선술집인 '수호천사'에서만 벌이는 것으로 한정시켰다. 이 선술집은 호흐슈타트에서 20킬로미터, 틸링엔에서도 20킬로미터 떨어진 곳에 있었다. 그곳은 적대적인 양쪽 영토의 경계였다.

매주 일요일과 명절 때마다 양쪽 도시의 시민들은 싸움을 하기 위해 이곳으로 모였다. 시민들은 올 때는 걸어서 왔으나 집에 갈 때에는 머리가 깨지고 갈비뼈가 부러진 채로 퇴비 수레에 실려 가야만 했는데, 그러면서도 그들은 모든 일이 이토록 잘 풀렸다고 대단히 만족해했다.

양쪽 도시 모두 '백 주년 기념 전투'에서 자기 도시의 우월성을 지키려고 충실하게 노력했다. 수호천사에서 벌어지는 이들의 싸움은, 100년 전에 틸링엔 사람들이 불타는 횃불을 들고 호흐슈타트 성벽에 사다리를 대어 기어오르고 호흐슈타트의 수호자들이 50킬로그램짜리 몽둥이를 휘둘러 이들을 해자로 떨어뜨리던 그 시절과 똑같이 완강한 성격을 띠었기 때문이다. 그들은 호흐슈타트 사람들이 통나무로 틸링엔의 성문을 부수고, 틸링엔 사람들이 호흐슈타트 사람들의 머리 위로 끓는 타르를 붓던 그때와 똑같이 사납고도 고집스럽게 싸웠다.

둘 중 어느 한쪽이 결정적인 승리를 구가한 적은 한 번도 없었는데, 그러던 어느 날 지역 정부에서 호흐슈타트를 틸링엔에 넘겨주어 버렸다. 호흐슈타트의 행정기구는 폐지되었고 도시는 틸링엔 구역에 복속되었다. 호흐슈타트에는 '하급 법원'만 남게 되었고, '지방 법원'은 틸링엔에 있었다. 호흐슈타트에서는 자기 시민들을 조사할 수만 있을 뿐 재판을 받으려면 틸링엔으로 보내야만 했고, 그곳에서는 호흐슈타트 출신들에게 엄격하고 자비 없는 판결을 내렸다. 호흐슈타트 사람들은 틸링엔으로 징집되어 군복무를 해야 했고, 모든 의무적인 사안에서 우선권은 항상 틸링엔이 차지했으며 그 다음에야 호흐슈타트 차례가 왔다. 이렇게 호흐슈타트 사람들은 모든 면에서 패배했고 모욕을 당했으며 짓밟혔다. 그러던 어느 일요일, 수호천사에서 호흐슈타트 사람들이 틸링엔 사람들을 '제대로 털어 버리는 일'이 일어나자 그 다음 일요일부터 그곳에 틸링엔 지역을 관할하는 엄청난 수의 헌병들이 배치되었고, 호흐슈타트 사람들은 더 이상 틸링엔 사람들의 호의를 제대로 갚아줄 수가 없게 되었다.

그때부터 적대적인 두 이웃은 군복무를 해야 할 경우의 우연한 기회에만 마주치게 되었다. 호흐슈타트의 막사는 사방으로 적군의 파도에 둘러싸여 그들의 월등한 힘 앞에 고개를 숙였고, 집에 돌아온 호흐슈타트 사람들은 이러한 상황에서 저항하는 것은 쓸데없는 일이라고 말했으며 가족은 이들을 겁쟁이라고 생각했다. 그리고 이제 호흐슈타트 사람들이 치욕적인 오점을 다시는 씻지 못할 것처럼 보이게 된 그때, 남부 독일에 '축구'라는 것이 도입되는 새 시대가 열렸다.

틸링엔 팀은 처음부터 호흐슈타트 팀의 기세에 눌려 상대도 되지 못했다.

호흐슈타트의 공격수들은 모두를 놀라게 했다. 그들은 마치 자신의 선조들이 도망치는 틸링엔 사람들을 쫓아 성문 밖으로 달려갈 때처럼 날렵하게 공을 쫓았다. 적들의 골대 앞에서 그들은 언젠가 선조들의 통나무가 틸링엔 시의 성문을 부수던 때와 똑같이 억누를 수 없는 힘으로 공을 차 넣었다. 호흐슈타트 팀은 중앙수비수와 미드필더, 측면공격수 등 선수 전원이 무시무시한 팀워크와 단결력으로 적들의 골대로 향하는 길을 가로막는 살아 있는 장벽들을 뛰어넘었다. 한번은 만하이머 팀과의 경기에서 상대의 골대 안으로 공과 함께 자기편의 최종수비수를 같이 차 넣은 적도 있었는데, 최종수비수가 어떻게 거기까지 뚫고 들어갔는지 아무도 알 수 없었다.

그들의 공격은 괴물과도 같았다. 그들이 골대 안에 차 넣은 공은 골키퍼를 쓰러뜨리고, 그물을 뚫고 나가 관객 한 명의 귀를 찢고, 경기장 근처에서 어슬렁거리고 있던 개를 죽이고, 그곳을 지나가던 행인의 다리를 부러뜨렸다. 이것은 그저 한 예일 뿐이다.

두 번째 예를 들자면 호흐슈타트와 잉골슈타트의 경기에서 호흐슈타트가 넣은 골 때문에 희생자가 둘이나 발생했다. 골키퍼와 공이 함께 혼이 빠져나간 것이다. 새로운 골키퍼가 들어오고 새 공을 가져올 때까지 경기를 십 분간 중단시켜야 했다.

경기장에서 돌아오면서 호흐슈타트 선수들은 자랑스럽게 승전가를 불러 젖혔다.

아가씨야 내게 입 맞추어라 나는 호흐슈타트의 선수다,
누가 우리 팀만큼 골을 잘 넣을 수 있겠는가?

골리아, 골리아, 만세!

스포츠 기사에서는 그들의 경기를 전례 없이 완강하다고 표현했으며 레겐스부르크 지역 신문에서는 최근 경기에 대해 보도하면서 이것은 축구가 아니라 인류멸망의 날이라고 썼다. 다른 신문에서는 호흐슈타트와 링엘스하임 팀의 만남은 베르덴 학살[1]을 연상시킨다고 했다.

가을 시즌에 녹색과 연푸른색으로 상징되는 호흐슈타트 팀은 다음과 같은 전승을 자랑할 수 있었다. 부러진 다리가 28쌍, 부서진 갈비뼈가 49개, 삐거나 부러진 팔이 13쌍, 부러진 코가 52개, 부서진 어깨뼈가 16개, 찢어진 미간이 19개, 배를 때려 상대편이 제 구실을 할 수 없게 한 경우가 32건, 빠진 치아가 48개였다. 여기에 가을 시즌 전체에 호흐슈타트 팀이 넣은 골이 280개였는데 허용한 골은 겨우 6개였음을 덧붙인다면 이처럼 적극적으로 경기를 펼친 결과는 가히 놀랍다 하지 않을 수 없을 것이다.

이런 성공을 안겨준 상대팀들의 소식지는 호흐슈타트 팀의 가장 뛰어난 선수들에 대해 이렇게 썼다. "프리드만은 이번 경기에서 운이 좋지 않았다. 상대 선수 두 명의 다리를 부러뜨렸을 뿐이고, 골키퍼의 무릎은 미처 차지 못했기 때문이다."

남부 독일의 모든 팀이 호흐슈타트에게 졌다. 그리고 호흐슈타트에서 북부의

1) Blutgericht von Verden: 8세기에 샤를마뉴 대제가 기독교 개종에 저항하는 색슨족 포로 4,500명을 학살한 사건.

알토나 팀을 초청해 친선 경기를 벌였을 때는 알토나 팀 전체에서 골키퍼 혼자만이 머리를 붕대로 싸맨 채 집으로 돌아갔고 나머지 선수들은 후보선수까지 모두 호흐슈타트 병원에 남아 있어야 했다.

여기서 의문이 드는 점은 흰색과 노란색을 상징색으로 삼는 틸링엔 팀에서는 이것을 가만히 지켜보기만 할 수 있었는가 하는 점이다. 틸링엔도 절대로 떨어지는 팀이라고는 할 수 없었다. 그들도 똑같이 활기차게 경기에 임했고 상대 선수의 정강이나 무릎에 입히는 부상도 호흐슈타트만큼 정확하고 위험했다. 배를 향한 공격도 대단히 강력해서 틸링엔 주민들의 열화와 같은 환호성을 받았다. 그러나, 틸링엔은 매번 경기할 때마다 졌다.

여기서 그들은 한 가지 발상을 떠올렸다. 틸링엔 팀은 뮌헨에 있던 영국인 트레이너 베른스를 초청했다. 베른스는 그들에게 우아하게 경기하는 법, 성공적으로 공을 모는 법과 패스하는 법을 가르치며 아침부터 저녁까지 선수들 곁을 떠나지 않다가 마침내 이렇게 말했다.

"라이프찌히 팀을 부릅시다!"

그래서 불렀고, 4대 2로 졌다.

베른스가 말했다.

"괜찮아요. 세 번만 더 이렇게 하고 나면 틸링엔 팀은 세상에 무서울 게 없을 겁니다."

그래서 틸링엔 선수들은 다시 땀 흘려 훈련하며 우아하게 경기하고 패스하는 기술을 익혔다. 선수 개인의 역량은 상관이 없었으며 모든 기술의 중점은 팀워크였다.

　그런 뒤에 그들은 일급 팀인 프러시아를 초청하여 2대 1로 졌다. 그 뒤에는 뛰어난 팀인 뮐하우젠 일구일이와 겨루어 무승부가 되었고 트레이너 베른스는 이제 그들과 어깨를 나란히 할 팀을 찾기 힘들 것이라고 말했다. 라이프찌히 팀과의 답방경기는 라이프찌히의 참패로 끝났다! 틸링엔은 다섯 골을 넣었는데 라이프찌히는 단지 한 골만을, 그것도 페널티 킥으로 넣었다.

　호흐슈타트 팀은 틸링엔이 라이프찌히를 상대로 거둔 자랑스러운 승리에 대해 읽고서 선수 전원이 낯빛이 초록색이 되도록 악의에 차올랐다.

　흰색과 노란색의 틸링엔 팀이 승리를 거둔 후에 종합 스포츠 신문에서 남부 독일에서는 더 이상 진지하게 겨룰 만한 상대가 없으며 그들의 경기는 상대편마저도 기쁨에 들뜨게 만들었다는 기사를 읽었을 때, 호흐슈타트 선수들은 오래전 언제인가 틸링엔 사람들이 호흐슈타트를 점령하여 밑바닥까지 전부 노략질했을 때 선조들이 느꼈던 것과 대략 같은 감정을 느꼈다.

　보도 중에서 특히 다음과 같은 표현이 그들에게 더욱 거센 분노를 불러 일으켰다.

　"틸링엔 팀의 빛나는 승리" "틸링엔 팀 골키퍼의 헌신" "포워드의 완벽한 공격" "라이프찌히 팀 골대를 폭풍의 불길로 휩쓸어" "우측공격수의 흠잡을 데 없는 드리블"

　"내가 이 자식을 드리블해 주지!"

　공격수인 토마스가 음울하게 논평했다.

"더 이상 아무 데서도 경기를 할 수 없을 거야, 하늘의 천국 문 앞이라면 모를까."

"그리고 나는 틸링엔 수비수들은 샐러드로, 골키퍼는 절인 양배추로 만들어 줄거야."

호호슈타트의 좌측공격수가 확신에 찬 목소리로 내뱉었다.

그들은 선수 대기실에 앉아 있었고 대화는 잠시 끊어졌다. 다들 누군가 상황을 정리하고 그들의 마음을 가볍게 해줄 말을 하기만을 기다리고 있었다.

그리고 실제로 누군가 입을 열었다. 팀의 매니저였다.

"그들과 친선 경기를 하자. 여기로 초청하고, 우리 지역 잡지에다 기사를 내면 될 거야. 답방 경기는 없을 거다, 틸링엔 팀은 여기서 우리와 치르는 경기가 마지막이 될 테니까. 상대편 단 한 명의 선수라도 제 구실을 못하게 망가뜨리지 못하는 사람은 팀에서 제명한다. 그리고 일하는 곳에서 해고되도록 구단주가 압력을 넣을 거야. 그런 뒤에 골대 그물에 묶어두고 우리 모두 돌아가면서 골을 넣을 거라고."

지역 신문들은 즉각 호호슈타트 팀의 주문에 따라 칼럼을 연재하여 틸링엔 팀을 이 도시의 격정적인 그라운드로 유혹하기 시작했다.

특히 교묘하게 쓰인 것은 "남부 독일 최고의 팀"이라는 기사였다. 이 기사에서는 틸링엔이 최근에 거둔 승리에 대해 응당한 치하를 하며 팀의 경기와 그 결과를 찬양했다. 기사에 따르면 호호슈타트 팀도 그 나름대로 빛나는 승리를 몇 번이나 거두었으니 호호슈타트와 틸링엔 중에서 어느 팀이 더 강한가, 라는 논쟁의 여지가 있는 질문에 답을 하기 위해서는 양쪽이 친선 경기에서 맞붙을 수밖에 없으며 이 경기에서는 양측 모두 두 도시에서 있었던, 이제는 전설의 영역으로 흘러가버린 일들에 대해서는 전부 잊어버려야 한다고 했다. 이 기사에 따르면 축구는 국제적인 경기로 지역적인 이해관계는 전혀, 아무런 중요성도 없다. 축구 경기에 승리를 가져다주는 것은 용병의 거친 육체적 힘이 아니라 경기 안에서 자신의 용기와 선수로서의 성숙함을 보여주는 순수한 스포츠맨의 정신이다. 틸링엔 팀이 호흐슈타트를 방문한다면 분명 두 도시 사이에 있었던 역사적인 모든 오해가 영원히 풀릴 것이다.

이와 약간 비슷하게 호흐슈타트 주민들은 수백 년 전에 틸링엔의 영주에게 편지를 보냈다. 그 편지에서 호흐슈타트 주민들은 호흐슈타트와 틸링엔 영토 사이의 경계를 결정하기 위해 한 번만 방문하는 영광을 주십사 정중하게 청하였으며 영주가 혹시나 위험을 느끼지 않도록 신변보호 보증서를 보냈다.

틸링엔의 영주가 도착하자 호흐슈타트 주민들은 실제로 영주에게 아무 짓도 하지 않았으며 모든 예민한 문제에 대하여 영주와 합리적으로 논의하였다. 다만 그 와중에 틸링엔의 영주가 너무나 흥분하여 평정을 잃는 바람에 호흐슈타트 시민들은 진정시키기 위하여 영주를 목매달 수밖에 없었다. 그렇게 영주는 신변보호 보증서를 손에 쥔 채 성벽에 매달려 흔들리게 되었다.

모르겐블라트 신문의 편집장이 틸링엔 사람들의 의심을 결정적으로 잠재우기 위해 쓴 다른 기사의 내용은 이러하였다.

"틸링엔 팀이 호흐슈타트의 경기장에 나서준다면 그 경기는 봄 시즌의 절정을 이룰 뿐 아니라 두 도시 사이의 형제애를 나타내는 상징이 될 것이다. 옛일은 모두 잊힐 것이다. 녹색과 연푸른색 경기복을 입은 선수들이 흰색과 노란색을 입은 선수들에게 손을 내밀고 그 맞잡은 손을 격정적으로 자신의 심장에 가져다 댈 것이다. 편집부에서 입수한 정보에 의하면 다음 주에 틸링엔으로 우리 호흐슈타트 팀 대표를 보내 양 팀의 경기에 대해 최종 결정을 내릴 것이라 한다. 팀 관계자들에 따르면 틸링엔 팀은 신사적인 우리 선수들뿐만 아니라 스포츠를 사랑하는 모든 시민들로부터 따뜻한 환대를 받을 것이다. 시민들은 양 팀의 만남을 즐거운 마음으로 고대하고 있으며 양 팀이 최선을 다해 그 영광스러운 전통에 걸맞은 최상의 경기를 보여줄 것을 확신한다. 양 팀의 최종적인 위계에 대해서는 당연히 경기가 끝난 뒤에나 말할 수 있을 것이다."

"이거 봐, 우리가 스포츠 세계에서 성공을 거두고 있어."

틸링엔 팀에서는 자기들에 대해 기사가 난 것을 보고 이렇게들 말했다.

"작년까지만 해도 우리에 대해서 아무도 몰랐는데 이제는 호흐슈타트 사람들까지도 칭찬을 퍼붓잖아. 우리가 세상에서 가장 실력이 나쁜 팀이라고 하면서 축구는 그만두고 자치기나 하라고 조언했던 게 아직 14개월도 채 되지 않았는데. 좋아, 우리에게 교훈을 얻고 싶다면 얻게 해 주지. 가서 밟아주자! 이 기사에서는 호흐슈타트도 자기 나름대로 빛나는 승리를 거두었다는군. 불쌍한 거짓말쟁이들 같으니라고! 그들과 경기를 했던 건 잉골슈타트, 레겐스부르그, 트루텐스도르프와 카이헨탈이었어. 유명한 바보들이지, 머리를 써서 경기를 한다는 게 어떤 건지 꿈도 꾸지 못해. 저들이 생각하는 최상의 조합은 상대방을 사방에서 옥죄어

22

짓밟아주는 거야. 저들은 공이 아니라 선수를 찬단 말이야."

"예전엔 우리도 그렇게 했었어."

우측공격수가 한숨을 쉬었다.

"사실 그때가 좋은 시절이었지. 내가 울메르브뤼더 팀의 공격수를 때려눕힌 거 기억해? 그 친구 등뼈를 으깨고 뒤통수를 깨뜨리고 왼쪽 다리를 부러뜨렸지. 그것도 전부 한 방에."

"팀 비용으로 그를 묻어줬지."

매니저가 쏘아붙였다.

"자네 공격 때문에 우리 돈이 2천 마르크나 깨졌다고. 망가진 공이랑 같이 관에 넣어 주자는 자네의 멍청한 생각 때문이었잖아."

"대신 우리는 경기를 이겼고 표 값은 어차피 환불이 안 되는 거였다고요."

우측공격수가 자신을 정당화하기 위해 말했다.

"당연히 우리는 호호슈타트를 이길 거야."

팀의 주장이 장엄하게 외쳤다.

"패스의 섬세함과 기술로 이길 거라고. 우리 공격은 아무도 못 막아. 측면에서 중앙으로, 중앙에서 다시 측면으로 패스하면서 중앙수비수가 앞으로 달려 나가 풀백과 공을 주고받으면서 상대팀 선수들에게 약간 장난을 친 다음에 우측공격수에게 넘겨주면 킥, 그리고 골이야. 상대 선수들을 건드릴 필요는 없어. 필드에서 뛰어다니게 놔둬. 공은 그들에게 닿을 수 없는 것이어야 해. 오직 우리들만 다리와 머리로 공을 다루는 거야. 그들에게 공이란 옛날이야기처럼 아득한 것이어야 해, 그뿐이야. 자, 파이팅!"

그 다음 주에 호흐슈타트 팀 대표가 이미 결정난 일을 마무리 짓기 위해 도착했다. 틸링엔의 지역 신문인 모르겐포스트는 틸링엔과 호흐슈타트 사이의 친선 경기가 그 무엇보다도 큰 뉴스이며, 이 경기에서 틸링엔은 연고지와 팀의 명예를 지킬 것이라고 보도했다. 경기는 우승컵을 타기 위해서가 아니라 '오랜 지인들'과 싸워 승리를 거두기 위한 것이며 호흐슈타트 시를 상대로 틸링엔 시가 승리하기 위한 것이다. 수많은 틸링엔 시민들이 현장에서 승자들을 끌어안고 축하하기 위해 기차를 타고 호흐슈타트로 구름같이 몰려들었고 틸링엔 시의 상징인 흰색과 노란색 옷을 입은 퍼레이드 팀이 즉석에서 만들어졌다.

호흐슈타트 팀 대표는 몇몇 적대적인 시선 외에 아무런 불쾌한 일도 당하지 않았으며 무사히 논의를 마쳤다. 두 팀의 친선 경기는 다음 주 일요일에 호흐슈타트 시의 경기장에서 펼쳐질 예정이었다. 경기 수익은 정확히 반반으로 나누기로 했다.

논의가 끝난 뒤에 팀의 오랜 관행에 따라 모두 맥주집으로 가서 팀 비용으로 동이 틀 때까지 퍼마셨다. 아침 무렵에는 다음과 같은 사항에 대해 추가로 논의했다. 첫째로, 중립성을 위해 심판은 레겐스부르그 팀에서 초청하고 교통비와 다른 비용은 공동으로 부담한다. 둘째는, 호흐슈타트 팀 주장의 증조할아버지가 틸링엔 습격 당시 틸링엔 팀 주장의 증조할아버지에 의해 머리부터 발뒤꿈치까지 칼로 잘렸으며, 그 뒤에 틸링엔 팀 주장의 증조할아버지가 호흐슈타트 팀 매니저의 증조할아버지에게 창으로 꿰뚫렸다.

이 이야기 뒤로 대화는 어쩐지 시들해졌으며, 호흐슈타트 대표는 틸링엔 팀 주장이 마치 조상들의 명예 회복을 위하여 뭔가 조치를 취하려는 듯이 수상한 눈길로 쳐다보는 모습을 눈치 채고는 조용히 물러나는 쪽이 현명하겠다고 판단했다.

그리고 드디어 영광의 날이 찾아왔다. 틸링엔 시 전체가 몇 세기만에 처음으로 또 다시 호흐슈타트를 향해 출발했으며 호흐슈타트에서는 방어하기 위한 모든 준비를 갖추었다.

틸링엔에서도 호흐슈타트에서도 브래스너클과 떡갈나무 몽둥이와 권총이 매진되었다. 틸링엔 사람들이 들고 온 가방은 수상쩍게 무거웠는데, 안에 돌이 가득 들어있기 때문이었다. 호흐슈타트 사람들은 주머니를 돌로 채웠다. 경기는 네 시 정각에 시작될 예정이었으나 이미 3시 33분에 일이 벌어지기 시작했다.

처음으로 쓰러진 것은 중립적인 심판이었다. 그는 양 팀에서 한 대씩 머리에 채찍으로 두 대를 맞았다. 두개골이 두 군데나 함몰되었음에도 불구하고 그는 죽음을 눈앞에 두고도 "오프사이드"를 외쳤다. 호각을 부는 것까지는 성공하지 못했는데, 새로운 일격에 입에 물고 있던 호각이 납작해져 버렸기 때문이었다.

사태는 틸링엔 측에게 유리하게 돌아갔다. 왜냐하면 그들 쪽에서는 만 명이나 몰려왔지만 호흐슈타트는 전체 인구의 수가 구천 명뿐이었기 때문이었다.

호흐슈타트 시민들은 결사적으로 방어했으며 전반적인 난투 끝에 틸링엔 팀 주장을 호흐슈타트 팀의 골대 횡목에 목매다는 데 성공했다. 틸링엔 팀의 미드필더는 호흐슈타트의 중앙수비수 두 명을 모두 죽이고는, 상대편 공격수에게 살해당했다.

다음날 독일 모든 신문의 스포츠 섹션에 다음과 같은 짧은 전신이 실렸다.

"흥미를 끌었던 틸링엔과 호흐슈타트의 경기는 아직 끝나지 않았다. 경기장에는 아직 1200명의 방문객과 850명의 현지 팬들이 남아 있다. 양 팀은 모두 해체되었다. 도시가 불타고 있다."

그 뒤로 나는 '슬라비아'와 '스파르타'[2] 팀의 경기를 떠올릴 때마다 우리 체코의 축구는 아직도 기저귀를 차고 있을 뿐이라는 사실을 분명히 깨닫게 된다.

---

2) 둘 모두 프라하를 연고지로 하는 명문 축구팀으로 슬라비아는 1892년, 스파르타는 1893년에 창단하였다.

야로슬라프 하셰크_ Jaroslav Hašek

프라하 경찰의 수사 방식에 관하여[1]

Po stopách státní policie v Praze

살인자의 행적에 대한 결정적 단서를 제공하면 상금을 준다는 공고를 낸 후로 경찰서는 아수라장이 되었다. 수백 명의 사람들이 현상금 1천 코루나에 욕심을 내어 아침부터 저녁까지 경찰서로 몰려들었다.

경찰 간부회에서는 모든 증언을 자세하게 기록해서 간부회의 검토를 받도록 엄격한 명령을 내렸다. 간부회에서는 이 자료를 바탕으로 연역적인 추론을 전개하여 살인자의 특징을 면밀하게 확증할 것이며, 그 모든 정보를 이어 맞춘 뒤 실마리를 찾아내어 복잡다단하게 얽힌 사건의 매듭을 풀어낼 계획이었다. 어쨌든 경찰 관보에는 그렇게 시적으로 씌어 있었다.

경찰서 안에 있는 수많은 커다란 방에도 단서를 들고 온 이 자발적인 형사들

---

[1] 원제는 "프라하 국립경찰의 발걸음을 따라서"이다.

을 전부 집어넣을 수가 없어서 간부들은 추가로 장소를 빌리는 것을 고려해야 할 정도였다. 모든 진술은 상세히 기록되었고 저녁 무렵에 경찰서장은 글이 빽빽이 적힌 서류 꾸러미를 받았다. 이 자료들을 통해 통찰력 있는 결론을 내려 실마리를 찾아내고, 복잡하게 얽힌 매듭을 풀어내어(이 아름다운 표현을 반복해야겠다) 범인을 체포하기 위한 그물을 던지는 일이 이제 경찰 간부회의 몫으로 남았다.

경찰 본부장 레이헬은 경찰서장에게 여러 진술서와 편지들 중에서 간추린 가장 중요한 부분을 읽어주기 시작했다. 그것은 쉽지 않은 임무였다. 어떤 진술은 오랫동안 심사숙고해야만 했고 어떤 것들은 전혀 알아먹을 수가 없었기 때문이다.

경찰 본부장은 진술서를 읽었다.

"개인 사업장의 종업원인 카렐 비그날렉의 진술에 따르면 살인사건이 일어나기 사흘 전에 가게에서 담배를 피우던 낯선 사람이 피살자와 똑같은 어두운 녹색 바지를 입은 것을 보았다고 합니다. 증인은 이를 바탕으로 범인이 사회의 쓰레기이며 바지를 빌려준 피살자와 아는 사이인 것이 분명하다는 결론을 내렸습니다. 바지를 돌려주려다가 말다툼이 일어났으며 그 결과 노파가 살해당한 것이 확실합니다."

바츨라프 호홀라티는 이런 편지를 보냈다.

"존경하는 경찰 간부님들께! 전쟁 때 저와 함께 복무했던 오랜 전우 한 명이 피살자를 안다고 합니다. 저희는 11연대에서 함께 복무했고 저희 대대는 로비체에 배치되었습니다. 그곳은 사방이 산과 바위뿐입니다. 산 위에서 가축들이, 대부분 소들이 풀을 뜯습니다. 경찰서장님, 피살자와 아는 사이였다는 저의 친구는 그때 이미 복무 3년차라서 중사 계급장을 달고 있었습니다. 제 친구는 보기 드물게 사나운 놈이었습니다. 말 한 마디 때문에 사람을 죽일 수도 있습니다. 그 놈이 피살자와 말다툼을 했다면 틀림없이 피살자를 때려 눕혔을 것입니다. 할망구들은 도무지 참아 줄 수가 없다고 늘 말했으니까요. 하지만 여기서 꼭 말씀드릴 것은 제 친구가 2년 전에 이미 죽었다는 사실입니다. 주먹 싸움을 하다가 하나님께 영혼을 바쳐서……."

다음은 상점주인 호프마우에르의 자발적인 직접 진술이다.

"피살자와는 모르는 사이이다. 카를린에는 두 번 가 보았다. 마지막으로 간 것은 재작년인데 그때 공장에 불이 났다. 사건은 이렇다. 일요일 정오가 지나서 나는 언제나처럼 카드놀이를 하러 나갔다. 보통은 판돈을 좀 걸거나 운에 맡기거나 하지만 평생 한 번도 속임수를 써 본 적이 없다. 그렇게 걸어가고 있는데 육교 아래에서 고함 소리가 들렸다. '불이야!' 쳐다보았더니 정말 불이 났다! 공장으로 달려갔지만 그 사이에 너무 심하게 타올라서 정말 어쩔 도리가 없었다. 그런 뒤에 군인들이 와서 길을 봉쇄했다. 그 이후로 카를린에 가 본 적이 없고 살인사건에 대해서는 아무것도 모른다."

"시간 낭비에 대한 벌금으로 5코루나를 내십시오. 만약을 위해 체포하겠습니다."

경찰 본부장은 이렇게 말하고 계속 읽었다.

대장장이 빅토르 베즈바흐의 진술이다.

"경찰에서 범행에 사용된 흉기인 해머를 보았다. 대장간 업무의 전문가로서 맹세코 그 해머는 대장간에서 사용하는 망치가 아니다. 그렇다면 이 살인사건은 대장장이 계급에 그 어떤 의혹의 그림자도 드리우지 않는다. 왜냐하면 흉기가 대장장이의 소유물이 아니라는 사실이 분명하기 때문이다. 또한 대장장이들을 위한 야학 개설 허가 요청에 대한 답변을 조속히 주시기 바란다. 이미 십 년 전에 신청했으나 긴급한 사건들이 많다는 이유로 아직까지 검토되지 않고 있다."

"여기 카를린의 식료품 가게 점원이 남긴 진술이 있습니다. 그는 카를린이라는 마을에서는 갖가지 범죄행위가 존경을 받는다고 했습니다. 그런 말을 했으니 체포하라고 제가 명령했습니다."

본부장은 말을 이었다.

"과부 크라프트 부인에게서 중요한 정보를 얻었습니다. 그녀는 살인범을 남성이라 가정하고 찾으려 해서는 안 된다고 확신합니다. 그보다는 여성이 범죄를 저질렀을 것이라고 합니다. 불행한 사랑 때문에 교수대에서 죽음을 맞이하기로 결심한 여성이 틀림없다는 것입니다. 게다가 과부의 말에 따르면 '직접적인 증거는 없지만 우리 옆집의 안나 체호바가 아무래도 의심스럽다'고 합니다. 부엌 개수대를 그렇게 더럽게 쓰는 여자라면 무슨 일이든 할 수 있다는 겁니다. 그리고 체호바는 최근에 갑자기 조용해졌고, 살인사건이 나던 날에는 아침부터 입에 담지 못할 욕을 하며 싸웠는데도 전에 꿔간 돈 10코루나를 갚았다고 합니다. 그리고 사실 이 금액은 공고에 언급된 내용과 일치한다고 합니다. 안나 체호바는 제가 체포했습니다."

"옳거니!"

경찰서장이 머리를 움켜쥐며 말했다.

"계속 읽어보게."

"여기 미로슬라프 호프리흐테르가 간청하여 작성한 진술서가 있습니다. 호프리흐테르는 증인들을 데려와서 자신의 알리바이를 확증했습니다. 그런 뒤에 그는 천 코루나를 요구했는데, 경찰에게 노파를 살해한 범인은 그 어떠한 경우에도 자신이 아니라는 올바른 결론을 내리도록 단서를 제시했기 때문이라고 합니다. 다음은 증인 마토우셰크의 증언입니다. 그는 불행한 노파가 스스로 목숨을 끊었을 지도 모른다는 의견을 밝혔습니다."

"흠, 그것도 있을 수 있는 일이지." 경찰서장이 멍하니 방안을 걸어 다니며 중얼거렸다.

"다음은 성 크리스토프 성당의 교구 위원이 보낸 편지입니다. 성당 헌금을 벌써 두 달이나 내지 않는 어떤 신자에 대해 합리적인 의심을 품고 있으니 천 코루나를 보내달라고 합니다."

미르지호드 지역의 관리는 이런 편지를 보냈다.

"이 사건과 최근에 일어난 독살 사건과의 수상쩍은 관계에 주목해 주시기를 부탁드립니다. 문제의 해머가 독극물을 취급하는 상점에서 구입한 것이 아닌지, 그리고 정확히 어떤 독극물을 취급하는 상점인지 밝힐 필요가 있습니다. 해머에 청산가리 흔적이 없는지, 금속 부분에 의심스러운 혼합물이 묻어 있지 않은지도 알아보아야 합니다. 이 모든 정황을 간과해서는 안 됩니다. 분명 여기서 단서를 잡아 범인을 추적할 수 있을 것입니다."

경찰서장은 자기 이마를 탁 쳤다.

"이 사람 말이 옳아! 정부 관리의 능력이 곧바로 드러나지 않나? 이런 사람을 본받아야 해! 즉시 해머의 화학 분석을 시행하도록 명령하겠네."

여기서 수사는 일시적으로 종결되었다. 모두들 만족했다.

결과는 놀라웠다. 우선 살인을 저지르지 않은 몇몇 사람들의 흔적과 살인을 저지를 수도 있었던 몇몇 사람들의 흔적이 발견되었다. 그 외에도 장물아비로 추정되는 몇몇 사람들이 취조를 당했다. 마침내 해머와 청산가리 사이의 인과 관계가 밝혀졌다.

경찰서장은 수사를 마무리 지으며 보흐니체에 전화하여 그곳에서 살인범이 붙잡히지 않았는지 물어보도록 명령했다.

대답은 곧 돌아왔다.

"아니랍니다."

"우리도 범인을 붙잡지 못했지."

서장이 생각에 잠겨 말했다.

경찰 본부장은 종이 뭉치를 뒤져 편지를 또 한 통 꺼냈다.

"높으신 경찰 간부님들께.

---

2) 화학 연필: 연필심에 물을 묻히면 잉크처럼 변해서 지워지지 않게 되는 연필. 볼펜이 일반화되기 전에 중요한 문서에 기입할 때 사용했다.

범행 현장에서 발견된 화학 연필[2]에 주목할 것을 부탁드리는 바입니다. 첫 번째로 할 일은 다음과 같습니다. 화학 연필을 가지고 있는 사람을 전부 체포하십시오. 두 번째로는 살인 혐의를 받지 않은 사람을 모두 구속하십시오. 이렇게 하면 체포되지 않은 남은 사람들 가운데 범인을 특정하여 붙잡을 수 있을 것입니다.

이 사건은 예로부터 내려오는 수수께끼에 따라 접근해야 합니다. '여섯 마리 사자를 잡는 가장 쉬운 방법은 무엇일까? 그것은 바로 열 마리를 잡아서 네 마리를 풀어주는 것이다.'"

이 방법을 끝으로 경찰은 수사를 멈추었다.

이반 클리마_ Ivan Klíma

트로야의 빌라

Vila v Tróji

우리는 부유한 친척이 단 한 명 있었다. 그는 고모할머니 테레지에의 남편이었다. 오트콜레크[1] 회사의 제분소와 제빵소 등이 그의 것이었다(어느 정도의 규모인지는 모르겠다). 평생 그를 두 번밖에 본 적이 없지만, 한 장면만은 그대로 기억한다. 푸른 줄무늬가 있는 어두운 색 양복을 완벽하게 맞춰 입은 나이 든 신사가 트로야에 있는 자신의 빌라 문으로부터 나오고, 엄청나게 큰 검은 자동차가 도착하고(모델은 모른다. 나는 자동차에 대한 흥미가 있었던 적이 한 번도 없었다), 거기서 운전수가 뛰어내려 문을 열면 대고모부 산도르가 차에 올라타고 떠난다. 그 이전에 나는 그렇게 멋들어진 빌라를 본 적이 없었고 그렇게 큰 자동차에 운전기사까지 둔 사람을 본 적이 없었다.

---

1) Odkolek: 2010년 창립 160주년을 맞은 체코에서 가장 오래되고 잘 알려진 제빵회사의 상호.

그러나 전쟁 바로 직전에 고모할아버지는 심장마비로 갑자기, 근본적으로 행복하게, 죽었다.

독일 군대가 쳐들어왔을 때 우리가 살았던 빌라의 집사는 서둘러 사표를 냈다. 아버지는 결국 브르쇼비체에 집을 구하셨고 그건 이제 막 짓고 있는 집이었다. 우리는 몇 달 동안 집이 없다고 느꼈다. 아버지는 성공적으로 영국에 갈 곳을 찾으셨고, 이미 비자도 신청 중이어서 브르쇼비체로 간다기보다는 맨체스터로 이사 간다고 여겨졌다.

어머니는 어린 남동생과 함께 친정 부모님 집에 임시로 머물렀고, 아버지도 본인의 어머니 곁에 머물렀다. 그때 테레지에 고모할머니는 나에게 빌라에서 자신과 함께 지내기를 권했는데 그것은 적어도 그녀의 손녀들한테 친구가 생기는 것을 의미했기 때문이었다. 손녀들의 이름은 루트카와 카테르지나였고, 나는 그 둘째를 키트카라고 불렀는데, 그녀는 나와 마찬가지로 7살과 8살 사이의 나이였다. 루트카는 이미 고등학교에 다녔다. 그들의 생김새는 몇 년이 지난 뒤에는 내 기억에서 사라져 버렸지만 그들이 전혀 닮지 않았다는 것만은 기억한다. 땅딸막한 루트카는 까무잡잡한 암갈색 머리였고, 마른 체형의 키트카는 머리카락이 덜 익은 오렌지 빛깔이었다.

어느 날 아침 부모님은 내 물건이 든 가방과 함께 나를 트로야로 데리고 가서는, 우리 가족이 이제 견디어야 할 이산을 부지불식간에 시도하셨다. 나는 헤어져 흩어지는 것이 마음에 들지 않았다. 나는 수줍음을 잘 탔고, 낯선 사람을 무서워했으며, 게다가 뭐든지 불안해했다. 익숙하지 않은 잿빛 제복의 군인들이 갑자기 떠들썩하게 거리에 나타났고, 아버지는 그들을 절대로 가까이해서는 안되는 도둑놈과 강도들이라고 말했다("콤메르, 부비." 그들 중 하나가 나를 불렀을 때, 나는 놀라서 도망쳤다. 그러나 내가 현실에서 꿈을 꾼 듯, 이런 일이 전혀 일어나지 않았던 것일지도 모른다). 어머니는 그때 나에게 이별의 입맞춤을 하셨고, 나는 놀랍게도 울지 않았다. 왜냐하면 설령 테레지에 고모할머니가 친척이라고는 해도, 어떻게 그 낯선 거대한 빌라에서 살아갈지 상상이 되질 않았기 때문이었다.

빌라는 정말 아름다웠다. 나는 아주 넓은 홀에서부터 위층의 거실과 침실에 연결되어 둘러쳐진 어두운 빛깔의 나무 계단을 기억한다. 홀 옆 한쪽에는 하얀 모자를 쓴 요리사가 있는 주방이 있었고, 다른 편에는 이국적인 식물로 가득한 유리로 만든 겨울 정원이 있었다. 그곳에는 탁자와 의자도 놓여 있었다. 겨울 정원은 테라스처럼 야외 정원으로 연결되어 있었고, 살구나무와 사과나무와 같은 과일나무들이 심어져 있었다.

첫날 저녁에는 분명 손님용으로 정해놓은 방에 나를 눕혔다. 침대 머리맡은 특이한 판이 높게 솟아 있었다. 모든 것들이 무언가 광이 나는 분명 귀한 나무로 만들어진 것이었고, 벽에는 낯선 풍경의 그림들과 괴상한 모습의 작은 조각들이 몇 개 걸려 있었다. 그것들 가운데 가장 흥미를 끈 것은, 아니 그보다는 놀랍게 한 것은 크고 화려하게 채색된 용이었다. 며칠 뒤 루트카가 내게 설명해 주기를 그것은 중국의 용으로, 오백 년 전에 살았던 중국의 유명한 예술가가 조각하고 색을 입힌 것이라고 했다. 그 예술가의 이름도 알려 줬는데 나는 그걸 곧 까먹었다. 그녀는 또한 중국어를 배운다고 자랑했는데 학교를 마치면 의사가 될 것이고, 많은 사람들이 도움도 받지 못한 채 천연두와 콜레라와 다른 끔찍한 병으로 죽어가는 중국으로 떠날 것이라고 했다. 그리고는 내게 중국어로 몇 문장을 말했는데, 나는 그게 우리가 매 음절마다 '치' 혹은 '찌'를 첨가하는 비밀스런 언어놀이를 하는 것처럼 여겨졌다. 나는 중국인들이 황색인이고 일본에게 점령당했었다는 것 외에는 중국에 대해 아는 것이 전혀 없었다.

그 침실에서 처음 맞는 밤, 잠들 수가 없었다. 나는 용이 다른 조각들과 마찬가지로 나무로 만들어졌다는 것을 알고 있었다. 하지만 그래도 무서웠고 그것이 걸려있는 곳에 그대로 있는지, 살아나진 않는지 확인하기 위해 짧은 시간마다 계속 눈을 떴다.

그날 밤 나는 오늘날까지도 기억하고 있는 꿈을 꾸었다.

나는 가게 앞에서 엄마를 기다리고 있었다. 하지만 엄마는 나오지 않았다. 그래서 가게 안을 둘러보자 엄마는 없고 잿빛 제복을 입은 군인들이 소리치고 있었다. 한 명이 나를 보자 내게 명령을 내렸다. "콤메르, 부비." 나는 뒷걸음질을 치며 도망쳤다. 그러자 그는 장대걸음을 걷듯 넓은 보폭으로 성큼성큼 나를 쫓았고, 이내 따라잡고서는 주머니에서 접이식 권총을 꺼내어 고무로 된 것마냥 총신을 펼치기 시작했다. 그리고 나는 그의 입술이 내 이마에 닿았다고 느꼈다. 군인은 나를 죽이려고 했고, 나는 나를 구해 줄 사람이 없다는 것을 알았다. 사람이 꿈속에서 두려워하는 것처럼 그렇게 나는 두려워했다.

다음날 고모할머니가 내게 잘 잤느냐고 물었을 때, 나는 그랬다고 거짓말을 했다. 비록 그곳에서 단 하루도 더 지낼 필요가 없게 되는 게 내가 유일하게 바라는 것이긴 했지만 말이다.

우리는 아래층의 홀에서 아침과 점심을 먹었다. 하지만 저녁은 온 가족이 모여 앉는 커다란 식탁이 있는 위층의 넓은 식당에서 먹었다. 나중에야 알게 된, 고모할머니의 딸인 미친카와 그녀의 남편 베드르지흐가 함께 식사를 했다. 고모할머니의 큰아들 아르놀드도 자주 들렀는데 그는 부인도 자녀도 없었지만 유명한 여류 조각가를 사귀고 있었다. 물론 그녀가 프랑스에 살았기 때문에 함께 오지는 않았다.

나는 커다란 책장과 프라하 시내가 보이는 넓은 창문을 기억한다. 그때는 아직 어두운 색으로 칠하기 전이었다. 광을 낸 거대한 피아노도 있었다. 루트카는 매일 한 시간씩 피아노를 연주해야 했다. 한편 키트카는 바이올린을 연주해야 했다. 나는 감탄을 멈출 수 없었다. 악보를 본 적도 없던 나는 연주를 할 줄도 노래를 부를 줄도 몰랐다. 학교 음악시간에 선생님은 나더러 아주 작은 소리로 노래하든지 아니면 입을 다물든지 하라고 했다. 그런데 키트카는 그 이상한 발이 달린 점들에 맞추어 그녀가 연습곡이라고 부르는 모든 곡을 연주했다. 키트카가 현을 누를 때마다 흔들리는 왼손의 자그마한 손가락들을 나는 감탄하며 바라보았다. 그럴 때 오른손은 음이 감미롭게 울리도록 현을 부드럽게 어루만졌다. 선생님은 그녀가 엄청난 재능을 가졌고 언젠가는 유명한 바이올리니스트가 될 거라고 확신했다.

며칠이 지나자 나는 트로야 빌라에서의 생활에 익숙해졌을 뿐만 아니라 그곳이 마음에 들기 시작했다. 나는 내 또래의 친구가 있어 본 적이 없었다. 나보다 일곱 살이 어렸던 내 남동생은 언제나 한 가지만을 증명해 보였다. 놀랄 만한 지구력으로 주변의 모든 물건들을 모아서, 입에 쑤셔 넣고는 숨이 막히곤 했던 것이다.

아마도 친구에 관한 한 키트카 역시 비슷했던 것 같다.

처음에 우리는 서로 조금 부끄러워했다. 그러다 그 애가 나를 정원으로 초대했고, 우리가 있는 가장 높은 장소에서 저만치 보이는 곳이 동물원이고 거기서 사자가 으르렁거리면 마치 울타리 바로 뒤에 있는 것처럼 들린다고 알려 주었다. 우리는 잠시 기다렸다. 사자는 으르렁대지 않았고 다만 무슨 나팔 소리 같은 게 울렸다. 그건 마치 자동차 경적처럼 들렸는데 키트카는 그게 코끼리 울음 소리였다고 확언했다.

우리는 많은 시간을 함께 정원에서 보냈다. 바람 불던 지난 밤사이 떨어진 살구와 사과를 주웠고, 우리는 이야기를 들어 줄 누군가가 있어서 행복하다고 서로에게 종알거렸다. 키트카는 루트카가 자기 지리 선생님(그가 그녀에게 중국어를 가르친 사람이었다)을 사랑하고 있고, 그 사랑에 대해 시를 쓰기 시작했다고 내게 비밀을 누설했다(사랑과 시 사이에 무슨 연관이 있다는 말을 처음 들었다).

키트카도 누군가와 사랑에 빠진 것은 아닌지 알고 싶어 했다. 그러자 그 애는 큰소리로 웃었고 아직은 아니라고 말했다. 나를 사랑할 수도 있지만 내가 더 나이가 들어야 한다고 말하면서 더 큰소리로 웃었다.

나는 점점 더 많은 시간을 키트카와 함께 겨울 정원에 놓인 탁자에서 보냈고,

무엇보다 도미노 놀이를 즐겨 했다. 하지만 우리는 곧 믿을 수 없을 정도로 원시적인 카드놀이에 빠졌다. 놀이는 각각 카드 묶음을 받고 가장 위에 있는 카드를 내는 것이다. 높은 수를 낸 사람이 양쪽 모두를 가져간다. 두 카드가 같은 수이면 곁에 내려두고 다음 카드로 결정한다. 그러다 또 같은 카드가 나오면 다시 그 다음 카드로 결정을 하는데 그게 우리를 엄청 달아오르게 했다. 우리는 겨울 정원을 카드벌레로 좀먹게 했고, 몇 번이나 밥 먹으라는 소리를 들은 뒤에야 가까스로 자리에서 일어났다.

나는 더 이상 부모님을 그리워하지 않았다. 낮 동안 우리는 키트카 부모님조차도 보질 못했다. 첫날 집안에 머무르며 우리를 돌보던 키트카의 어머니는 조화 만드는 법을 배우러 무슨 작업장에 다니시곤 했다. 그녀의 오빠인 아르놀드는 라드[2]를 파는 큰 상점을 소유했지만(그는 유대인 일화의 상점 주인처럼 라드를 먹지 않고 단지 팔기만 한다고 주장한 적이 한 번도 없었다) 지금은 어떤 사람 곁에서 광고의 표지도안을 배우고 있다.

키트카의 아버지가 도착했던 저녁, 그는 당시에 별로 알려지지 않은 중국게임 마작을 하자고 제안했다(루트카는 그걸 두 단어처럼 발음했다. 마, 정). 놀이에 쓰는 돌은 도미노를 연상시켰다. 그러나 그것들은 무슨 귀한 나무와 상아로 만들어졌고 거기에 새겨진 여러 색깔의 중국글자들이 반짝거렸다. 마작을 할 줄 아는 사람은 카드와 다르게 단지 세 가지 색깔만이 있다는 것을 안다. 글자, 작은 원,

---

2) 돼지비계로 만든 반고체 기름.

대나무들, 그리고 세 종류의 용, 네 개의 바람에 맞추어 각각 한 쌍씩 네 쌍의 꽃이 있었다. 돈으로 쓰이는 막대들은 상아로 만든 것들이었다. 이 놀이는 우리의 카드놀이보다, 도미노보다 더 복잡했지만 나는 다른 사람과 게임을 할 정도로 그 놀이를 터득했다.

내가 그랬듯 다들 열정적으로 게임을 하고 그 게임이 모두를 즐겁게 만드는 것처럼 보였다. 하지만 시간이 지난 뒤에 그날 저녁을 떠올려 보면, 어른들은 적어도 그 순간만큼은 위험 속에 살고 있음을 잊고자 하는 듯 무언가에 억압받고 있었던 것 같다.

식사 중에, 혹은 놀이를 위해 돌을 섞을 때, 그리고 그걸로 벽을 세우는 게임을 하면서 들었던 문장의 조각들을 기억한다. 그 문장들은 어른들의 생각이 게임과는 멀리 떨어져 있다는 것을 증명했다. 그들은 그 빌라에서의 생활이 곧 끝날 거라고, 그 마을에서의 생활이, 아니면 이 땅에서의 삶 자체가 완전히 끝나버릴 거라고 예감했다.

아르놀드 삼촌은 가까운 시일 내에 무슨 일이 벌어질 거라고 말하기를 좋아했다(나는 그의 유일한 그림을 기억한다. 그것은 하늘빛 푸른 바탕에 커다란 검을 휘두르는 손이 있는 화약 탑 사진의 콜라주였다). 그에게서 게토[3]라는 말도 처음 들었다. 그는 우리와 게임을 한 적이 한 번도 없었고 그저 바라보고만 있다가 뜬금없이 여동생에게 한마디 하고는 했다.

---

3) Ghetto, 유대인이 모여 사는 지역.

"미츠카야, 넌 구시가지에 있는 게토에서 살면서 장례식 화환에 장미와 난초 조화들을 달게 될 거야. 베드르지흐, 넌 화장터에서 회계를 보게 될 거고."

그는 장담했다(화장터라는 단어를 몰랐던 나는 그것이 무슨 화장하는 것과 연관이 있는 것이라 생각했다. 그래서 아르놀드 삼촌의 예언이 그렇게 무시무시하게 들리지는 않았다).

"그리고 이 집에는 독일의 독재자가 살거나 적어도 게슈타포의 두목이 살게 되겠지." 그는 이런 식으로 예언을 마치곤 했다.

테레지에 고모할머니는 이런 이야기를 좋아하지 않았고 아들에게 흉측한 말들을 그만하라고 요구했다.

"우리 것인데, 우리 빌라를 차지할 수는 없어. 만일 무언가 위협이 있다면 네가 그걸 막을 생각을 해야지."

고모할머니가 말하면 삼촌은 거기에 대해 짧고 큰소리로 웃어 젖혔다. 하지만 아무 대꾸도 하지 않았다. 우리는 다시 게임을 했고, 매 게임마다 점수를 매겼고, 돈 대신 상아로 된 막대를 나누었다.

빌라에서의 삶은 변화 없이 계속되었고 나는 아침부터 키트카와 함께 겨울 정원에 앉아 카드놀이를 했다. 그러던 어느 날, 아빠가 나타나서는 전날부터 브르쇼비체에서 지내고 있으니 곧바로 내 짐을 싸야 한다고 말했다.

그것은 내게 마치 체벌처럼 여겨졌다. 나는 키트카와 빠른 시일 내에 다시 만나자고 약속했다. 우리는 게임이 끝나지 않은 카드 두 뭉치를 탁자 위에 그대로 놓아두었다.

우리는 그 게임을 영원히 끝내지 못했다. 전쟁이 시작되었고, 곧 정해진 시간 외에는 전차로 다니는 것이 금지되었다. 정해진 시간이라는 것이 키트카와 못다 한 카드 게임을 끝내기에도 충분하지 않았다. 부모님은 누구를 방문하는 것보다 더 큰 걱정이 있었고 나를 집 앞에 내보내지도 않았다. 우리는 맨체스터로 떠나지 않았다. 왜냐하면 할머니께서 비자를 받지 못했기 때문이다. 아빠는 할머니를 무슨 짓이든 하고도 남을 나치에 점령당한 나라에 홀로 남겨두고 싶지 않았다. 그 대신에 우리는 테레진으로 던져졌다.

나는 종종 키트카를 생각했다. 심지어 그 애가 빠른 시일 내에 이곳으로 오기를 은밀하게 바라기조차 했다. 왜냐하면 우리가 다시 만나게 된다면, 그 애는 분명히 카드 뭉치를 가져올 것이고, 우리는 게임을 할 수 있을 테니까 말이다.

1942년의 어느 여름 날, 아빠는 트로야 빌라에 있는 모두를 테레진으로 수송해 올 것이라고 말했다. 하지만 그들은 동쪽으로 더 멀리 보내졌다.

어째서 아빠는 그것에 대해 아무 말도 하지 않았을까?

그들에 대해 묻자 아빠가 설명해 주었다.

"동쪽으로 향하는 수송차에 타는 미친카를 우연히 보았단다."

"그럼 키트카는?"

모두가 함께 갔다고 아빠는 말했다. 그들을 어떻게든 돕고 싶었지만 멀찌감치서서 손을 흔들어 주는 것 외에는 할 수 있는 일이 아무것도 없었다고 했다.

키트카가 카드를 챙겼는지는 모르겠다. 혹시 챙겼다 하더라도 아마 그걸 풀어볼 수도 없었을 것이다. 당시에 나는 가스실이라는 것에 대해 전혀 몰랐지만, 동쪽으로 간다는 게 나쁜 일이라는 것은 알았다.

전쟁이 끝났을 때, 나는 키트카와 루트카 그리고 내 또래의 친구들이 돌아오길 바랐다. 그들은 트로야 빌라로 돌아올 것이고, 키트카는 바이올리니스트가 되고 루트카는 의학 공부를 하겠지.

하지만 내 또래 가운데 어느 누구도 돌아오지 않았다.

고문당하고 살해된 수많은 사람들에 대한 소식을 접하게 되었다. 그 숫자가 놀라움을 불러일으키고 동정심을 유발할 수도 있겠지만 직접 겪어 보기는 어려운 일이다. 하지만 타일로 덮인 넓디넓은 목욕탕에 다른 사람들과 함께 빽빽하게 서 있으며 샤워기에서 물이 쏟아져 나오는 것을 기다리다가 갑자기 숨이 막히기 시작하는 깡마른 키트카를 상상했을 때, 나는 자꾸자꾸 그 공포를 되풀이해서 경험했다. 거기, 그녀의 자리에 내가 서 있었고 더 이상 숨 쉬는 게 불가능한 공기 속에서 단지 죽음을 향해 숨을 헐떡이면 그 죽음은 이미 통제할 수 없이 나에게 돌진하여 다가왔다.

아르놀드 삼촌만이 아우슈비츠에서 돌아왔다. 그의 말은 틀린 게 하나도 없었다. 그들의 빌라에는 전쟁이 끝나기 바로 직전에 도망친 무슨 게슈타포의 권력자가 살았었다. 삼촌은 부모님 집으로 돌아갈 수 있었지만 나라에서 그 빌라를 원했고, 삼촌에게 좀 작은 규모의 대체물을 제공하자 그는 그것을 받아들였다.

내가 그의 새로운 빌라에 방문했을 때 그는 까닭을 말해 주었다.

"내가 거기서 정상적으로 살 수 있을 거라고는 상상도 할 수 없지."

공산주의자들이 나라를 점령한 후 트로야의 빌라는 요새처럼 재건되었고, 그

곳에는 정부 대표와 공산당 대통령들이 살았다.

원래 빌라의 거주자들은 살해되었고, 그곳에는 단지 무뢰한들이나 살인자들이 머물렀다. 거기에 무슨 저주가 걸렸었나 보다. 무엇이든 가능했던 기간 동안, 내내 걸려 있었던 게 아닐지라도 말이다.

카렐 차페크_Karel Čapek

발자국

Šlépěj

　고요하게 끊임없이 얼어붙은 대지에 눈이 떨어졌다. 어떤 오두막 같은 것 안에 몸을 피한 보우라는 눈이 내릴 때면 항상 고요함도 함께 내린다고 생각했다. 그와 동시에 장엄한 중압감을, 아니면 광활한 평원의 외로움을 느꼈다. 그의 눈앞에 펼쳐진 땅은 단순함으로 통일되며 넓어져 갔고, 하얀 물결로 펼쳐지며 삶의 혼란스런 자취들에 휩쓸리지 않았다. 마침내 영광스런 고요함 속의 유일한 움직임인 눈송이들의 춤이 잦아들고 멈추었다. 주저하며 눈에 발을 내딛는 보행자는 자신의 걸음이 눈 덮인 대지 위에 기다란 줄의 첫 기록으로 남는 것이 이상하게 느꼈다. 길의 맞은편에서 검고 어두운 모습의 누군가가 다가온다. 걸음의 사슬 두 쌍이 나란히 걸어가다 만나고, 이 하얀 대지 위에 인간의 첫 혼돈을 가져온다.

　그러나 마주 지나던 보행자는 걸음을 멈추고, 여전히 수염에 눈을 얹은 채 길가의 무언가를 긴장한 모습으로 바라본다. 보우라는 걸음을 늦추고 그의 눈이 가는 방향을 따라갔다. 두 쌍의 사슬이 만났고, 곁에서 멈춰 섰다.

"저기 저 발자국이 보입니까?"

눈을 맞은 남자는 둘이 서 있는 길가에서 한 6미터쯤 떨어진 들판에 있는 어떤 자국을 가리키며 말했다.

"보입니다. 저건 사람의 발자국이군요."

"그렇습니다. 하지만 어떻게 저곳에 있을까요?"

보우라는 '누군가 지나갔나 봅니다' 라고 말하려다 멈췄다. 발자국은 들판 한 가운데 유일하게 하나만 있었고, 그 앞과 뒤에 이은 자국이 없었다. 눈 덮인 하얀 들판에 완전히 분명하고 선명한 하나의 발자국이었다. 하지만 고립된 상태였고, 그것을 향해 혹은 그것으로부터 어떤 것도 연결된 것이 없었다.

"어떻게 저기에 닿은 걸까요?"

이상한 생각에 그쪽으로 향했다.

"기다려요."

그 순간 다른 이가 그를 멈춰 세웠다.

"그 주변에 쓸데없는 자국으로 모든 걸 엉망으로 만들 겁니다. 저건 우선 설명되어야 합니다."

그는 짜증스럽게 덧붙였다.

"어딘가에 단지 하나의 발자국만 있는 것은 불가능해요. 누군가가 여기서 껑충 뛰어서 갔다고 합시다. 그래서 그 앞뒤로 다른 발자국들이 없다고 칩시다. 하지만 누가 저렇게까지 멀리 뛸 수가 있겠습니까? 그리고 어떻게 한 다리로 뛸 수 있겠어요? 균형을 잃고 다른 발을 짚어야 했을 겁니다. 마치 출발하는 전차에서 뛰어내리는 것처럼 약간 앞쪽으로 뛰었어야 한다고 생각합니다. 그런데 여기에는 다른 발자국이 없습니다."

"그건 말이 안됩니다."

보우라가 말했다.

"누군가 여기서부터 뛰었다면 이쪽 도로에도 발자국들이 있었을 거요. 하지만 여기에는 단지 우리 둘의 발자국만 있소. 우리들 앞에 아무도 지나가질 않았다고요."

"뒷걸음질 쳐서 도로로 돌아갔다면, 그 사람은 이 방향으로 간 겁니다. 마을로 갔다면 오른쪽으로 갔어야 하고요. 그런데 이쪽은 단지 들판일 뿐이고, 제길, 지금 누군가 들판에서 뭘 찾고 있을지 알게 뭐람?"

"이 보십시오. 누군가 저길 밟은 뒤에는 어딘가로 떠났어야 하오. 그러나 나는 그가 전혀 떠나지 않았다고 단정합니다. 왜냐하면 다음 발자국을 만들지 않았기 때문이오. 이건 분명합니다. 아무도 여길 오질 않았어요. 저 발자국은 다른 식으로 설명되어야 해요."

그리고 보우라는 곰곰이 생각했다.

"아마도 저기 흙 속에 움푹 파인 굴이 있었거나, 발자국이 생긴 진흙이 얼어붙고 그 위에 눈이 내린 것일 거예요. 아니면, 가만있어 봐요, 아마도 저기에 누군가 던져놓은 신발이 있었고, 눈이 내릴 때 새가 가져간 것일지도 모릅니다. 그래서 저곳에 눈이 덮이지 않아 발자국 같은 모양이 생기게 된 것일 수도요. 우린 자연스러운 연관성을 찾아야 합니다."

"만일 저기 원래 신발이 놓여 있었던 것이라면, 지금은 검은 토양이 드러났겠지요. 그런데 나는 저기에 눈만 보이는군요."

"새가 신발을 가져가고 눈이 더 내렸겠지요. 아니면 쌓인 눈 속에 신발을 떨어뜨렸다가 다시 물고 갔을지도요. 여하튼 저건 발자국일 리가 없어요."

"그렇게 말하는 당신 새는 신발이라도 먹습니까? 아님 그 안에 둥지라도 만드나요? 작은 새는 신발을 가져가지 않아요. 그리고 큰 새는 신발 안에 들어가질 않고. 이건 일반적으로 해결해야만 합니다. 나는 저게 발자국이라 생각해요. 땅에서 온 게 아니라면 하늘에서 온 거겠지. 당신은 그걸 새가 했다고 생각하지만 그건 혹시…… 풍선과 함께 왔을 수도 있죠. 누군가 풍선에 그걸 매달고는 세상을 미쳐 돌아가게 만들려고 눈에 한 발만 찍은 겁니다. 웃지 마시오, 나 스스로도 이렇게 억지스레 설명하는 게 유쾌하진 않소이다. 하지만…… 저게 발자국이 아니라면 좋겠군요."

그리고 둘은 그것을 쳐다보았다.

야쿠브 아르베스_Jakub Arbes

뉴턴의 뇌

Newtonův mozek

'나'의 친구인 베드르지흐 뷘셰는 어릴 때부터 마술에 몰두하여 뛰어난 성과를 선보였다. 그는 진짜 '기적'들을 일으켜 학계 전체를 현혹시킨 몇 가지 기묘한 장치를 만들기도 했다. 그러나 뷘셰는 학업성적이 별로 좋지 못했고, 그래서 부친은 그를 군대에 보내버렸다. 1866년 오스트리아와 프로이센의 전쟁이 발발했을 때, 뷘셰는 흐라데츠크랄로베 전투[1]에서 전사했고 그의 머리 일부는 프로이센군의 칼에 잘려나갔다. 하지만 어느 날 밤 놀랍게도 뷘셰가 '나'를 찾아와 킨스키 대공[2]의 저택에서 열릴 자신의 마술공연에 초대한다.

[1] 1866년의 프로이센-오스트리아 전쟁에 즈음하여 7월 3일 현재 체코의 흐라데츠크랄로베에서 벌어진 전투. 쾨니히그레츠 전투 또는 자도바 전투라고도 한다. 이 싸움에서 프로이센군은 오스트리아군 주력에게 치명적인 피해를 입히고 전쟁의 대세를 결정했다. 오스트리아는 이 전투에서의 패배로 그 해 8월 프로이센에 항복할 수밖에 없었다.

그는 전사한 것은 자기가 아니라 얼굴이 비슷한 다른 장교였다고 설명한다. '나'는 초대를 받아들여 저택에 도착한다. 거기에는 이미 상당수의 엄선된 손님들이 모여 있었다. 무도회장에 음악이 흐르는 가운데……

하지만 내가 자리에 앉거나 아는 친구들에게 말을 걸기도 전에 그 때까지 부드럽고 슬픈 가락이던 음악이 돌연 귀가 멍멍한 팡파르로 변했다.

이윽고 음악이 멈추며 갑자기 넓은 실내의 조명들이 거의 다 꺼져버렸다. 그리고 우리 몇 보 앞에 천정에서 바닥까지 드리워져 있던 검은 커튼이 서서히 열리기 시작했다. 그와 함께 장내에 깔린 침묵을 깨고 낭랑한 목소리가 울려 퍼졌다.

"공연이 시작됩니다!"

모든 눈이 열려지는 커튼에 쏠렸다.

커튼이 완전히 열리자 검은 천을 덮은 단이 나타났다. 바닥에서 겨우 2피트 정도 높이인 그 단 위에는 관대가 하나 놓여 있고 다시 그 위에 뚜껑이 덮인 금속제 관이 놓여 있었다.

아름답고 이국적인 진귀한 꽃들이 관의 뒤쪽과 양옆을 풍성하게 둘러싸고 있었다. 관 양편을 따라 길쭉한 피라미드 모양의 촛대들이 놓여있고 그 위에 긴 양

2) 체코의 대귀족 가문.

52

초들이 타오르고 있었다.

관의 머리맡에는 커다란 월계수 화환이, 그 아래엔 깃털 달린 장교의 군모와 칼이 놓여있었다. 관 앞의 바닥에는 간결한 비문이 놓여있었다.

베드르지흐 뷘셰
제국군 소위
1841년 7월 7일에 태어나 1866년 7월 7일에 죽다

모든 사람이 깜짝 놀랐다. 넓은 장내는 아주 작은 소리도 다 들릴 정도로 극히 조용했다. 그런 침묵 속에 잠시 뒤 가슴 아프고 애처로운 목소리들이 귀에 익은 성가 "살베 레지나"를 합창하는 소리가 바로 옆방에서 부르는 것 같이 들려왔다.

노래가 계속되는 사이 아무도 말을 하지 않았다. 하지만 노래가 멈추고 장내가 다시 조용해진 뒤에도 무덤 같은 침묵이 계속되었다. 움직이는 사람도 없었다. 나 외에 참석자들은 이 모든 것이 마술쇼의 독창적인 도입부에 불과하다는 사실을 깨닫지 못하고 있는 것 같았다.

꽤 시간이 흐른 뒤 대주교가 자리에서 일어났다. 여기 있는 사람들 중 가장 인내심이 없는 사람이 틀림없었다.

하지만 그 순간 쾅 소리가 나며 관 뚜껑이 날아오르더니 마호메트의 관[3]이 그랬을 법한 모양으로 공중에 멈추었다.

나는 열린 관 속에 장교복장을 한 시신이 누워 있는 것을 보았다. 하지만 너무

멀었기 때문에 얼굴을 알아보기는 어려웠다.

여전히 침묵이 무도회장을 지배하고 있었다.

결국 잠시 뒤, 의대 교수들과 의사들이 앉은 테이블에서 한 사람이 일어났다. 나는 스미호프[4]의 의사 슈페를리히 선생의 독특한 머리모양을 알아보았다.

"시체를 좀 살펴봐도 될까요?" 의사가 이렇게 묻고 나서는 빠른 걸음으로 관대에 다가갔다.

다른 의사들도 뒤를 따랐다.

그 다음에는 공인자격증을 가진 기술자들과 건축가들이 일어섰고, 다른 사람들도 뒤를 따랐다. 철학자들과 신학자들이 가장 마지막으로 일어났다.

곧 거의 모든 손님들이 관대를 둘러싸고 모여들었다. 하지만 관 가까이 있는 것은 의사 몇 사람뿐이고 나머지 사람들은 어느 정도 거리를 두고 관을 둘러싸고 있었기 때문에 사람들을 헤치고 관 가까이 다가가는 것은 그다지 어렵지 않은 일이었다.

나는 관 가까이 다가갔다. 그리고 시체의 머리맡에 서서 잿빛으로 굳어진 얼굴을 찬찬히 뜯어보았다.

그것은 내가 흐라데츠크랄로베 전투 뒤에 네하니체[5]에서 봤던 것과 똑같은 얼

---

3) 15세기 이후 유럽에서는 마호메트의 시신을 안치한 쇠로 만든 관이 자력의 힘으로 공중에 떠 있다는 소문이 널리 퍼져 있었다.
4) 프라하 시의 한 지구
5) 흐라데츠크랄로베 지방에 있는 소도시.

굴이었다.

하지만 그 얼굴은 내 친구와 너무나 흡사했기 때문에 시신의 굳어진 얼굴을 보는 동안 눈앞의 시신이 친구의 것이 아니라는 사실을 도저히 믿기 어려웠다.

슈페를리히 박사는 시신의 이마에 손을 대고 맥을 짚어 보았다. 그리고 흰색 윗도리의 단추를 풀고 셔츠 가슴부분을 열어젖혀보고는 관 속의 시신이 방부 처리된 진짜 시체라고 선언했다.

가장 가까이 서 있던 몇 사람은 의사의 말을 직접 확인해 보기 위해 그의 행동을 따라했다. 의심하는 사람은 아무도 없었다.

나도 시신의 이마에 손을 대 보았다. 얼음장같이 차가웠다. 나는 시신의 얼굴 가까이 몸을 숙여 아주 작은 숨결이라도 없는지 살펴보았다. 시신의 손도 얼음같이 차가웠다. 반쯤 드러난 가슴은 죽음의 징조들을 명백히 드러내고 있었다.

슈페를리히 박사는 앞에 누워있는 시신이 감각을 전혀 느끼지 못한다는 확실한 증거를 참석자들에게 보여주려고 옷에서 주머니칼을 꺼내 칼날을 빼서 시체의 가슴팍에 찔러 넣었다. 시신은 그 충격에 조금 움직였을 뿐, 아무 변화 없이 누워있었다.

상황을 잘 이해하지 못한 몇몇 손님들이 서로 몇 마디 말을 나누는 동안 다른 사람들은 자리로 돌아갔다.

5분 정도 지나자 관 주변에는 스무 명 정도의 손님들만 남아 있었다.

나도 자리로 돌아가고 싶었지만 다시 한 번 시신의 얼굴을 자세히 살펴보았다.

굳은 입술 위에 이국적인 분홍색 꽃잎 하나가 떨어져 있었다. 내가 시신의 얼굴을 보는 바로 그 순간 마치 희미한 숨결에 날린 것처럼 꽃잎이 살짝 떨렸다.

나는 더욱 자세히 시신의 얼굴을 들여다보다가 눈썹이 떨리는 것 같아 보인다는 사실을 알아차렸다. 잠시 뒤 가슴이 조금 들썩이는 듯 했다……

혹시 내 눈이 잘못 되지 않았나 싶어서 나는 재빨리 시신의 손을 잡아 보았다. 하지만 그 손은 더 이상 얼음처럼 차갑지 않았다. 분명히 알아차릴 수 있을 정도로 급속히 온기가 돌아오고 있는 것이 느껴졌다.

나는 이 비정상적인 변화에 슈페를리히 박사의 주의를 환기시키고 싶었다. 박사는 아직 관에서 멀리 떨어지지 않은 곳에 서 있었다. 하지만 미처 그렇게 하기 전에 나는 시체가 천천히 눈을 떴다 감는 모습을 보고 말았다.

나도 모르게 나지막한 비명이 튀어나왔다.

가장 가까이 서 있던 몇 사람이 더 가까이 다가왔다. 하지만 곧 그들 모두 혼비백산해서 재빨리 뒤로 물러섰다.

시체가 움직였다. 아니 차라리 갑자기 전류가 통한 것처럼 움찔했다고 해야겠다. 이제 시체에 생명이 돌아오는 조짐이 꽤나 명확히 나타났다.

3분 쯤 지나자 시체의 머리가 움직였고, 그 다음에 두 손이, 이윽고 몸 전체가 움직였다.

시체는 잠시 일어서려고 애쓰다가 다시 관 속으로 주저앉았다. 하지만 곧 다시 몸을 일으켜 관속에 일어나 앉았다.

참석자들의 놀라움은 경악으로 변했다. 개개인이 받은 충격이 어떠했는지 상관없이 한 가지는 명확해 보였다. 이곳에 혼비백산할 정도로 놀라지 않은 사람은 아무도 없다는 것이었다.

모든 사람들이 그냥 평범한 마술공연을 기대했던 것 같았다. 아무도 이 쇼가 이렇게 기괴하고 독창적으로 시작될 줄 짐작도 하지 못했다. 친구의 기예는 시작하자마자 눈부신 승리를 거두었다. 이제 과연 다음에 무슨 일이 벌어질까 하는 기대감이 더욱 팽배해졌다.

시체가 관 속에 일어나 앉았을 때, 잠시 완전한 침묵이 다시 장내를 덮었다.

아무도 움직이지 않았다. 모든 사람들의 눈이 여러 전문가들이 조금 전 방부처리한 시체가 틀림없다고 확인했던 놀랄만한 장치에 집중되었다.

지금 그 시체는 생명을 드러내고 있었다! 그것은 잠시 꼼짝도 않고 앉아 있었지만 눈만은 빛나고 있었다.

잠시 뒤 시체는 참석자들 중에서 누군가를 찾는 것처럼 머리를 움직였다. 그리고는 만족한 듯 고개를 끄덕거렸다. 희미한 미소가 얼굴을 스쳐지나갔다. 시체가 입술을 약간 벌리고 말을 했다. "데 모르투이스 닐 니시 보눔!"[6]

이상하게도 지금까지 손님들의 눈앞에 펼쳐진 그 무엇도 청중들로부터 단 한마디의 찬사나 감탄사를 이끌어내지 못했었다. 지금의 것은 단지 메아리를 울리는 인간의 목소리일 뿐이었다. 하지만 무도회장은 우레 같은 박수소리로 뒤덮였고 "브라보! 만세!"라는 환성이 뒤따랐다. 그 소란과 동시에 갑자기 다시 모든 불

6) De mortuis nil nisi bonum, "죽은 사람에 대해서는 좋은 얘기만 하라"는 라틴어 속담.

빛이 꺼지고 방에 완전한 어둠이 찾아왔다.

하지만 잠시 뒤 불이 다시 켜졌다. 방금 전까지 관대와 관과 부활한 시체가 있던 자리에 평범한 탁자와 의자가 놓여 있었다. 탁자 뒤에는 검은색 정장을 우아하게 차려입은 내 친구가 서 있었다.

다시 한 번 우레 같은 박수소리가 한참 동안 실내에 울려 퍼졌다. "브라보!"라는 환성이 사방에서 쏟아졌다.

떠들썩한 찬사의 분출이 가라앉자 내 친구는 참석자들에게 연설을 시작했다.

"신사 여러분, 제 공연을 이렇게 비정상적인 방식으로 시작한 것에 대해 용서를 바랍니다. 하지만 저는 시작과 비슷한 방식으로 공연을 마무리하고 싶습니다. 허나 지금은 단지 여러분의 흥미를 끌지도 모를 몇 마디 말로 막간을 메울 수 있도록 허락해주십시오. 여러분이 지금 보고 있는 것은 자기 자신의 두뇌가 아니라 다른 사람의 두뇌를 가진 사람입니다."

친구는 오른손을 자기 머리에 가져가서 모자처럼 쉽사리 두개골 윗부분을 벗어 보였다. 그리고 손에 그것을 들고 앞으로 몇 걸음 나왔다.

"제가 말하려고 하는 거의 모든 것들이 여러분에게 황당무계한 이야기로 들릴 것입니다." 내 친구가 잠깐 사이를 두고 말을 계속했다. "하지만 여기 참석하신 학식 높은 신사 분들이 원하신다면 직접 확인하실 수 있을 것입니다. 자, 신사 여러분들!"

그와 함께 내 친구는 반원형의 객석으로 내려와서 빈 의자들 중 하나에 앉으며 말했다.

"해부학과 생리학에 능통한 분들이 계시면 저의 뇌를 조사해 보십시오!"

그 말에 대한 대답으로 교수들이 앉아 있던 테이블에서 많은 손님들이 자리에서 일어나 친구를 둘러싸고 조사를 시작했다. 그러고 나서 그들 중 하나가 설명을 시작했다.

"정말이군요! 여기 우리 앞에는 진짜로 절개된 두개골과 뇌의 표면이 있습니다. 이 표면은 완전히 정상적인 작은 주름들을 보이고 있습니다. 현미경으로 본다면 구조나 크기에서 약간의 편차를 드러낼 수도 있겠습니다만, 지금 보기에는 완전히 정상적인 뇌의 표면을 관찰할 수 있을 뿐입니다. 뇌를 이루고 있는 신경세포로 구성된 주름진 회색 물질 역시 매우 명확하게 보입니다. 여기 오신 비전문가 분들을 위해 오늘날 생리학자들은 이 물질이야 말로 의식적인 사고와 재능, 그리고 기억력의 중추가 되는 곳이라고 생각한다는 점을 덧붙이고 싶습니다. 저로서는 이 이상 말씀드리기 어렵군요."

"그래서 이제 제가 직접 설명을 드리겠습니다." 내 친구가 말했다. 그리고 일어나서 두개골의 윗부분을 제자리에 다시 갖다 붙인 다음 편안한 걸음으로 본래 앉아 있던 작은 탁자로 돌아갔다.

"여기 학식 높으신 과학계의 신사 분들께서 방금 조사하신 뇌는 제가 말한 대로 내 자신의 뇌가 아니라 다른 사람의 뇌입니다." 친구가 본 공연에 앞선 사전설명을 시작했다. "저는 아득한 옛날부터 수억 명의 사람들이 다른 사람들의 두뇌 활동의 가장 훌륭한 결과를 빌리는 바로 그 목적. 바로 다른 사람의 생각을 빌리기 위해 이 뇌를 빌렸습니다.

분명 자기 머리에서 생각을 짜내는 것보다 다른 사람의 뇌로 생각해서 그 생각으로 자신과 타인에게 행복을 주는 것이 더 쉬울 것입니다.

저는 어떤 사람의 두뇌를 갖고 생각하는 것이 가장 적당할까 오랫동안 궁리한 끝에 모든 학계가 가장 명민한 사상가로 꼽는 사람의 두뇌가 좋겠다고 결정했습니다.

저는 그의 두뇌가 영국의 한 박물관에 보관되어 있다는 사실을 알았습니다. 저는 수완을 좀 부린 끝에 지극히 희귀한 그 보물을 손에 넣는 데 성공했습니다. 흐라데츠크랄로베 전투 이후, 제 두개골이 군도로 잘려나갔을 때가 좋은 기회가 되었고, 저는 저의 뇌를 뉴턴의 뇌와 바꿨습니다."

"불가능한 일이오!" 의사, 해부학자, 생리학자들의 테이블에서 소리쳤다.

"범죄적으로 후안무치한 소리로군!" 법률가들의 테이블에서 외쳤다.

"허튼 소리!" 철학자들의 테이블에서 외쳤다.

"무신론적인 신성모독이다!" 신학자들의 테이블에서 외쳤다.

하지만 내 친구는 사방에서 쏟아지는 야유에 전혀 동요하지 않았다. 그런 반응을 이미 예상하고 있었던 게 분명했다. 그는 침착하게 말을 이었다.

"여기 모이신 탁월한 손님 분들께서 부디 절 용서해 주시기를 부탁드립니다. 하지만 사람들은 저마다 자신들만의 잣대로 사물을 판단하기 마련이니까요. 사람들은 자신이 배워 익숙해진, 자기한테 편한 방식으로 다른 개념과 사물을 지각하고 규정하고 분류하기 마련입니다. 하지만 그렇게 서로 다른 평가나 딱지붙이기 때문에 사물 자체가 변하는 것은 아닙니다. 그것들은 언제나 존재하는 그대로 남아있을 뿐입니다."

이런 철학적 견해가 손님들의 분노를 어느 정도 가라앉힌 것은 분명해 보였다. 하지만 그는 아직 아무도 납득시키진 못했다.

따라서 손님들이 이렇게 외치는 것은 당연한 일이었다.

"증명해 보이시오! 우리는 확실한 증거를 원하오!"

"확실한 증거라." 내 친구가 말했다. "불행하게도 아직 누구도 모든 시대를 통틀어 가장 독창적인 가설인 뉴턴의 만유인력의 확실한 증거가 제시되지 못한 것처럼 저 역시 지금은 그런 것을 제시할 수 없습니다.

그래서 저는 여기 탁월하신 손님들이 증거에 구애받지 않고 신념이라고 부르는 것을 굳게 믿는 모든 사람들이 하는 방식으로 제가 방금 이야기한 생각에 빠져들어 보실 것을 부탁드립니다.

아무쪼록 고대 그리스인들이 제우스신을 믿듯이, 고대 로마인들이 주피터를 믿듯이…… 혹은 고대 유태인들이 심술궂은 여호와 신을 믿거나 정통 기독교도들이 오늘날까지 구세주의 도래를 믿는 그런 식으로 제 말의 진실성을 믿어 주십시오."

"훌륭하다!" 신학자들의 테이블에서 소리쳤다.

"따라서 탁월하신 신사 분들." 내 친구가 말을 이었다. "잠시 제 뇌가 정말 뉴턴의 뇌와 바뀌었다고 가정해 봅시다.

이른바 계몽되었다는 우리 시대가 제게 얼마나 이상하고 하찮게 보이는지!

우리는 과거 역사를 돌아보며 우리 선조들의 종교적인 소박함과 꼴사납고 조잡한 모습에 가련한 미소를 짓거나, 아니면 아주 짓궂게 조롱하곤 합니다. 그러면서도 미래의 세대들이 똑같은 방식으로 우리를 비웃을 거라는 생각은 전혀 하지 못하지요.

우리는 자랑스럽게 가슴을 내밀고 이 시대가 계몽과 진보의 시대라고 ─ 그리고 수억의 동료 인간들이 우둔한 짐승처럼 살고 선언합니다.

우리는 과거 세기들에는 전혀 알려지지 않았던 인간성의 원리들이 마침내 보편적으로 승인되었다고 기뻐합니다. 우리는 부질없이 태어나서 아무 의미 없이 죽어가는 수많은 사람들의 어려움과 곤란을 가장 이기적인 무관심을 가지고 방관하고 있습니다. ……어떤 예리하고 단호한 지적 존재가 19세기 후반에 우리가 하고 있는 노력과 목적을 분석한다면, 그 존재는 어디서 우리를 발견할까요? 공식의 단계, 규정의 시대, 헛된 공치사의 세기…….

인간정신이 이룬 위업들은 우리들에게 충분히 잘 알려져 있을지 모릅니다. 하지만 야비한 이기주의에서 나온 무수히 많은 이유들 때문에 우리는 편견을 깨는 것이 두려워 그것들을 회피합니다.

결코 인류의 구원을 위해서가 아니라 ─ 왜냐하면 환상은 절대로 구원을 낳지 못하기 때문입니다 ─ 노예화를 위해서 온갖 환상들이 여전히 필요한 시대에 진보를 얘기하는 게 과연 가능할까요?

"설교는 그만 두시오!" 갑자기 신학자와 철학자, 공무원들이 앉아있던 테이블들에서 소리쳤다.

"아니, 아니! 계속하시오, 계속" 예술가, 작가, 법률가들과 의사들의 테이블에서 외쳤다.

"확실히 우리 모두는 인간의 두뇌가 언제나 똑같은 물질로 이루어져 있었다는 사실을 인정할 것입니다." 친구가 말을 계속했다. "수세기 전에도 뇌는 똑같은 부분들로 이루어져 있었고, 그 작용 역시 똑같은 법칙의 지배를 받았습니다. 표면의 주름도 똑같은 형태였습니다. 수세기 전에도 표면에 주름이 퍼져 있고 내부에 두 개의 큰 신경절이 들어 있는 신경세포로 이루어진, 실제로는 하얀 물질로 덮여 있는 이 놀라운 회색물질, 현대의 생리학자들이 생각과 지성과 판단력, 그리고 재능의 중추라고 생각하는 물질이 똑같이 존재했었습니다.

그러므로 사고와 재능의 중추기관은 항상 동일하게 존재해 왔습니다. 하지만 그것이 이룬 업적들은 어떻습니까?

왜 똑같은 기관이 이전 시대에는 똑같은 업적을 이루지 못한 걸까요? 왜 우리 시대의 두뇌는 호메로스, 소포클레스, 아이스킬로스, 에우리피데스[7], 아리스토파네스[8], 셰익스피어, 세르반테스, 단테, 몰리에르, 볼테르, 루소 등의 두뇌에서 나온 생각들과 비슷한 것들을 생산하지 못하는 걸까요?

미켈란젤로, 라파엘로, 티치아노[9], 루벤스, 무리요[10], 반다이크, 렘브란트, 구

---

7) 소포클레스, 아이스킬로스, 에우리피데스는 고대 그리스의 3대 비극 시인으로 꼽힌다.
8) 고대 그리스 최대의 희극시인.
9) 베첼리오 티치아노(1488?~1576)는 르네상스 시대 이탈리아 피렌체에서 활동한 화가이다.
10) 바르톨로메 에스테반 무리요(1617~1682)는 17세기 에스파냐 바로크 회화의 황금시대를 대표하는 화가이다.

이도 레니[11], 레오나르도 다 빈치, 호가스[12], 살바토레 로사[13], 코레조[14], 카라치[15], 오스타더[16], 라위스달[17], 혹은 슈크레타와 브란들[18]이 우리에게 남긴 놀라운 작품들을 만들어낸 두뇌들은 오늘날 어디로 사라진 걸까요? 페이디아스와 스코파스와 프락시텔레스[19]에서 시작되는 탁월한 조각가의 긴 명단을 이루어 낸 두뇌들을 우리 시대에 어디서 찾을 수 있을까요? 정말 그렇습니다." 친구는 잠깐 말을 멈췄다가 계속했다. "뉴턴의 뇌는 단 한 번 존재했습니다. 그 업적을 달성하고 다시는 그런 식으로 등장하진 않았지요. 하지만 생리학자들이 사고의 원천이자 지적능력의 중심이라고 간주하는 인간의 두뇌라는 이 신비한 회색 물질은 확실히 근본적으로 똑같은 것으로 존재해 왔습니다.

사고가 그 속에서 발생하고, 인간의 여러 재능은 그 속에 감추어져 있습니다. ……그것이 바로 아이디어와 재능의 다양성에도 불구하고, 이 신비한 과정을 지

---

11) 제2의 라파엘로라고 불린 이탈리아 화가(1575~1642).
12) 윌리엄 호가스(1697~1764)는 초상화와 시대상을 풍자한 판화로 명성을 떨친 영국의 화가이다.
13) 이탈리아 나폴리 출신의 화가, 작곡가, 시인(1615~1673)
14) 이탈리아의 화가, 본명은 안토니오 알레그리(1489~1534)이나 흔히 출생지명을 딴 코레조라는 이름으로 불렸다.
15) 바로크 시대 이탈리아 화가인 안니발레 카라치(1560~1609)
16) 17세기 네덜란드 화가(1610~1685)로 농민이나 빈민의 삶을 주로 그렸다.
17) 야코프 판 라스위달(1628~1682)은 네덜란드의 화가로 특히 풍경화로 유명했다.
18) 카렐 슈크레타(1610~1674)과 페트르 브란들(1668~1739)은 둘 다 체코의 유명한 화가이다.
19) 세 사람 모두 기원전 5세기에서 4세기 사이에 활동한 고대 그리스의 대표적인 조각가들이다.

배하는 미지의 법칙들이 영원히 동일하게 존재하는 이유입니다. 한 마디로 단 하나의 논리만이 존재하고 그것은 영원하다는 것이지요.

농부, 장인, 하인, 노예처럼 오래 전에 망각된 사람들의 뇌가 뉴턴의 뇌와 같은 환경에서 태어나 같은 체계에 따라, 같거나 비슷한 조건 아래에서 작동한다면, 뉴턴보다 먼저 그들의 두뇌가 똑같은 과학적 업적을 성취할 수 없었을 거라고 누가 말할 수 있을까요? 아니, 훨씬 더 위대한 업적을 성취할 수 없었을 거라고 누가 말할 수 있을까요?"

"저런 훌륭한 말에는 도저히 반대를 할 수가 없군." 문학가들이 모여 있는 테이블 쪽에서 낯선 목소리가 말했다.

"그럼 대체 소위 뛰어난 머리에 대한 터무니없는 숭배는 왜 있는 걸까요?" 내 친구는 말을 계속 이어나갔다. "이러 저렇게 찬양을 받는 업적을 이룰 수 있게 한 동일한 가능성들이 단지 그런 것을 시도하지 않았을 뿐인 수천 명의 사람들 속에 존재했거나 여전히 존재하고 있다는 사실을 우리가 알고 있는데도 말입니다."

"브라보! 브라보!" 귀족들이 앉아있는 테이블에서 환성이 터졌다.

"그럼 대체 다른 사람의 머리를 사거나 고용하는 무뇌아들에 대한 더더욱 터무니없는 숭배는 왜 있는 것일까요?

귀족과 공무원들의 테이블에서 나지막하게 성난 웅성거림이 들렸지만 친구는 아랑곳하지 않고 말을 계속했다.

"그럼 대체 우리의 정신, 우리의 행위, 우리의 시대에 대한 이러한 우상화는 왜 생기는 걸까요? 우리가 여전히 완전한 계몽과 거리가 멈에도 불구하고 18세기와 진보의 시대에 대한 그런 지속적인 찬미는 왜 나오는 걸까요? ……언제 우리는 모든 시대 동안 인간 정신이 이룬 거의 모든 업적들이 오늘날에 와서 악용될 수 있다는 사실을 깨닫게 될까요?

기계를 작동시키는 현대의 노동자는 예전처럼 노예가 아닌 걸까요? 그런 노동자들의 삶은 과연 예전보다 더 쾌적하고 더 안정되고 더 즐거운 걸까요?

학문의 여왕인 수학에서부터 그 끄트머리에서 자주 나타나는 사이비과학에 이르기까지 모든 학문이 그 과거와 최신의 업적들을 통해 인류의 상잔에 봉사하고 있다는 사실을 우리 모두 모르는 걸까요?

현대 전략·전술의 진보는 최신의 모든 통신 수단이 오로지 대규모 병력들이 자기들의 무기를 가지고 서로를 가장 쉽게 절멸시킬 수 있는 위치로 가장 빠른 이동을 보장하는 데만 사용되고 있을 뿐이라는 사실을 증명하고 있습니다.

수학, 화학, 광학, 기계학 및 기타 과학 전체가 그런 목적을 위해 최첨단의 가장 완벽한 업적들을 제공하고 있습니다. 심지어 사실만을 기록하는 존엄하기 그지없는 역사와 훌륭한 검증을 거친 교육조차 모범적인 예를 제시함으로써 대체로 같은 목적에 종사하고 있습니다.

우리 역사가들이 가르쳐 주는 전범적인 영웅과 전사들은 실제로 무엇이었으며, 격렬하고 대개 무의미한 전투로 사람들을 불러내는 현대의 선언문들과 군사명령들과 그 모든 크고 작은, 흔히 가장 교묘하게 고안된 문서들은 결국 무엇인 것입니까?'

"당신 자신의 신분을 모욕하지 마시오!" 장교들의 테이블에서 누군가 외쳤다.

뒤편 어딘가에서 굵지만 낭랑한 목소리가 큰 소리로 물었다.

"이런 것들이 대체 마술 실험과 무슨 상관이 있소?"

"큰 상관이 있지요." 친구가 대답했다. "제 실험은 과학적 가설에 기초하고 있으니까요."

"그럼 실험이나 계속하시오!" 누군지 알 수 없는 아까의 그 목소리가 외쳤다.

"설명을 계속하시오!" 오른쪽 테이블들에서 소리쳤다.

"안 돼, 안 돼! 실험! 실험을 계속해!" 왼쪽에서 외쳤다.

"말! 말을 계속하시오!" 중앙에 있는 목소리들이 요구했다.

잡음과 혼란이 실내를 지배했다. 잠시 알아들을 수 있는 말은 한 마디도 들리지 않았다…….

그 때까지도 내 친구가 무슨 실험을 하려고 하는지 내가 전혀 모르고 있었다는 사실을 인정해야겠다.

그의 단편적인 설명은 내 호기심을 자극했다. 마음속으로는 난 이미 더 이상의 지체 없이 실험을 수행할 것을 요구하는 사람들의 편에 서 있었다. 그럼에도 불구하고, 조금이라도 친구에게 방해가 되지 않기를 바라면서, 나는 친구가 연설을 다시 시작했을 때에도 전처럼 침묵을 지키고 있었다.

"현대인이 사고의 속도에 관해서나 진보나 다른 문제들에 관해서 아름다운 선언을 작성하는 방식을 알고 있는 것과 똑같이, 피할 수 없는 궁극의 종착지가 망각이라는 걸 너무나 잘 알고 있음에도 불구하고, 현대인은 불멸에 관해서도 그런 선언들을 만들어 낼 수 있습니다. ……사실, 현대인은 개인이나 어떤 현상의 이미지를 후대에 보존하기 위해 열심히 노력했고, 지금도 노력하고 있습니다. 하지만 종류를 막론하고 모든 기술은 단지 그런 이미지의 그림자 — 그것도 시간이 지나면 빛이 바래 희미해지고 점차 분해되어 결국에는 그 원본처럼 흔적도 없이 영원히 사라져 버릴 그림자 — 를 보존하는 데 성공했을 뿐입니다.

저는 수년에 걸쳐 이 문제를 숙고해왔습니다. 제가 사용할 수 있는 과학의 모든 성과들에 기초한 저의 기술은 이제 오래 전에 사라져 버린 이미지나 현상을 무엇이든, 심지어 수백 수천 년 지난 것이라도 사람의 눈앞에 나타나게 할 수 있습니다.

"어떻게? 어떻게?" 사방에서 목소리들이 갑자기 튀어나와 내 친구의 말을 가로 막았다.

그는 연설을 통해 호기심을 불러일으키려 한 것이 분명했다. 이제 모두 호기심을 느끼고 있었다. 하지만 그는 아무 것도 듣지 못한 것처럼 말을 계속했다.

"만약 안경이나 쌍안경이나 망원경이 발명되기 전에 누군가 동시대의 엄선된 사람들을 모아놓고 그 앞에서 어떤 기구의 도움을 받아 수마일 멀리까지 내다볼 수 있게 될 거라고, 심지어 천체들을 관찰할 수 있게 될 거라고 주장했다면, 분명 그 시대의 가장 명민한 사상가들조차 그런 말들을 회의적으로 받아들였을 것입니다.

그와 마찬가지로, 만약 누군가 증기기관이나 전보나 혹은 그 비슷한 장치들이 발명되기 전에, 몇 달이 걸리던 여행을 몇 시간 내로 하는 것이 가능해 질 거라며 수 백 마일 떨어진 곳에 있는 사람과 눈 깜빡할 사이에 통신을 주고받는 것이 가능해 질 거라고 주장한다면, 그 사람 역시 똑같은 대접을 받게 되었을 것입니다.

이제 물론 우리는 지금은 가능해진 그런 일들이 불가능하다고 생각한 것에 대해 연민어린 조소를 보냅니다. 하지만 그럼에도 불구하고 만일 제가 지금 감히 그것들과 비슷한 주장을 한다면, 제가 실험으로 보여드리기 전까진 아무도 제 말을 믿지 않을 것이라고 저는 확신합니다.

저는 우연히 현존하는 가장 완벽한 현미경과 망원경의 성능을 능가하는 도구를 겉보기에 평범한 안경처럼 만들 수 있는 물질을 발명하는 데 성공했습니다. 왜냐하면 그 안경을 가지고 엄청나게 멀리 있는, 구체적으로 말하면 수십 억 마일 떨어져 있는 곳의 광경을 선명하고 또렷이 구별할 수 있기 때문입니다……."

"불가능한 일이오! 동화 같은 이야기요!" 곳곳에서 사람들이 소리쳤다.

"제 말의 내용을 비추어 볼 때," 내 친구가 이야기를 계속했다. "저는 당연히 불신에 직면할 것이라는 점을 예상했습니다. 500년 전에 제가 지금은 확실한 사실로 증명된 사실, 즉 태양이 지구를 도는 게 아니라 지구가 태양 주위를 돈다고 주장했다면 아무도 제 말을 믿지 않았을 것과 똑같이 말입니다."

때문에 저는 여기 모인 탁월한 손님들께서 현존하는 모든 망원경을 능가하고, 동시에 믿을 수 없을 정도로 단순한 물질과 기구를 발명했다는 제 말을 불가능한 동화 같은 이야기로 치부하고 마는 것이 전혀 놀랍지 않습니다. 하지만 그게 전부가 아닙니다. 저는 방금 말씀드린 것보다도 훨씬 믿기 힘든 발명을 해내는 데 성공했습니다.

실제로 엄격한 의미에서 이것이 아득한 옛날부터 알려져 있었기 때문에, 발명이라고 말할 수는 없을 것입니다. 하지만 그 응용은 완전히 새로운 것입니다……

그 단순함은 모든 사람을 놀라게 할 것입니다. 하지만 모든 인간 사고의 결과를 단지 몇 마디 말로 표현할 수 있다면, 겉보기에 혼돈상태로 보이는 우주와 가장 이질적이고 무수한 자연력들이 모두 단 하나의 법칙에 따른다는 것을 고려한다면, 적어도 단지 몇몇 힘들의 결과물을 이용할 수 있다는 것을 인정하게 될 것입니다.

저는 빛과, 또한 지금까지 가장 빠른 자연의 힘으로 간주되었던 것, 바로 전기의 속도를 능가하는 지극히 귀중한 원동력, 태곳적으로부터 알려져 있는 원동력을 발명, 혹은 사용할 수 있게 되는 데 성공했습니다."

"허튼소리!" 모든 곳에서 사람들이 소리쳤다.

"하지만 저는 지금 정확히 그 반대의 사실을 증명할 것입니다." 내 친구가 말을 계속했다. "왜냐하면 힘 그 자체 뿐 아니라, 놀랄만한 그 힘의 효과를 검증받게 할 수 있는, 가장 대담한 실험과 증명에 사용될 수 있는 도구를 제가 만들었고, 여기서 제 말의 진실성을 직접 확인하고자 하는 모든 이에게 자유롭게 사용할 수 있게 되었기 때문입니다."

그리고 내 친구는 고개를 들어 위를 쳐다보았다.

그제 서야 나는 금속으로 만든 관 뚜껑이 허공에 떠 있던 자리에 이제 커다란 정삼각형이 매달려 있는 것을 보았다. 그 삼각형의 꼭짓점 하나는 똑바로 천정을 향하고 있었고 그래서 밑변은 바닥과 평행을 이루고 있었다.

삼각형은 안에 두 사람이 족히 들어가 서 있을 정도로 컸다. 나는 그것이 무엇으로 만들어졌는지 알 수 없었다. 내가 보기에는 반짝거리는 튼튼한 철사로 만든 것 같았다. 적어도 세 변 모두 매끈매끈해서 빛을 반사하는 것처럼 번쩍이고 있었다.

하지만 내가 거리를 두고 그 이상한 장치를 뜯어볼 시간을 가지기 전에, 내 친구가 손을 흔들자 그 삼각형은 즉시 위에서 내려와 그 앞의 탁자 위에 멈추었다.

이상한 이야기지만 나는 그제서야 그 아래쪽 모서리들에 두 개의 반짝거리는 물체가 매달려 있는 것을 보았다. 조금 전 삼각형이 허공에 매달려 있을 때만 해도 전혀 보지 못했던 물건들이었다.

내 친구는 두 손을 같이 그 물체들에 뻗어 탁자 위에 그것들을 올려놓고 말했다.

"확신을 가지길 원하시는 분들께 가까이 와서 제 장치들을 살펴 볼 기회를 기꺼이 드리겠습니다."

그러자 사방에서 손님들이 내 친구의 탁자 주위로 모여들었다.

나 역시 이번만은 유난히 호기심이 들었기 때문에 서둘러 내 친구에게 다가갔다. 힘들게 사람들을 헤치고 탁자 가까이 가서 여유 있게 그 기구를 살펴볼 수 있었다.

나는 탁자 위에 겉보기엔 극히 평범한 안경 두 개가 놓여 있는 것을 보았다. 나는 하나를 집어 들어 그것들이 보통의 안경과 다른지, 다르다면 얼마나 다른지를 보려고 렌즈를 들여다보았다. 하지만 유별난 점을 전혀 발견할 수 없었다는 사실을 고백해야 했다. 그것은 연마되어 있지 않긴 했지만 완벽하게 평범한 렌즈로 보였다.

두 번째 도구는 좀 더 이상한 물건이었다. 멀리서 볼 때 튼튼하고 빛나는 철사라고 생각했던 것은 거미줄처럼 가늘지만, 철사만큼 강하고 튼튼한 생전 처음 보는 빛나는 물질이었다. 멀리서 봤을 때 단단한 철사처럼 보인 것은 눈의 착각이었다.

나뿐 아니라 여러 다른 손님들도 자신의 손과 눈을 통해 직접 이 사실을 확인했다.

잠시 뒤 내 친구가 최대한 정중한 태도로 호기심 많은 손님들에게 다시 자리로 돌아가 달라고 요청했다. 그들이 자리에 앉자 그는 설명을 계속해 나갔다.

"먼저," 그가 말했다. "저는 여러분들에게 빛의 속도에 대한 몇 가지 알려진 정보를 상기시켜 드려야 하겠습니다. 왜냐하면 이것은 제 기구의 속도를 쉽게 비교하는 데 필요하기 때문입니다. 잘 알려진 대로 빛의 속도 1초에 4만2천 마일[20]입니다.

따라서 달에서 출발한 광선은 대략 1초 반 만에 우리에게 도달합니다. 태양에서는 약 8분 정도 걸리지요. 목성에서 지구까지 빛이 오는 데 대략 30분 정도 걸

---

20) 여기서 말하는 마일은 1마일이 1.6킬로미터인 통상적인 마일이 아니라 적도에서 경도 거리로 기준으로 하는 지리마일(geographical mile)을 가리킨다. 1지리마일은 대개 적도에서 경도 1분 거리인 1,854미터이지만, 독일과 덴마크에서는 1지리마일(geografische Meile)이 적도에서 경도 4분 거리인 7,420미터이다. 따라서 여기서 42,000마일은 약 30만 킬로미터로 계산된다.

립니다. 화성은 1시간, 금성은 두 시간, 가장 멀리 있는 행성인 해왕성에서는 약 세 시간…….

하지만 우리 지구에서 가장 가까운 항성, 즉 광도가 1등성인 항성들 중에서도 가장 밝은 항성은 여기서 약 4조 마일 떨어져 있습니다. 그러므로 그 빛이 우리에게 도달하는 데 자그마치 3천2백 년이나 걸립니다.

한편 12등성의 항성은 슈트루베[21]의 계산에 따르면 약 5조 마일 거리에 있고, 그 빛이 우리에게 닿는 데는 약 4천 년이 걸립니다.

허셜은 지구와 성운들의 거리를 3경2천조 마일 정도로 평가했습니다. 그 빛이 우리에게 오는 데는 약 2만4천 년이 필요합니다.

하지만 허셜[22]과 매들러[23]는 희미하게 빛나는 수많은 성운들을 보고 성운을 구성하는 별들은 광도 1등성 항성보다 30만 배 멀다고 판단하고 있습니다. 실제로 로스[24]의 초대형 망원경으로 그것들의 빛이 우리에게 오는 데 약 3천만 년이 걸리는 거리에 있다는 사실을 보여주었습니다.

---

21) 러시아의 부자 천문학자인 프리드리히 폰 슈트루베(1793~1864) 또는 그 아들인 오토 폰 슈트루베(1819~1905) 두 사람 중 하나를 가리키는 듯하다.
22) 역시 영국의 부자 천문학자인 프리드리히 윌리엄 허셜(1738~1822)과 존 프레데릭 윌리엄 허셜(1792~1871) 중 아들 쪽을 가리키는 듯하다.
23) 독일의 천문학자 요한 하인리히 폰 매들러(1794~1874)를 가리킨다.
24) 영국의 천문학자 로스 백작 3세 윌리엄 파슨스(1800~1867)는 천체망원경 제작에 헌신하여, 1839년 지름 90cm의 반사망원경을 만들고, 1842년 당시로써는 세계 최대의 지름 180cm의 반사망원경을 제작했다.

그러므로 소위 우주의 나이는 그 별들의 빛이 우리에게 오는 시간으로 보았을 때 적어도 3천만 년은 되는 것이 확실합니다.

물론 이 모든 사실들은 학식 있는 사람이라면 잘 알고 있는 사실입니다. 저는 단지 제 주장을 증명하기 위해 그 사실들을 말하고 있을 뿐입니다.

왜냐하면 반투명 유리의 도움으로 그런 엄청난 거리에 있는 물체들을 보는 것이 가능하다면, 제 발명품과 같은 비교할 수 없을 만큼 더욱 완벽한 도구로 12등성의 항성으로부터 우리 지구를 평범한 인간의 눈이 아무런 도움도 받지 않고 10인치나 12인치 앞의 작은 물건을 보는 것처럼 선명하고 정확하게 보는 것이 가능하지 않으리라는 이유가 있을까요?"

"헛소리!" 청중 뒤편에서 화난 목소리가 튀어나왔다.

내 친구의 얼굴에 희미한 미소가 스쳤다. 그것은 승리를 확신하는 사람의 미소였다.

"제가 내 말의 진실성을 입증할 증거를 제시할 때까지 제가 말한 건 모두 의심받을지 모르지요." 그가 말을 계속했다. "하지만 우리 중 한 사람이 12등급의 항성에서 지구까지 약 5조 마일의 거리를 한 시간 내로 여행해 낸다면 한 동안 모든 사람들이 그것을 인정할 것이 분명합니다. 만약 제가 말한 방법을 통해 인위적으로 시야를 더욱 명확하게 만든다면, 여행자는 그 짧은 여행 동안 최초의 인간에서 지금 이 순간까지 인류의 전 역사가 펼쳐지는 것을 볼 수 있을 것입니다…….

덧붙여 여행자가 그런 장면들을 좀 더 길게 보고 싶어 한다면, 빛의 속도로 같은 방향으로 여행하면 될 것이라는 점을 모든 사람들이 인정할 것입니다…….

우리가 지금 광속으로 이 무도회장 밖으로 날아간다면, 계속 현재의 장면을 보게 될 것이기 때문입니다.

하지만 우리가 단번에 지구에서 36억2천9백만 마일 떨어진 곳에 가서 빛의 속도로 비행한다면, 우리는 지구의 24시간 전 모습을 보게 될 것입니다.

그리고 우리가 만일 방금 말한 것보다 365배 떨어진 곳에 가서 빛의 속도로 계속 비행한다면, 우리는 1년 전에 지구에서 벌어진 일들을 보게 될 것입니다…….

제가 방금 말한 것보다 우리가 다섯 배, 열 배, 백 배, 천 배 떨어진 곳에서 광속으로 비행을 하고 있다면, 우리는 5년, 10년, 1000년, 1000년 전에 지구에서 일어난 일들을 보게 될 것이 분명합니다.

우리의 비행궤도는 직선이나 지그재그를 그리지 않고, 지구의 자전 뿐 아니라 공전 궤도를 따라 비행하도록 거대한 곡선을 그리게 될 것입니다.

이는 지구에서 벌어지는 일들이 단 하나도 사라지지 않고 모두 무한한 우주에 비추어지고 있다는 것을 의미합니다.

엄청난 속도를 가진 도구가 있다면 우리는 이러한 장면들 하나하나를 따라 잡아 마음대로 관찰하거나 조사할 수 있을 것입니다.

그런 모험을 할 수 있는 도구로 저는 이것들을 발명했습니다. 비록 이것들이 비할 데 없는 단순함 때문에 모든 사람을 놀라게 할지도 모르지만, 제가 오늘 이 특별한 손님들 중 한 분을 우주로 떠나는 모험적인 여행에 저와 함께 떠나자고 초대할 수 있을 만큼 충분한 검증을 거친 물건들입니다…….”

커다란 웃음이 넓은 실내를 울렸다. 일부는 불신의, 일부는 경멸의 웃음이었다.

"허튼 소리! 순전한 가설! 헛소리!" 여러 곳에서 사람들이 외쳤다.

웃음소리가 어느 정도 가라앉았을 때, 아까 전에 친구의 말을 가로막았던 것과 같은 성마른 목소리가 무도회장 뒤편에서 울려 나왔다.

"당신보다 앞서 쥘 베른[25]이 그런 여행을 했소. 그도 달까지 비슷한 여행을 했지."

다시 희미한 미소가 친구의 얼굴을 스쳤다.

"저 신사 분께서는 정확히 말씀하셨습니다." 친구가 말했다. "하지만 그 뿐이군요. 쥘 베른도 그런 모험을 시작한 첫 번째 인물이 아니니까요. 그보다 4반세기 쯤 전에 에드거 앨런 포[26]가 비슷한 여행을 했었고, 17세기에는 시라노 드 베르주라크[27]가 있었지요. 하지만 여행의 방향이 같다 해도 사용된 수단과 추구하는 목적은 완전히 다릅니다…… 이전에 그런 여행에 나선 모든 사람들은 복잡한 장치들을 사용했고, 여행의 목적은 교육과 재미를 위한 것이었습니다. 하지만 저는 가능한 가장 단순한 장치를 사용하고, 제 여행의 목적은……"

"목적 따윈 상관없소!" 뒤쪽에서 그 무례한 목소리가 세 번째로 소리쳤다. "우

25) 프랑스 소설가 쥘 베른(1828~1905)은 『지구에서 달까지』(1865)에서 대포알을 타고 달에 가는 우주여행을 묘사했다.
26) 에드거 앨런 포(1809~1849)는 『한스 팔의 환상여행』(1835)에서 열기구를 타고 달에 가는 이야기를 다루었다.
27) 17세기 프랑스 작가 시라노 드베르주라크(1619~1655)는 선구적인 소설 『달나라 여행』(1656)과 『해나라 여행』(1662)을 통해 우주여행을 묘사했다.

리는 그런 여행이 실제로 가능하다는 증거를 원할 뿐이오!"

"더 이상의 지체 없이 증거를 보시게 될 겁니다." 내 친구가 대답했다. "마음이 내키시는 분들은 꼭 다시 보고 싶은 장면을 작은 종이에다가 좀 적어 주시겠습니까? 그리고 여러 분들 가운데에서 장치를 조종할 저와 함께 여행을 떠날 대표를 뽑아 주실 수 있겠습니까?"

이런 말을 하고나서 내 친구는 손을 몇 차례 움직였고, 그 때마다 그 장치는 소리하나 없이 공중에 떠올랐다가 다시 탁자 위로 내려왔다.

이런 움직임은 너무나 빠르게 진행되어 얼마나 자주 그랬는지 셀 수 없을 정도였다. 하지만 그것은 내 친구의 장치가 정말 비상하게 특별한 것이라는 증거였다.

이 사전 실험이 끝나자 장내에는 약간의 소란이 일었다. 몇몇 손님들은 하인들이 나누어 준 종이에 다시 보고 싶은 사건들을 적고 있었다. 일부 손님들은 몇 개의 그룹을 형성해서 이야기를 나누고 있었다. 그 동안 내 친구는 작은 탁자 뒤에 서서 침착하게 모든 것이 준비되기를 기다리고 있었다.

나 역시 다른 참석자들처럼 그런 환상적인 우주여행이 실제로 이루어질 리가 없다고 확신했지만, 그럼에도 불구하고 내 친구가 어떻게 실험을 수행할지 몹시 보고 싶었다.

나는 그런 실험은 모종의 착시효과에 의존하는 것 외에 다른 방식으로 이루어질 수 없을 것이라고 의심했다. 아니 실제로는 확신했다. 그래서 나는 내 친구가 이렇게 많은, 엄선된 청중의 감각을 속이기 위해 어떤 방식을 시도할 것인지가 특히 궁금했다.

지금까지 보여준 실험들만 볼 때도 그의 날랜 손재주는 정말 놀라웠다. 나는 그가 과연 마지막 실험을 어떻게 무대에 올릴 것인지, 그가 나조차도 속일 수 있을지 더더욱 궁금했다.

잠시 뒤, 작성이 끝난 종이들이 탁자 위에 놓여 졌을 때, 내 친구가 다시 목청을 돋워 말했다.

"이제 여러분들의 대표를 뽑아주실까요?" 그가 말했다. "이건 위험한 여행입니다. 여러분이 뽑은 대표가 나와 함께 이 삼각형 안에 들어가서면, 출발……"

"왜 군이 뽑아야 하오? 자원을 받는 걸로 합시다!" 대주교가 제안했다.

"그럼 자원자 계십니까?" 내 친구가 물었다.

무도회장은 쥐죽은 듯 조용해졌다. 자원하는 사람은 아무도 없었다…….

지금 앞으로 일어날 모든 일들을 건전한 감각으로 확인해 볼 가장 적절한 기회가 왔다고 나는 속으로 생각했다. 내 친구가 다시 질문을 되풀이 했을 때, 나는 일어나서 겉으로는 두려움을 전혀 내비치지 않고 친구의 탁자로 걸어갔다.

내가 꼭 그렇게 편하게 느끼지만은 않았음을 고백해야겠다. 많은 청중들 앞에서 내 친구와 함께 마술 실험을, 그것도 내가 아직까지 결과가 어떻게 될지 전혀 모르는 실험을 해야 한다는 사실은 내 안에 두려움과 기대감이 섞인 신비한 전율을 불러일으켰다. 그것은 대중 앞에 처음 섰을 때 거의 누구나 경험하는 그런 것이었다.

내가 그 모험적인 여행에 자원한 것을 보고 내 친구는 내게 행복한 미소를 보냈다. 하지만 내가 그의 탁자 옆에 섰을 때, 그는 말했다.

"명예로운 손님 여러분! 이 모험에 자원해준 이 사람은 제 친구입니다. 저는 아는 사람의 도움을 받아 이런 실험을 행하는 협잡꾼이란 얘기를 듣고 싶진 않습니다. 그래서 저는 여러분께서 이 사람을 여러분들의 대표로 인정하겠다고 확실히 선언하기 전까지 그의 제안을 받아들일 수 없습니다."

참석자들의 날카로운 시선이 내게 쏠렸다. 모든 손님들이 내가 과연 믿을 만한 사람인지 내 얼굴에서 알아내려고 애쓰고 있었다.

"다른 분들이 아무도 자원하지 않는다면 사실 대안이 없습니다. 게다가 이것은 증명의 문제이고 우리의 대표는 우리에게 자기 보고의 신뢰성을 입증해야 할 겁니다……."

"맞소! 맞아!" 한편에 있는 몇몇 테이블에서 목소리가 나왔다.

"우리는 동의합니다!" 다른 쪽에 있는 몇몇 테이블에서 외쳤다.

"저는 기꺼이 제가 목격한 모든 것을 진실하게 진술할 뿐 아니라 ─ 할 수 있는 한 ─ 제 진실함의 증거까지 제시하겠습니다." 내가 꽤 수줍은 목소리로 말했다.

"그럼 먼저," 내 친구가 다시 큰소리로 말했다. "제가 받은 종이들을 시간 순서대로 정리할 시간을 좀 주시겠습니까?"

그리고는 엄청나게 빠른 속도로 종이들을 정리하기 시작했다.

테이블 가까이 서 있었기 때문에 간혹 종이에 적힌 글들을 꽤 선명하게 읽을 수 있었다.

다 합해서 400장이 넘었다. 분명 많은 손님들이 하나 이상 적어 낸 것이 틀림없었다.

내 친구가 워낙 민첩하게 그것들을 정리했기 때문에, 5분 쯤 뒤에는 그 일을 모두 끝낼 수 있었다.

그리고 나서 그가 손님들에게 말했다. "이 종이들에 따르면 사람들이 다시 보고 싶어 하는 첫 번째 장면은 119일 전에 벌어졌군요."

따라서 우리가 우주에 반사된 대로 그 장면을 다시 보기를 원한다면, 빛이 119일 동안 날아간 거리를 단 한 순간에 여행해야 합니다. 그렇게 해야지 그 장면을 볼 수 있는 장소에 갈 수 있기 때문입니다.

그 장면을 보다 오래 보고 싶다면 우리는 거기서 빛의 속도로 날아야 합니다.

그 경우 무엇보다 빛보다 앞서 가는 것이 필요합니다. 잘 알려진 대로 빛이 1초에 4만2천 마일을 가기 때문에, 1분에 252만 마일, 한 시간에 1억5천120만 마일, 하루에는 약 36억2천9백만 마일을 가고, 따라서 119일이면 4천3백18억5천백만 마일을 갑니다.

제가 만든 장치를 사용하면 눈 깜짝할 사이에 지구에서 엄청나게 먼 곳에 갈 수 있습니다. 그럼 우리는 지구의 자전궤도 뿐 아니라 공전궤도에 맞추어 거대한 곡선을 그리며 광속이나 광속보다 조금 빠른 속도로 비행할 것입니다."

마지막 설명을 끝내고 내 친구가 책상을 조금 앞으로 옮겼다. 그러자 삼각형이 소리 없이 바닥으로 내려앉았다.

그 다음에 그는 이상한 안경 중 하나를 쓰고 삼각형 안으로 들어갔다.

나는 그가 한 대로 따라했다. 남아 있는 다른 안경을 쓰고 나 역시 삼각형 안으로 들어가서 내 친구 가까이 섰다.

침묵이 무도회장을 지배했다. 아무도 꼼짝하지 않았다. 모두 다 다음에 무슨 일이 벌어질 것인가 보고 싶어 죽을 지경인 게 분명했다.

갑자기 그 장치가 천정을 뚫고 나가는 것은 확실히 불가능하다는 생각이 들었다.

나는 위를 쳐다보고 커다란 둥근 입구가 뚫려 있는 것을 알았다. 그것을 통해 하늘과 별들이 내다 보였다.

하지만 내가 미처 깨닫지 못했던 이 이상한 변화에 관해 친구에게 물어보기도 전에, 누군가 돌로 은종을 때리는 것처럼 맑게 울리는 땡땡 소리를 들었다. 다음 순간 내게는 우리가 날아오르고 있는 것처럼 보였다…….

나는 일부러 '내게는' 그런 것 같았다고 말한다. 왜냐하면 내가 조금 전 무도회장에서 보았던 장면이 눈앞에 정지된 채 계속되고 있었기 때문이다…….

"우린 비행하고 있는 건가, 아닌가?" 잠시 뒤 내가 친구에게 물었다. 그는 한 손에는 손님들이 작성해 준 종이들을 들고 다른 손으로는 그 장치를 조종하고 있는 것 같았다.

"우리는 지금 비행하고 있어." 친구가 대답했다. "하지만 아직은 광속에 머물러 있지. 자네 눈에 아직 출발하기 전에 보았던 장면이 보이는 건 바로 그 때문이야. 잠시 뒤에 내가 기계를 조작하면 우린 순식간에 지구에서 4천3백18억5천백만 마일 밖에 있게 될 걸세. 그런 다음 잠시 광속으로 비행할 거야."

"좋아." 내가 말했다.

잠시 후 내 앞의 광경이 아지랑이에 휩싸이는 것처럼 보였다. 곧 점점 짙어지는 어스름 외에는 아무 것도 보이지 않았다. 마침내 나는 앞에 칠흑 같은 암흑이 펼쳐진 것을 느꼈다.

"왜 이제 아무 것도 보이지 않는 건가?" 나는 친구에게 물었다.

"우린 빛이 119일 동안 갈 수 있는 지점에 도착했네." 내 친구가 말했다. "4천 3백18억5천백만 마일의 거리에서 지금 자네는 119일 전의 밤에 벌어진 풍경을 보고 있네. 우리는 광속으로 비행하고 있는 중이야. 하지만 내 장치의 메인 스프링을 살짝 누르면 필요한 만큼 좀 더 빨라질 걸세. 그럼 모든 장면이 점차 눈앞에 펼쳐지게 될 거야."

나는 대답하지 않았다. 그 순간 암흑이 흐릿한 빛으로 변하는 것 같았기 때문이다. 하지만 이번에는 마치 여러 군데에서 화염이 불타오르는 것인 양 불그스름한 빛을 띠고 있었다.

어둑어둑함은 급속히 밝아졌다. 안개로부터 하나의 풍경이 내 앞에 펼쳐지고 있었다. 처음에는 산과 숲과 강, 도시와 마을들의 흐릿한 윤곽 밖에 보이지 않았다. 붉은 화염들이 여러 군데에서 약동하고 있었다.

하지만 곧 모든 것이 선명한 빛 속에 보였다. 곧 들판, 길, 농장, 집들 하나하나를 다 알아볼 수 있게 되었다. 또 화염들 속에서 건물들의 큰 무리들을 볼 수 있었다. 더 작은 불길들이 도깨비불처럼 들판 전체 곳곳에서 불타오르고 있었다.

서서히 풍경이 또렷해졌다.

나는 도로들 뿐 아니라 벌판과 초원에 극히 혼란스럽게 움직이고 있는 그림자들을 지켜보았다.

곧 이 그림자들이 살아있고, 무수히 많은 점들로 이루어져 있다는 사실을 발견했다……. 나는 기병들과 마차들, 보병들을 알아보았다…….

나는 한편에서 달아나고 있는 크고 작은 집단들 혹은 인파를 보았다. 반면 다른 편은 움직임이 없는 군중을 이루며 멈추어 서 있는 것 같았다…….

시야는 점차 밝아졌다……. 불타는 건물들 근처에서 사람들이 분주하게 모여들고 있는 모습을 볼 수 있었다……. 여기저기에서 한 쪽의 군중들은 전진하고 다른 편은 물러서고 있는 것처럼 보였다…….

곧 나는 다른 집단들을 분간해냈다……. 더 작은 불빛들 속에서 바삐 움직이고 있는 사람들이 보였다. 사방에서 마차와 사람들이 이 무수한 지점들을 향해 움직이고 있었다.

기묘한 광경이 점점 자세하게 드러났다. 나는 군부대의 크고 작은 단위들을 알아 볼 수 있었다. 달아나고 있는 사람들과 그들을 쫓고 있는 사람들의 다양한 물결들…… 부상자들을 도와주고 있는 것 같아 보이는 사람들의 여러 무리들…….

이윽고 죽은 말들, 엎어진 마차들과 대포, 사람들로 말 그대로 시산혈해를 이룬 곳들이 눈에 띠였다.

이런 곳들에서는 특별한 활동들이 이뤄지고 있었다. 나는 이제 개개의 사람들을 알아볼 수 있었다. 그들 중 일부는 구덩이를 파고 있었고, 일부는 앞뒤로 오락

가락하며 수색을 하고 있었으며, 일부는 아직 시체들을 모아 구덩이나 불이 있는 곳으로 가져가고 있는 것이 보였다……

이윽고 나는 하늘 위에서 저녁 풍경을 조망할 때 볼 수 있는 장면을 보게 되었다. 나는 전투 직후의 풍경을 보고 있었다……

내 앞에 몇 마일 멀리까지 풍경이 펼쳐졌다. 나는 거의 백 개쯤 되는 마을과 작은 도시들을 볼 수 있었다. 도시들 중 많은 것들은 어디인지 알아 볼 수 있을 것 같았다……

하지만 그 이상한 풍경은 변하지 않았고 가만히 있지도 않았다. 내가 그것을 오랫동안 바라볼수록, 그것은 더 선명해졌지만, 동시에 그것은 변하고 있었다.

이제는 높은 탑에 올라가 대낮의 전장을 보는 것처럼 상당히 명확하게 볼 수 있었다……. 모든 것이 생명을, 생생한 형태와 색깔을 갖고 있었다. 그래서 내 시선이 닿는 곳이면 모든 것을 구석구석 자세하게 알아볼 수 있었다.

하지만 장면은 변화하고 있었고, 나는 광경 전체에 매혹된 나머지 세부적인 것까지 자세히 볼 틈이 없었다. 때문에 그 변화하는 장면을 묘사하는 것은 불가능할 것이다……. 그것은 마치 파노라마를 보고 있는 것처럼 내 눈을 지나쳐 갔다. 하지만 처음부터, 전투의 개시 때부터가 아니라, 거꾸로 끝에서 시작으로 시간을 거슬러 움직이고 있었다……

그런 식으로 나는 사람들이 쫓고 쫓기는 모습에서 싸우는 모습으로, 그 다음에는 전투태세를 갖춘 사람들의 모습을, 그리고 다음에는 두 개의 거대한 군대가 충돌을 준비하고 있는 모습을 보게 된 것이다……

나는 승패를 결정한 필사적인 마지막 투쟁의 광경을 보았고, 전황이 처음에 한쪽으로 기울어지다가 다른 쪽으로 넘어가는 장면을 보았다……. 모든 것을 자세하게 관찰할 수 있었다. 여기서는 요새화된 적의 진지에 대한 무섭고 유혈 낭자한 여러 연대들의 보병공격이 있고, 저기서는 개별 기병대들에 의한 끔찍한 학살이 펼쳐지고 있었다. 다른 곳에서 보병 사격과 기병 공격의 지원을 받는 포병전이…….

장면의 전체적인 인상은 여러 차례 변화했다. 어떤 곳들에서는 격렬한 포격이 펼쳐지고 있음을 보여주는 군데군데 섬광이 번쩍이는 짙은 하얀 연기밖에 보이지 않았다……. 잠시 뒤 나는 전투대형에 있는 보병과 기병의 전군이 가장 필사적이고 피비린내 나는 작업에 휘말려 든 것을 보았다…….

그렇게 무시무시한 장면들이 내 눈앞을 빠르지만 선명하게 지나갔다…….

그 모든 것이 무덤 같은 침묵 속에 이루어졌다. 나는 포성도, 포탄이 땅에 맞는 우르릉거리는 소리도, 북소리도, 요란한 나발 소리도 듣지 못했다. 나는 무기가 부딪치는 소리도, 명령을 외치는 소리도, 부상당한 자들의 비명과 신음도 듣지 못했다…….

내가 본 모든 것은 생생하고, 무시무시한, 끊임없이 변화하는 장면이었다. 하지만 그것은 포성도 소음도 없이 무한한 우주 속에 지워지지 않고 영원히 비추어진, 서로를 말살하고 있는 두 개의 분노한 군중들이 연기하는 무서운 팬터마임처럼 보였다.

끔찍하고 맹렬한 전투 장면은 점차 좀 더 조용한 장면으로 변하고 있었다. 그리고 마침내 내 앞에 황금빛 여름 햇살에 듬뿍 젖은 고요하고 평화로운 풍경이 펼쳐졌다…….

얼마나 이상한 일인가!

이 모든 것을 다 보는 데 방금 내가 한 설명을 읽는 것보다 많은 시간이 필요하지 않았다.

내 친구가 이 첫 번째 풍경을 통해 보여준 시각적 환상은 정말 놀랍고 흥미진진한 것이었다. 나는 이제 그의 다음 실험도 첫 번째 것처럼 성공할 거라고 완전히 확신했다.

"난 방금 내가 흐라데츠크랄로베 전투를 목격했다고 인정하겠네." 내 옆에서 조용히 그 이상한 장치를 조종하고 있는 친구에게 내가 말했다……

(그러고 나서 서술자는 유럽과 세계 다른 지역에서 벌어진 무수히 많은 전투와 분쟁의 광경을 거꾸로 된 시간 순서로 목격한다.)

이런 식으로 해서 눈앞에 백 여 개의 장면들이 더 펼쳐졌다. 인간본연의 야수성이 승리한 수많은 싸움들의 장면들이 내 눈앞에 펼쳐졌다. 거기서는 폭력과 교활함과 음흉함이 타고난 유약함과 순진성을 지배하고 있었다.

갑자기 나는 그런 장면들 중 하나가 지나간 뒤에 눈앞의 암흑이 너무 오래 계속되고 있다는 사실을 깨달았다.

"무슨 일인가?" 내가 물었다.

86

"자네가 마지막 장면을 볼 수 있도록 장치를 조종하고 있어······. 우리는 지금 12등성들을 지나가는 긴 여행을 하고 있네. 우리는 빛이 지구에 도달하는 데 6천 년이 걸리는 영역에 도착했네······.

하지만 이번에는 작동방식을 바꿀 거야. 우리가 관찰지점에 도달했을 때, 나는 지금까지 시간 역순으로 보았던 것과 달리 자네가 자연스런 시간 순서대로 눈앞의 장면을 볼 수 있도록 장치를 멈추고 그냥 지구의 자전과 공전 운동을 따르게 할 걸세."

잠시 후 나는 내가 보고 있던 암흑 속에서 아주 밝은 광선 몇 줄기가 뿜어져 나오는 것을 보았다.

암흑은 잿빛 안개로 변하기 시작해서 천천히 사라져갔다. 안개로부터 광대한 황무지의 윤곽이 드러나고 있었다.

이윽고 풍경이 선명하게 나타났다.

나는 빽빽한 침엽수림으로 경계가 벌거벗은 돌투성이 평야를 보았다. 그 숲을 지나 구름 낀 하늘과 높은 산맥들의 어두운 그림자가 솟아 있었다.

마치 뇌운처럼 갑갑해 보이는 황혼이 풍경 위에 드리워져 아주 가끔씩 빽빽한 구름 틈으로 햇살이 새어 나와 순간적으로 그 장면을 황금빛으로 빛나게 했다······.

잠시 뒤 나는 몇 개의 작은 물체들을 알아볼 수 있었다. 숲 가까이, 땅에 난 구멍 같은 것 속에 나는 일군의 인간들을 보았다. 젊은 여자와 세 명의 아이들이었다······. 아이들 둘은 두려움에 떨며 엄마에게 꼭 붙어 있었다. 세 번째 아기는 천

진한 얼굴에 행복한 미소를 짓고 엄마의 팔에 안겨 그녀의 눈을 바라보고 있었다……

하지만 엄마의 창백한 얼굴은 두려움과 이루 말할 수 없는 공포를 드러내고 있었다.

그녀는 어두운 덤불을 뚫어지게 바라보며 넉넉한 몸매의 벌거벗은 몸을 벌벌 떨고 있었다. 왼팔로는 아기를 가슴에 꽉 안고 있었고, 오른팔은 무서워하고 있는 두 벌거벗은 아이들을 보호하려 하는 것처럼 뻗고 있었다.

그 때 호리호리한 젊은 남자가 어깨에 어린 암사슴을 들쳐 메고 숲에서 튀어나왔다. 그의 얼굴에는 두려움이 아니라 불안이 서려 있었다.

뒤이어 두 번째 남자가 숲에서 튀어나왔다. 건장한 체격을 가진 남자였다. 약간 멍청해 보이는 얼굴은 광포한 분노를 드러내고 있었다.

두 남자 다 벌거벗고 있었다……

첫 번째 남자가 사냥감을 떨어뜨리고 멈추어 서서 근육이 울퉁불퉁한 오른팔에 몽둥이를 들고 자신에게 달려오는 남자에게 맞섰다.

싸움이 시작되었다……. 여인은 극도의 공포에 사로잡힌 채 싸움을 지켜보고 있었다……. 그건 거칠고 무자비한 생사를 건 싸움이었다. 하지만 그리 오래 걸리진 않았다.

첫 번째 남자가 바닥에 쓰러졌다. 건장한 남자가 그의 머리통을 부수어 버린 것이다.

두려움 속에서 무시무시한 싸움을 지켜보던 여인의 얼굴에 절망감이 떠올랐다……. 격렬하게 들썩이는 가슴에 아기를 더욱 꽉 안은 채, 그녀는 달아났다. 두 아이들이 그녀를 쫓아갔다. 그들 모두 어두운 숲 속으로 사라졌다.

나는 조용히 그 광경을 지켜보았다. 이제 이 장면 역시 안개에 휩싸이기 시작하고 있었다.

나는 한 남자의 목숨을 대가로 얻은 사냥감인 어린 사슴을 다시 숲 속으로 끌고 들어가는 건장한 남자를 여전히 보고 있었다.

나는 불안에 사로잡혔다.

혈관에 피가 요동치는 것을 느낄 수 있었다.

나는 친구에게 뭔가 말하고 싶었지만 목이 막혀 나오지 않았다. 내 친구가 먼저 말을 걸었다.

"자넨 방금 최초의 인간들 사이에 벌어진 첫 번째 싸움을 보았네. 우리 여행의 종착지에 도착한 셈이야……. 처음부터 끝까지 자네가 본 것은 끊임없이 이어지는 싸움들, 살인과 지성의 말살뿐이었네.

싸움은 세상이 시작된 이래 계속되어 왔지

물론 인류가 생명의 주요 원리를 밝히려 시도한 수천 년 동안, 인류는 사랑과 인류애가 세계를 지배한다고 스스로를 설득해왔지……. 수천 년 뒤 인류는 이제 그게 틀렸다는 걸, 스스로를 속였을 뿐이라는 걸 깨닫고 있네.

수천 년 뒤 인류는 이제 자신이 창조한 나약하거나 덜 힘센 모든 것들이 절멸하도록 운명지운 끔찍하고 무자비한 신을 알았네. 수천 년 뒤 인류는 생명이란 단지 생존 자체를 위한 영원한 투쟁일 뿐이라는 사실을 깨달았지…….

인류는 이 끔찍한 신에 대해 어떤 태도를 취했는가?

어떤 사람들은 권력과 영광을 열망해왔고, 어떤 사람들은 부를 갈망했지만, 어떤 사람들은 달콤한 감상의 품안에서 자신의 작은 영혼을 만족시켰네. 반면 인간적 노력의 공허함과 사악함을 꿰뚫어 보았을 뉴턴의 차가운 지성은 단지 모든 사람들에게 공포와 혐오를 불러일으켰을 뿐일세.

사람들은 뉴턴이 우주를 측정하는 데 사용한 차갑지만 정직한 숫자들에 겁을 먹었네. 사람들은 뉴턴의 차갑지만 논박할 수 없는 계산의 타협 불가능한 논리를 무서워했네. 그리고 보게나! 인류는 지금 다윈주의라는 신의 권좌 앞에 서 있네. 힘과 권력의 끔찍하고 무자비한 신……

오랫동안 몇몇 사람들이 그 신과 싸우고 있었네. 하지만 그 무력한 싸움의 목적은 단지 힘과 권력의 왕좌 위에 예전에 권력을 잃어버린 저 종교적 광신의 심술궂은 신을 복위시키려는 것뿐이라네.

하지만 다윈주의라는 신에 맞선 투쟁은 불공평한 싸움일세. 전 세계가 그 거대한 싸움에 휘말린다 해도 자넨 그것을 왕좌에서 끌어내지 못할 거야…… 이 신의 왕좌는 인류애라는 원리에 의해 조금씩 침식시킬 수 있을 뿐이네……"

내 친구가 말을 멈추었다.

그의 말은 어떤 엄격하지만 공정한 재판관이 성난 질책을 하는 것처럼 우레처럼 들렸다……

하지만 그의 표정을 볼 수는 없었다. 우리가 완전히 캄캄한 어둠 속에 있었기 때문이다. 나는 아무 말 하지 않았다……

갑자기 내 친구가 다시 말했다.

"저건 뭐지? 이 장치가 흔들리고 있어……. 균형을 잃어버린 게 분명해……. 고도가 떨어지고 있어!"

친구의 목소리가 너무나 불안하게 들렸기 때문에 내 심장은 얼음처럼 차갑게 내려앉았다. 즉시 불안은 이루 말할 수 없는 두려움으로 커졌다.

"기구를 놓게!" 친구가 외쳤다. "둘 중 하나는 희생할 수밖에 없어! 아니면 둘 다 죽게 될 거야!"

나는 대답하지 않았다. 대답할 수가 없었다. 그저 오감이 내게서 빠져나가는 것을 느꼈을 뿐이었다.

"가게! 아니면 자네를 밀어 버릴 거야!" 친구가 다시 외쳤다.

"적어도 자네가 사용한 동력이 뭔지나 가르쳐 주게!" 나도 모르게 말이 튀어나왔다.

바로 그 때 나는 기구가 뒤집어지는 것을 느꼈다……. 우리는 머리부터 떨어지고 있었다.

나는 기구를 놓았다…….

친구의 미친 듯한 웃음소리와 말이 들리는 것 같았다.

"영원히 작별이군! ……내가 사용한 동력은 온 세상이 다 아는 것일세. 그건 바로 활기에 가득 찬, 영원히 창조적인 ― 상상력……."

친구의 목소리가 작게 들려왔다. 나는 그의 마지막 말을 간신히 들을 수 있었다. ……나는 정신을 잃었다.

가을에 창문을 열어놓고 잠든 적이 있는 사람이라면 잠을 깼을 때 드는 묘하게 오싹한 느낌이 어떤 건지 알 것이다…….

어지러운 꿈에서 깨어났을 때 그와 같은 서늘한 오싹함이 내 몸을 뚫고 지나갔다. 내 고독한 다락방의 반쯤 열린 창문을 통해 노르스름한 아침햇살이 새어 들어오는 것이 보였다…….

나는 놀라서 주위를 돌아보았다. 가장 먼저 든 생각은 반사적으로 질문의 형태를 취했다.

"이건 현실인가, 환상인가, 꿈인가?"

하지만 둔해빠진 내 오감은 그 질문에 대답할 수 없었다.

킨스키 대공의 저택의 무도회장에서 친구의 죽음을 확인해 주었던 슈페를리히 박사가 이미 수 년 전에 죽었으며 그 곳에는 내가 걸었던 것과 같은 복도들이 없다는 생각이 갑자기 떠올랐다는 것이 기억날 뿐이었다…….

또 내가 잠들기 전에 읽고 있었던 것이 분명한 천문학 책이 펼쳐진 채 테이블에 놓여 있다는 사실도 기억했다…….

그 이상은 기억나지 않았다. 어둠이 다시 한 번 내 머리를 내리 덮었다…….

다시 깨어난 것은 얼마간 시간이 지난 뒤였다…….

나는 침대에 누워 있었다. 늙은 어머니가 침대 곁에 무릎을 꿇고 계셨다…….
눈을 떴을 때 나는 어머니의 관대한 주름진 얼굴을 바라보았다. 이루 말할 수 없는 행복감이 내 영혼에 밀려왔다…….

"얘야, 착한 내 아들아, 무슨 일이 생겼던 거냐?" 어머니의 목소리가 들렸다. "사람들이 나한테 달려와서 네가 정신을 잃었다고 말하더구나. 너는 사흘이나 의식을 잃고 있었단다."

"사흘이나요?

"사흘이나." 어머니가 되풀이해서 말했다. "의사가 하루에도 몇 번씩 왔었단다. 의사는 조용히 쉬게 하라고 하더구나⋯⋯. 의사는 치매 증상이 어쩌고 하는 얘기를 하던데⋯⋯."

우울한 마음에 선명한 사고의 빛이 섬광같이 지나가며 나는 몸을 떨었다.

"그리고 잠시 동안 공부를 멀리하는 게 좋겠다고 했단다."

어머니는 일어나서 몸을 숙이고 내 이마에 살짝 입을 맞추었다.

나는 의사의 충고를 따랐다.

나는 한 동안 공부를 중단했다. 하지만 그 때 나를 사로잡았던 생각들은 오랜 세월이 지난 뒤에도 여전히 다시 되돌아오고 있다⋯⋯.

얀 **네루다**_Jan Neruda

조용한 집에서의 일주일

Týden v tichém domě

잠옷을 입고

우리는 완전히 밀폐된 공간에 들어와 있다는 걸 깨닫는다. 빛 샐 틈 하나 없는 칠흑 같은 어둠이 우리를 둘러싸고 있다. 너무 어두운 탓인지 잠시 눈에 뭔가 빛나는 것이 어른거린 것 같기도 하다. 허나 그건 단지 상상이 만들어낸 붉은 빛의 동그라미일 뿐이다.

우리의 감각은 아무리 작은 생명의 징조라도 감지할 수 있을 만큼 예민해져 있다. 후각은 이곳의 공기가 몹시 탁하다는 사실을 알려준다. 기름기와 더럽고 텁텁한 냄새들이 뒤범벅돼 있다. 처음에는 가문비나무나 소나무 숲속에 있는 것 같다가, 다음 순간 동물의 비계 비슷한 냄새가 난다. 말린 자두나 캐러웨이 씨 같은 냄새가 나기도 하고, 심지어 럼주나 마늘 냄새 같은 것도 난다.

똑딱거리는 시계 소리가 귀를 때린다. 긴 추가 달린 오래된 벽시계가 분명하다. 가끔 단조로운 반복을 깨고 시계추가 멈칫하며 부르르 떠는 것으로 보아 추 끝에 달린 얇은 놋쇠 원판이 휘어진 것 같다. 하지만 이런 일탈조차 일정한 간격으로 반복되면서 단조로움 속에 녹아든다.

시계 소리 사이로 잠든 사람들의 숨소리가 들린다. 확실히 여러 사람의 숨소리다. 숨소리들은 서로 섞여들지만 결코 완전히 하나가 되진 못한다. 하나가 약해지면 다른 것이 강해지고, 시계추처럼 하나가 주춤하면 다른 것은 빨라지는 것이다. 그러다 갑자기 어디선가 강하게 헐떡거리는 소리가 터져 나온다. 꼭 잠이 새로운 단계로 접어들었다는 것을 표시하려는 것처럼 말이다.

시계가 갑작스레 깊은 심호흡을 하고서 댕그랑 소리를 울린다. 이 나지막한 전주곡이 끝나고 나면 아까보다 시계추가 더 조용히 움직이는 것처럼 들린다. 자는 사람 중 하나가 뒤척이며 침대보에 바스락 거리는 소리를 낸다. 나무 침대가 삐걱댄다.

시계가 또 다시 낭랑한 금속성의 목소리로 댕그랑 울린다. 빠르게 연이어 한 번, 두 번. 뒤따라 뻐꾸기 소리가 더 깊은 소리로 두 번 울린다. 방금 뒤척였던 사람이 또 뒤척거리기 시작한다. 사람 형체 하나가 일어나 앉아 이불을 치우고 침대 밖으로 한쪽 발을 내민다. 묵직한 나막신 한 짝이 달그락달그락 소리를 내는가 싶더니 이윽고 양쪽 발에 모두 신발을 신는다. 사람 형체가 일어나서 머뭇머뭇 몇 걸음을 내딛다가 다시 멈춰 선다. 한 손으로 나무 표면을 더듬는데, 손바닥 밑에서 뭔가가 바스락거린다. 성냥갑이 틀림없다.

깨어난 사람은 몇 차례인 냄새나는 연기를 일으키며 성냥을 긋는다. 성냥을 한 번 더 긋자 나무가 부러져 나가는 바람에 그 사람이 짜증을 낸다. 다른 성냥을 긋자 마침내 작은 불꽃이 피어오르며 잠옷을 입은 사람의 모습이 드러난다. 불꽃이 다시 약하게 깜빡거린다. 하지만 마디가 굵은 늙은 손이 벌써 물과 기름이 든 유리잔에 불꽃을 갖다 댄 후이다. 유리잔 속에는 검은 심지가 박힌 코르크가 동동 떠 있다. 심지가 작은 별처럼 빛을 발하기 시작한다. 성냥은 바닥에 떨어지고 작은 별이 커진다. 잠옷 입은 사람의 모습이 점점 환하게 드러난다. 늙은 여인이 하품을 하며 잠기운이 그득한 눈을 부비고 있다.

여인은 작은 탁자 곁에 서있다. 탁자 옆으로 니스를 칠한 검은 색 칸막이가 본래 하나인 공간을 둘로 나누고 있다. 등잔 불빛이 칸막이 뒤까지 미치지 못하기 때문에 우리 눈에는 공간의 반만 보일 뿐이다. 하지만 우리의 후각은 우리를 결코 속이지 않았다. 여기는 식료품 가게 안이다. 칸막이로 나누어서 주거와 가게를 겸하고 있는 곳인 것 같다. 가게로 쓰고 있는 곳에는 물건들이 잘 갖추어져 있는 듯하다. 기본적인 상품들이 든 자루들이 사방에 놓여 있고 벽에는 꽉 채운 바구니와 가방들이 쌓여 있다. 천정에는 끈과 꾸러미들이 줄줄이 매달려 있다.

여인은 차가운 밤공기에 몸을 떨면서 탁자에서 등잔을 가져와 계산대 위에 놓는다. 계산대 옆에는 신선한 정제 버터가 든 우유 단지들이 놓여 있고 위로는 마늘과 양파가 주렁주렁 달린 끈과 저울들이 매달려 있다. 그녀는 계산대 뒤에 한쪽 무릎을 턱 밑에 세우고 앉아 서랍에서 실과 가위와 다른 잡동사니들이 든 상자를 끄집어낸다. 그녀는 안에 든 내용물을 전부 다 꺼내고 바닥을 더듬다가 마침내 책 몇 권과 종이들을 끄집어낸다. 여인은 숫자들이 빽빽이 적힌 종이들을 놓아두고 책 한 권을 뽑아서 펼친다. 그 책은 꿈 해설 책, 소위 '위대한' 꿈 해설 책이라고 불리는 책이다. 그녀는 페이지를 열심히 넘기며 책을 읽다가 하품을 한 번 하고나서 다시 계속 읽는다.

칸막이 뒤에서 자고 있는 사람의 규칙적인 숨소리가 들린다. 소리 때문인지 불빛 때문인지 자고 있던 두 번째 사람이 깨어나 침대에서 뒤척거린다.

"무슨 일이야?" 숨을 헐떡거리는 늙수그레한 남자 목소리가 불쑥 투덜거린다.

여인은 아무 대꾸도 하지 않았다.

"무슨 일이냐고, 여편네야?"

"그냥 다시 잠이나 주무세요." 여인이 대답했다. "아무 일도 없어요. 그냥 좀 추워서 그래요!" 여인이 하품을 하며 말한다.

"거기서 뭘 하는데?"

"돌아가신 아버지 꿈을 꾸었어요. 아침이 되면 잊어버리고 말겠죠. 참 아름다른 꿈이었어요. 지금까지 꾸었던 꿈 중에서 제일 아름다운 꿈이었죠. 이런, 헌데 춥네요. 6월인데도!"

그녀는 고개를 갸웃거리며 책을 읽는다. 긴 침묵이 흐른다.

"몇 시야?" 벽 뒤의 남자가 묻는다.

"두시가 넘었네요."

세 번째 잠자는 이의 숨소리가 불규칙해지고 있다. 큰 목소리가 잠을 깨운 것 같다.

"그럼 얼른 보고 들어와. 우리 다시 잠 좀 자게 말이야! 당신은 그 놈의 복권 말고는 아무 생각이 없나!"

"여기선 잠시 잠깐이라도 좀 평화롭게 있으면 안 되나요. 날 좀 내버려두고 잠이나 자요."

큰 한숨 소리와 함께 벽 뒤의 숨소리가 갑자기 멈춘다. 세 번째 사람이 깨어난 것이다. 노인이 계속 불평을 쏟아낸다.

"아들 녀석은 흥청망청 놀러 다니느라고 한밤중에나 집에 기어 들어오지. 여편네는 해몽을 한다고 잠도 못 자게 해. 뭔 놈의 인생이 이래!"

"그냥 날 좀 가만 놔두면 안 돼요? '이봐, 여편네. 일이나 해, 안 그러면 한 대 맞을 거야.' 당신 아들한테도 좀 그래 보는 게 어때요. 이 힘없는 할멈은 그런 말을 벌써 신물 나게 들었어요."

"당신이야말로 저 게으름뱅이 놈한테 좀 따끔하게 한 마디 해 주지 그래? 저 놈 자식은 당신 아들이기도 하다고!"

"아버지, 제가 대체 뭘 어쨌게요?" 젊은 남자의 목소리가 묻는다.

"넌 좀 조용해. 네 놈 징징대는 소리 따윈 듣고 싶지 않아!"

"하지만 전 이해를 못 하겠어요……."

"그래, 네 놈도 이해하게 될 거야. 좋아." 노인이 짜증스레 말했다. "불한당 같은 놈."

"하지만……"

"조용히 좀 안 있을래?"

"그러니까 저 놈이 당신한테 말대꾸를 하는 거예요! 우리가 아들 하나는 얼마나 잘 키웠는지!"

여인이 다시 입이 찢어지게 하품을 하며 말한다.

"아들? 저 놈은 아들이 아냐. 우리 인생의 한창 때를 몽땅 다 빼앗아 가버린 도둑놈이지!"

"자고 있는 제가 어떻게 뭘 훔칠 수 있겠어요?"

"이 날건달 같은 놈!"

"쟤는 작은 마귀예요!"

"불한당 같은 놈!"

"게으름뱅이!"

젊은이는 여전히 침대에 누운 채 나지막하게 〈오, 마틸다!〉의 곡조를 휘파람으로 불기 시작한다.

"저 놈 좀 봐, 저 놈이 우리를 놀리기까지 하네!"

"걱정 말아요. 하늘이 무심치 않을 거유."

여인이 나무판 위에 분필로 '16, 23, 8'이라는 숫자를 쓰면서 말한다.

"우리가 살아 있는 동안 저놈이 벌 받는 걸 보게 되겠지요. 하지만 그 꼴을 보는 것보단 차라리 죽는 게 낫겠어요."

그녀는 상자를 치우고 등잔불을 끈다. 그리고 발을 끌며 다시 자기 침대로 돌아간다.

"저 놈도 죽도록 고생을 하겠지요. 그래봤자 그때는 이미 때가 늦을 거예요.

이제 좀 조용히 해 주겠니?"

아들이 휘파람을 멈춘다.

"우리가 죽으면 넌 후회할 거야. 무덤을 들쑤시며 우릴 꺼내려고 할지도 모르지. 하지만 그때는 너무 늦을걸."

"됐어, 여편네야. 당신이야말로 우리를 들쑤시고 있다고. 제발 이제 좀 자."

"맞아요, 몽땅 다 내 탓이요. 하나님, 왜 제게 이렇게 시련을 주시나요?"

"두 분 때문에 미치겠어요!"

"조용해, 이놈아!"

"밤에는 사람들 상태가 안 좋아진다고 하더라고요." 젊은이가 한 마디 더 한다.

"저 놈이 뭐라는 거야?"

"내가 어찌 알아요. 저 놈은 늘 시건방진 소리들을 잔뜩 준비해 놓고 있는데. 죄 많은 짐승 같으니라고!"

"저 옷장을 저 놈 위로 밀어버려. 아니 아예 저 놈을 집밖으로 던져 버리자고. 그래, 지금 당장 던져버리자."

"제발, 제발 좀 조용히 해 주세요! 아, 정말 지옥 같아요!"

늙은이가 뭐라고 투덜거린다. 노파도 그 대꾸로 뭔가 투덜거린다. 젊은 남자는 아무 소리도 하지 않는다.

투덜거림과 중얼거리는 소리가 잠시 계속된다. 그리고 모든 것이 조용해진다. 노파는 잠이 든다. 늙은 남자도 좀 더 뒤척거리다가 결국 잠이 든다. 젊은이는 다시 나지막하게 〈오, 마틸다!〉를 흥얼거리기 시작한다. 그 소리는 벌이 윙윙거리는 소리처럼 들린다. 하지만 윙윙 소리 중간에 그도 잠이 들어버린다.

시계추가 아까 전처럼 멈칫하면서 바르르 떤다. 잠든 세 사람의 숨소리가 다시 방 안을 가득 채운다. 그들의 숨소리는 서로의 소리에 섞여 들지만 결코 완전히 하나가 되지는 못한다.

집안사람들이 거의 다 깨어나다

6월의 이른 아침 햇살이 이 집에 사는 사람들이 일어나 움직이기 한 참 전부터 안마당을 환하게 비추고 있다. 거리에서 골목길을 통해 들어온 대형마차들의 시끄러운 소음이 지붕 위로 퍼져 올라가는데도 불구하고, 아침나절의 첫 발소리들은 텅 빈 실내에서처럼 큰 소리로 울려 퍼진다. 여러 방들에서 여인네들이 꼭 서로 기다리고 있었던 마냥 하나씩 하나씩 속속 모습을 드러낸다. 그녀들은 헝클어진 맨머리를 그냥 드러내고 있거나 아침 햇살을 피하기 위해 아직 잠이 가득한 눈 바로 위까지 이마에 머릿수건을 단단히 두르고 있다. 사람 수는 얼마 되지 않았지만, 모두들 뒤축이 닳은 신발을 신고 헐렁한 드레스를 입은 데다 우유가 들었든지 비었든지 손에 우유단지를 들고 있는 비슷한 차림이라 죄다 옷차림이 단정치 못한 하녀들처럼 보인다. 모든 것이 점차 활기를 띤다. 하얀 커튼들이 젖혀지고 활짝 열린 창문들 몇 개에서 사람이 나타나 하늘과 페트르진 언덕[1] 꼭대기를 쳐다본다. 그리고 오늘 날이 얼마나 좋은지 안에 있는 가족들에게 이야기하려고 고개를 돌린다. 계단이나 발코니에서 마주친 사람들은 정말 진심을 가득 담아 "좋은 아침" 이라는 인사를 주고받는다.

거리를 내다보고 있는 이 집 앞채의 위층 창문 하나에 키 큰 남자의 모습이 나타난다. 반백의 머리칼은 엉망으로 헝클어져 있고 불그스름한 얼굴에는 부스럼이 잔뜩 나 있다. 그는 튀어 나온 창턱을 단단히 짚고 창밖으로 한껏 몸을 내민다. 따가운 6월 햇살에도 불구하고 플란넬 내복이 그의 커다란 가슴을 감싸고 있는 게 보인다. 남자는 옆방 창문이 아직 닫혀 있는 것을 흘낏 건너다보고는 안으로 고개를 돌려 누군가에게 말을 건다. "아직 7시도 안 된 모양인데."

하지만 그 순간 쾅 소리와 함께 옆방 창문이 활짝 열리면서 옆의 남자만큼 키가 크지만 좀 더 젊어 보이는 남자가 나타난다. 검은 머리를 정성껏 빗질한 그 남자는 마치 자기는 언제나 이렇게 단정한 차림을 하고 있다고 온 세상에 선언하는 것처럼 빈틈없는 모습을 하고 있다. 하지만 깨끗하게 면도한 그의 둥근 얼굴은 왠지 표정이 없어 보인다. 남자는 몸에 우아한 회색 가운을 걸치고 지금 노란색 비단 손수건으로 안경알을 닦는 중이다. 그는 안경에 한 번 더 숨을 불고는 알에 서린 김을 닦아낸다. 그리고 마침내 안경을 쓰고 우리에게 완전한 자신의 모습을 드러낸다.

근시가 대개 그렇듯이 안경을 끼기 전에는 불분명해 보이던 이목구비에 갑자

---

1) 말라스트라나 남서쪽에 인접한 높은 언덕으로, 높이는 327미터이다. 서울의 남산처럼 프라하 시민들이 매우 즐겨 찾는 곳이다.

기 또렷한 표정이 생겨난다. 성격 좋아 보이는 얼굴이다. 안경을 낀 남자의 눈은 즐겁고 행복해 보인다. 그러나 전체적인 용모로 판단해 볼 때 그 눈이 족히 40년 이상 세상을 보아왔을 것은 확실하다. 우리가 눈초리를 날카롭게 하고 유심히 남자의 얼굴을 뜯어본다면 혼자 사는 남자의 얼굴이 틀림없다고 자신 있게 말할 수 있으리라. 성직자와 독신남자의 얼굴은 아무리 변장을 해도 알아볼 수 있는 법이니까 말이다.

독신남자는 눈처럼 하얀 베개에 기대 창가에 서 있다. 그는 푸른 하늘을 올려다보고 나서 신록이 빛나는 페트르진 언덕에 눈길을 돌린다. 아침 햇살이 그에게로 기분 좋게 반사된다. "정말로 아름답군. 더 자주 일찍 일어나야겠는데." 그가 조그맣게 혼잣말을 한다. 남자의 눈길은 이 집 뒤채의 3층에 가 닿는다. 맑고 투명한 유리 뒤로 여인의 모습이 살짝 비친다. 독신남자의 미소가 더욱 환해진다.

"당연한 일이지만 요세핀카도 벌써 부엌에 나와 있군." 그가 작은 소리로 말한다. 남자가 손을 약간 움직이자 오른쪽 손가락을 장식하고 있는 다이아몬드가 찬란한 빛을 발하며 그의 주의를 끈다. 그는 반지를 약간 돌려 다이아몬드가 손가락 마디 한 가운데 가도록 조정한 다음 최고급 소맷부리를 당겨 내린다. 그리고 포동포동한 자신의 하얀 손들을 매우 만족스럽게 살펴본다.

"약간 정도라면 햇빛도 해롭진 않겠지." 그가 중얼거린다.

"오히려 건강에 좋을 거야." 그리고 남자는 나날이 왕성해지는 자신의 활력을 콧김으로 증명해 보이려는 것처럼 오른 손을 코로 가져간다.

맞은 편 3층 발코니의 문이 활짝 열리며 방년 18세의 어여쁜 처녀가 나타난다.

마치 아침이 그대로 사람이 된 것 같은 모습이다. 처녀의 몸매는 우아하고 날씬하다. 소박한 벨벳 리본을 묶은 숱 많은 검은색 곱슬머리가 폭포수처럼 어깨로 흘러내린다. 얼굴은 거의 완벽하게 타원을 이루고 있다. 연한 푸른 색 눈은 정직해 보이고, 장밋빛 뺨에 매끄러운 살결, 그리고 조그마한 입술은 진한 붉은 색을 띠고 있다. 전반적으로 기분 좋은 인상의 얼굴이다. 물론 고전적인 기준에서 완벽한 미인의 얼굴은 아니라고 주장할 사람도 있을 것이다. 하지만 그런 작은 결점을 어디서 찾을 수 있겠는가? 분명히 저 우아하고 작은 한 쌍의 귀에서는 아닐 것이다. 꾸미는 것이라고는 수수한 은 귀고리 밖에 없음에도 불구하고 저 귀를 보면 입을 맞추고 싶은 생각이 절로 들 수밖에 없을 것이다. 귀걸이를 빼면 귀금속 장신구는 하고 있지 않다. 희고 매끄러운 목덜미에 가늘고 검은 줄이 걸려 있긴 하지만 응당 달려 있어야 할 펜던트는 막 부풀어 오르기 시작하는 가슴 어딘가에 묻혀 보이지 않는다. 그녀가 입은 밝은 색 줄무늬 드레스는 목까지 단추가 채워져 있지만 저런 단순한 재단과 색깔조차도 유혹적으로 보인다.

처녀는 쇠뚜껑을 덮은 갈색 냄비를 들고 있다.

"안녕, 요세핀카!" 남자가 낭랑한 테너 목소리로 처녀를 부른다.

"안녕하세요. 박사님!" 처녀가 대답하며 맞은 편 창문을 향해 상냥한 미소를 지어 보인다.

"그 아침식사는 어디서 먹으려고?"

"자닌카 양 집에 내려가서 먹으려고요. 그분은 편찮으세요. 어제 제가 챙겨놓은 쇠고기 국물을 좀 갖다드리려고요."

"자닌카가 아프다고? 전혀 놀랍지 않군. 저 방은 틀림없이 지하 감옥처럼 돼 있을 거야. 그 여자는 1년 내내 창문도 열지 않아. 거기다 진절머리 나는 그놈의 개까지. 어제 밤에 그놈이 또 밤새 울부짖더군. 이젠 정말 개장수를 불러야 할까 봐."

"그런 말씀마세요." 요세핀카가 큰소리로 말한다. "자닌카 양이 경을 치실 거예요."

"어쨌든 어디가 아프다는데?"

"나이 때문이시겠죠." 요세핀카가 슬픈 목소리로 대답하고 나선식 계단 쪽으로 발걸음을 옮긴다.

"착한 처녀야, 요세핀카는." 박사가 중얼거리며 2층 계단통으로 시선을 옮긴다. 거기서도 처녀의 모습이 사라지자 그의 눈은 그 아래 안마당 입구에서 요센피카가 나오기를 기다린다.

요세핀카는 안마당을 걸어 1층 문으로 다가간다. 그녀는 문손잡이를 잡았지만 꼼짝도 하지 않는다. 요세핀카는 손잡이를 잡고 흔들어 보다가 문을 두드린다. 하지만 안에서 아무 기척도 없다.

"창문을 두들겨 봐!" 박사가 창문턱에서 고개를 내밀고 조언한다.

"소용없을 걸요." 안마당으로 들어오는 계단에서 어떤 목소리가 말한다. "그냥 두드리는 게 아니라 쾅쾅 두들겨야 해요. 그런데 요세핀카는 쾅쾅 두드릴 줄 모르거든요. 자, 잠깐 있어봐. 내가 해 볼게." 밝은 회색 여름 양복을 입고 모자를 쓰지 않은 20대 청년이 두 번 폴짝 뛰더니 어느 새 요세핀카 옆에 서 있다. 덥수

룩한 검은 곱슬머리에 눈은 활기차고 이목구비는 날카롭다.

"좋아요, 바보르 씨. 당신은 뭘 하실 수 있는지 한 번 보자고요." 요세핀카가
말한다.

"우선 그 뚜껑 밑에 뭐가 들어있는지부터 보고." 젊은 남자가 요세핀카를 놀
리며 손을 내민다.

"저런, 저런."

위에서 보고 있던 박사가 중얼거린다. 하지만 처녀가 청년의 손길을 교묘하게
피하는 걸 보고 입을 다문다.

"내가 할 거예요!"

하지만 이미 젊은 남자가 창문을 두드리고 있다. 안에서 맹렬한 개 짖는 소리
가 들린다. 그러자 모두들 다시 한 번 더 조용히 귀를 기울인다. 그들은 잠시 기
다려 보지만 인기척은 더 이상 들리지 않는다. 젊은 남자가 다른 창가로 가서 온
힘을 다해 창틀을 두드리기 시작한다. 다시 개 짖는 소리가 들린다. 개는 한참 맹
렬히 짖다가 귀청을 찢을 것 같은 울부짖음으로 마무리한다.

"자닌카 양이 우릴 죽이려 하실 거예요!"

"그래서 뭐." 젊은 남자가 그렇게 대꾸하고 다시 창문을 주먹으로 때리기 시
작한다. 그리고 귀를 창틀에 대고 개가 낑낑거리는 소리를 듣는다.

이때쯤 되자 시끄러운 소리 때문에 온 집안사람들이 다 깨어난다. 박사의 옆
창문에서 얼굴에 부스럼이 난 남자와 여자 두 명이 나타난다. 그녀들 중 한쪽은
나이 들고 한쪽은 젊은 여자이다. 맞은 편 3층 발코니에는 키가 큰 요세핀카의 모

친이 모습을 드러내고, 그 뒤로 발을 질질 끌며 걷는 병든 언니의 구부정한 그림자가 보인다. 그 아래층 발코니에도 세 사람이 나타난다. 옷을 반쯤 걸친 대머리 남자와 역시 옷을 다 차려 입지 못한 비슷한 나이의 여인, 마지막으로 속옷차림의 20대 젊은 여성이다. 그녀는 어깨에 대충 숄을 두르고 머리에는 온통 컬 핀을 꽂고 있다. 골목과 통하는 계단에서도 간단하게 차려 입은 여인 둘이 더 내려온다.

활기차고 민첩한 모습의 키 작은 여인이 골목 쪽을 돌아보며 말한다.

"마린카, 누가 올지도 모르니까 가게에 그대로 있어."

키가 큰 여인은 앞 장에서 우리가 본 한밤중에 일어나 꿈을 풀이하고 있던 노파이다. 새하얀 보닛 모자가 그녀에게 특히 잘 어울리는 것인지, 아니면 햇빛 아래에서는 사람들이 좀 더 온화해 보이기 때문인지는 모르지만 어쨌든 지금 여인의 전체적인 인상은 꽤 상냥해 보인다.

"무슨 일이냐, 바츨라프!" 키 큰 노파가 청년에게 말을 건다.

"자닌카 양이 돌아가신 것 같아요! 한 번만 더 창문을 두들겨 볼게요!" 그리고는 세차게 창문을 때린다.

"자물쇠 수리공을 불러올 수밖에 없는 것 같아. 바보르 군. 하지만 빨리 갖다 오게." 위쪽에서 박사가 외친다. "내가 바로 내려갈 테니까."

젊은 바보르 씨는 이미 안마당을 떠나고 없다. 사방에서 질문과 대답이 쏟아지고, 모든 사람들이 동시에, 그러나 숨죽인 목소리로 수군대고 있다.

외출복 차림을 한 박사가 아래로 내려와 놀란 요세핀카에게 이제 그 냄비를 들고 있을 필요가 없다고 말하려고 하는 찰라, 젊은 바보르 씨와 함께 자물쇠 수리공의 조수가 나타난다. 재빨리 자물쇠를 제거했지만, 잠시 아무도 선뜻 안에 들어가려 하지 않는다. 바츨라프가 가장 먼저 정신을 차리고 용감하게 문턱을 넘어 간다. 그 뒤를 박사가 뒤따르고, 여인들도 문으로 모여 든다.

커다란 방은 어둡고 음침하다. 안마당과 페트르진 언덕을 향해 난 창문들은 두꺼운 커튼이 쳐져 어둠을 밝힐 빛을 모두 차단하고 있다. 탁한 공기에서 곰팡이 내가 풍기고, 천장에는 먼지투성이의 거무튀튀한 거미줄들만 무성하다. 휑한 회색 벽에 칙칙한 그림 몇 점이 걸려 있다. 그림의 테두리는 살짝만 건드려도 바스라질 것 같은 먼지 때 낀 오래된 조화들로 장식돼 있다. 가구들이 적진 않지만, 모두 낡고 구식인데다 오랫동안 사용한 흔적이 보이지 않는다. 더럽고 누리끼리한 낮은 깃털 침대 위로 여위고 비참해 보이는 두 개의 손과 비쩍 마른 대머리가 보인다. 천정을 멀거니 바라보고 있는 뜬 눈은 확실히 빛을 잃고 있다. 늙고 추하고 털이 덥수룩한 검둥개가 침대 다리 밑을 이리저리 뛰어다니며 불청객들을 향해 필사적으로 짖고 있다.

"아조르, 가만있어!" 바츨라프가 탁한 공기를 마시기 싫은 사람처럼 조금 숨 죽인 목소리로 말한다.

"돌아가신 게 분명한 것 같군요. 안 그러면 개가 저렇게 울지 않았을 덴데." 박사가 침통하게 말한다.

"그래요. 저 사람은 이제 천사들과 함께 노래하고 있었을 테지요. 하나님께서 우리 모두의 잘못과 함께 저 이의 모든 죄도 사하여 주시기를. 우리를 위해 기도

해 주세요. 성모님!" 바보르 부인이 뺨에 눈물을 줄줄 흘리며 말한다.

"장례식이 끝난 다음 바로 결혼하는 신부는 행복하게 산다더구나." 주막 여주인이 시체처럼 하얗게 질린 요세핀카에게 말을 건다. 요세핀카의 얼굴이 확 붉어졌다가 다시 창백한 얼굴로 돌아온다. 그녀는 곧바로 몸을 돌려 방에서 나간다.

"일단 우리를 물지 못하게 저 개를 어떻게 해야 되겠군요." 몇 발자국 뒤로 물러서면서 박사가 말한다. "이빨에 시신에서 나온 유독한 것이 있을 지도 모르니까요."

"제가 돌보겠습니다." 바츨라프가 그렇게 대답하고 미친 듯이 날뛰고 있는 시신의 수호자에게 다가간다. 여기 있는 사람들의 얼굴을 모두 잘 알고 있음에도 불구하고 개는 더욱 더 심하게 발광한다. 바츨라프가 구슬리는 말을 속삭이며 다가오자 개는 사람들과 침대 다리 사이를 이리저리 날뛰며 귀청이 떨어지도록 짖어댄다. 바츨라프가 침대에 가서 왼손을 내민다. 개가 손을 향해 뛰어오르는 순간 그는 오른 손으로 개의 뒷덜미를 낚아채고는 하늘 위로 번쩍 들어올린다.

"이 놈을 어떻게 해야 하죠? 어머니, 헛간 열쇠 좀 주세요. 지금 당장 거기 있는 상자에 얘를 집어넣어야겠어요." 바츨라프가 울부짖는 개를 데리고 밖으로 나간다.

"그럼 저 늙은 멍멍이 부인은 돌아가신 건가요?" 문간에서 귀에 거슬리는 목소리가 묻는다. 우리는 그 목소리의 주인공이 2층 발코니에 있던 대머리 남자라는 걸 알아차린다. 남자의 벗겨진 정수리 위에 낡고 색 바랜 중산모가 놓여있다. 유행이 한참 지난 모자 모양은 그것이 몹시 오래됐다는 사실을 증명한다. 대머리

남자는 관자놀이 주위에 남은, 그나마 점점 줄어들고 있는 반백의 머리칼을 이마 쪽으로 가지런히 빗어 넘겨 놓고 있다. 뚱뚱하던 사람이 갑자기 살이 빠진 것처럼 뺨의 피부가 축 늘어져 양 볼은 꼭 여행 뒤에 비워진 가방처럼 쭈글쭈글하다. 체격은 다부지지만 가슴은 빈약하고 대롱대롱 매달린 두 팔은 맥이 없어 보인다.

"그래요. 돌아가셨습니다!"

"빨리 성당으로 모셔갑시다." 집주인이 말한다. "집에 시체를 오래 두고 싶지 않소. 그러다가 자칫하면 장례비용을 물게 될 수도 있어요."

"그런 걱정은 마십시오." 침대 머리맡의 탁자에 놓인 서류 상자를 뒤지고 있던 박사가 이야기한다. "고인이 다 지불할 겁니다. 이미 필요한 준비를 다 해 놓은 것 같군요. 바로 어제 필요한 서류를 다 끝내 놓았네요. 이 떡 진 가발 밑에 자닌카를 성 하슈탈 상조회의 회원으로 지정하는 서류가 있었습니다. 스트라호프 자선협회에서 온 책도 여기 있고요. 장례식과 추도미사를 치를 정도는 될 겁니다."

"불쌍한 멍멍이 부인, 1년 연금을 다 합쳐도 80길더 밖에 안 됐는데. 1년에 네 번씩 돈이 들어올 때마다 우리 아들놈이 대신 영수증을 써주었답니다!" 바보르 부인이 깜짝 놀라서 말한다. 그녀의 말로 보아 '멍멍이 부인'이라는 별명은 욕이 아니라 개를 키우고 있다는 사실 때문에 붙은 것이 분명해 보인다.

"50길더 정도 나오겠네요." 주막 여주인이 말한다. "그럼 좋은 관 덮개와 금박을 넣은 묘비를 마련할 수 있겠어요."

"저기 다른 서류들은 뭐죠?" 방금 다시 돌아온 바츨라프가 묻는다.

"값어치 있는 건 아무 것도 없어. 수 십 년 동안 간직해온 개인적인 편지들 같아." 박사가 그것들을 뒤지며 대답한다.

"잠시 제가 그것들을 좀 빌려가도 될까요? 늙은 하녀의 추억을 읽는 것도 재미있을 것 같아서요. 저는 그걸 지붕에 갖고 올라가서 읽을 거예요. 오늘은 월요일이고 모두 빨래를 하는 날이니까요. 비누와 콩국 냄새를 참을 만한 장소는 지붕밖에 없거든요. 왠지 몰라도 빨래를 할 때는 모두 콩국을 끓이더라고요. 소설가는 많은 걸 읽어야 되고 저도 소설가가 되려고 하니까. 목요일까진 사무실에 안 나가도 돼서 시간도 많거든요. 여기 집주인 아저씨한테 한 번 물어보세요."

"하나도 잃어버리지 않도록 조심하게! 모두 원래 있던 곳에 꼭 돌려놓아야 해."

"헌데 누가 모든 걸 주관할 건가요?" 집주인이 묻는다. "제 생각엔 아무래도 박사님이 하셔야 할 것 같습니다만. denn diese Leute kennen' s nicht![2]"

"아들놈이랑 같은 직장을 다니지만 않았어도, 저 '아무 것도 모른다' 는 말버릇을 한 번 톡톡히 손봐주었을 텐데." 바보르 부인이 안 들리게 작은 소리로 투덜거린다.

"정말 다른 분들 도움은 필요 없을 것 같군요." 박사가 선선히 수락한다. "관청하고 교회등기소는 둘 다 제가 가보겠습니다. 하지만 바보르 군, 검시관한테는 자네가 좀 다녀오게. 검시관이 사망증명서에 사인을 해 주면 내 사무실로 좀 갖

2) "이 사람들은 아무 것도 모르니까요!"

다 주고."

바츨라프가 기꺼이 서둘러 심부름을 떠난다.

"주막 댁과 나는 시신을 씻기고 염을 해놓아야겠군요."

"정말 인정이 많으시네요." 박사가 말한다. "저도 지금 나가야겠습니다."

"저도 같이 가지요."

남자들이 자리를 떠난다.

"바보르 부인, 뭘 하고 있어?"

"그냥 인생에 대해 좀 생각하고 있었어."

"어제 밤에 꾼 꿈은 어땠어?" 주막 여주인이 묻는다. "얘기해 주려고 했었잖아."

"아, 그래! 아름다운 꿈이었지! 돌아가신 아버지가 날 보러 오시는 꿈을 꿨지 뭐야. 아버지는 20년 전에 돌아가셨지. 어머니가 돌아가신 뒤로 아버지는 넋이 나가신 것 같았어. 당신도 세상을 떠나시기 전까지 매일 어머니 묘지를 찾아가셨으니까. 아버진 편안하게 돌아가셨어. 두 분은 젊은 애들처럼 사랑하셨지. 아이고, 두 분이 우리 자식 놈들 때문에 엉엉 우시던 게 생각나. 그땐 프랑스하고 전쟁 중이라 힘든 때였지.[3] 부모님들이 우리한테 먹일 게 없으셨거든."

"아버님 성함은 어찌 되셨는데?"

---

3) 체코와 프라하는 오랜 기간 오스트리아헝가리 제국의 일부에 속해 있었다. 언급된 전쟁은 나폴레옹과 오스트리아의 전쟁을 얘기하는 것으로 보인다.

"16번이야. 성 네포무츠키의 이름을 따셨거든. 아버지는 가게에 있는 내 앞에 홀연히 나타나셨어. 나는 말하고 싶었지. '아이구, 대체 어디서 오신 거예요. 아빠?' 아버지는 아주아주 창백하셨는데 내게 속이 꽉 찬 롤빵을 한 아름 안겨주시는 거야. 전부 스물세 개였지. 그건 행운을 뜻하는 거야. 그리고는 말씀하셨어. '사람들이 나를 전쟁에 부르는구나. 나는 가야 해!' 군대 징집은 8번이고 행복을 뜻해. 그러고 나서 돌아서서 떠나셨지."

"돌아선다는 건 61번을 가리키는데!"

"맞아. 그걸 미처 생각하지 못했군. 그럼 61과 23과 8이 되는 거네."

"아주 생생한 꿈이었다니까 한 번 50크로이처를 걸어 볼까. 어때?"

"좋아."

"그럼 더 많은 돈을 딸 수 있을 거야. 자기네 바츨라프 군과 우리 집 마린카. 얼마나 잘 어울리는 한 쌍이야."

집주인 가족

자, 이제 우리 이야기의 배경과 등장인물들에 대해 좀 더 자세히 설명해야할 때가 되었다. 등장인물들에 대해서는 앞으로 일주일 동안 차차 알아가는 편이 나을 것이다. 배경에 관해서 말하자면 난 이곳이 조용하기로 유명한 말라스트라나에서도 가장 조용한 집에 속한다고 장담할 수 있다. 꽤 이상한 구조의 집이지만 가파르게 비탈진 오스트루호바 거리[4]에서는 그렇게 특이한 모양도 아니다. 소박하게 생긴 집의 정면이 면하고 있는 오스트루호바 거리에서 집은 뒤쪽으로 상당히 길게 뻗어 있어서, 이 집의 뒤채는 스바토얀스카 거리의 막다른 끝을 내다보고 있다. 가파른 경사 때문에 3층짜리 뒤채가 2층짜리 앞채보다 실제로는 더 낮다. 게다가 이 앞채와 뒤채는 연결된 건물이 아니라 단지 이웃집의 창문이 없는 벽들에 의해 이어져 있을 뿐이다.

거리에서 볼 때 이 집 앞채의 아래층에는 왼쪽에 식료품 가게가, 오른 쪽에 주막이 들어서 있다. 어두컴컴한 골목길에서 앞채의 2층으로 바로 올라갈 수 있는 계단은 없다. 하지만 안마당으로 통하는 계단을 내려가서 오른 쪽으로 돌아 짧은 발코니를 따라 걷다가 나선형 계단을 올라 다시 짧은 발코니에서 작은 복도로 들어갈 수 있다. 거리에서 안마당으로 통하는 2층 전체는 은퇴한 농업 공무원 부부와 딸이 거주하는 집이다. 박사라고 불리긴 하지만 실제로는 법학학위를 받은 적이 없는 법원 서기 요세프 로우코타 씨가 이 가족에게 방을 하나 세내 살고 있다. 로우코타 씨가 자기 방으로 가려면 그 집 부엌을 지나야 한다.

나선형 계단은 지붕까지 이어져 있다.

계단 양편에는 헛간 두 개가 붙어 있고, 안마당은 꽤 경사져 있다. 고(故) 자닌카 양이 살고 있던 이 집 뒤채의 제일 아래층은 우리가 이미 살펴본 바 있다. 그 옆에는 지하실로 내려가는 계단이 있고, 그 옆에는 역시 나선계단이 하나 있어 긴 발코니가 붙어 있는 위의 두층과 옥상까지 통해 있다. 요세핀카는 몸이 아픈

4) 이 거리는 현재 얀 네루다를 기념하기 위해 네루도바 거리로 이름이 바뀌었다.

언니와 모친과 함께 3층에 살고 있다. 그들이 살고 있는 곳은 소박하지만 그래도 그 층을 통째로 빌려 쓰고 있고, 페트르진 언덕이 내다보이는 창문도 있다.

집주인은 아까 우리가 발코니에서 잠깐 엿본 바 있는 가족과 함께 뒤채의 2층에 살고 있다. 이제 처음으로 그곳을 정식으로 방문해 보자.

부엌을 지나가면 우리는 빨래통 앞에서 일하고 있는 늙은 바보르 부인을 다시 보게 된다. 부인은 이 집에서 식모로 일하고 있다. 우리는 첫 번째 방에 들어간다. 이 방의 가구들은 상당히 소박하고 구식이다. 왼쪽에 뜨개질로 만든 침대보를 깐 침대가 있고, 오른 쪽에는 서랍장과 높은 옷장이 있다. 의자 몇 개가 방 주변에 흩어져 있고, 가운데에는 해지고 빛바랜 천이 덮인 탁자가 있다. 창문 한쪽 구석에는 바느질 탁자가 놓여 있고 다른 쪽 구석에는 의자와 발받침이 놓여 있다. 큰 거울 하나가 창문들 사이의 벽을 장식하고, 녹색으로 칠해진 다른 벽면에는 아무 것도 없다. 거울 테두리와 옷장에는 먼지가 쌓여있지만 큰 문제는 아니다. 다른 방을 응접실로 쓰고 있기 때문이다. 바보르 부인이 이 방을 '곁 응접실'이라고 부르는 건 이 때문이다.

다른 방, 그러니까 응접실에서 우리는 벽을 장식하고 있는 화려한 석판화들을 본다. 피아노와 소파, 커피테이블, 하얀 겉 천을 입힌 의자 여섯 개에 둘러싸인 탁자 하나, 침대 하나가 그 방을 구성하고 있는 가구들이다. 아직 정돈하지 않는 침대 위에 작은 소녀가 나른하게 누워있다. 집주인의 둘째 딸이다. 세 번째 방은 부모의 침실이다.

집주인은 첫 번째 방의 한쪽 창가에 자리를 잡고 있다. 그의 큰딸은 다른 창가에 있다. 모친은 여전히 옷을 다 차려 입지 않은 상태이고, 딸 역시 열한 시가 다 됐는데도 아직 속옷 차림 그대로이다.

집주인의 아내는 매우 날카로운 인상의 여인으로, 얼굴이 뾰족한 턱으로 쏠려 들고 있는 느낌이다. 코 위에는 안경을 걸치고 있다. 그녀는 거친 천 위에 부지런히 바느질 하고 있는 중이다. 천에 박힌 검은 무늬들은 우리에게 그것이 군복의 일부라는 사실을 알려준다. 큰딸은 솔직한 말로 흔해 빠진 타입의 금발여인이다. 그녀의 얼굴은 모친을 꼭 빼닮았다. 하지만 이목구비가 모친만큼 날카롭진 않다. 적어도 그녀의 뾰족한 턱은 젊음의 매력을 조금이나마 간직하고 있다. 눈은 연한 푸른색이고 머리칼에는 아직 컬핀들이 그대로 꽂혀 있지만 별로 숱이 많은 것 같진 않다. 적어도 스무 살이 넘은 건 확실해 보인다.

바느질 바구니가 창문턱에 놓여있고, 젊은 여자 옆의 의자에는 하얀 아마천이 놓여 있다. 아마천 위에 놓인 빨간 실뭉당이는 그녀가 아마천에 수를 놓고 있었거나 그럴 참이었다는 걸 보여준다. 조금만 건드려도 흔들거리는 탁자 위에는 작은 그릇과 잉크병, 기념편지들로 꽉 채워진 앨범 한 권이 덩그러니 놓여 있다. 여인은 낡은 신문들 위에 놓인 하얀 백지를 앞에 두고 앉아 있다. 손닿을 만한 거리에 있는 창문턱 위에 독일어 시들이 적혀 있는 노트가 펼쳐져 있다. 그녀는 백지 위에 시를 옮겨 쓸 생각인 게 분명하다. 하지만 펜이 아직 준비되지 않은 것 같다. 여자는 신문 여백에 펜을 시험해본 다음 잉크 자국이 묻어있는 입술이 보여주는 바대로 조금이라도 펜이 더 잘 나오게 하려고 애쓰고 있다.

어머니가 자신의 딸을 돌아보고는 고개를 가로 젓는다.

"할 일이 있어. 듣고 있니?"

"네, 알아요. 할 거예요."

"마틸다, 로우코타가 들렀을 때 부엌에 있었니? 너를 보고 가는 게 그 사람 아침 일과라는 걸 알잖아."

"무슨 상관이에요. 그 사람이 들리든 말든!" 마틸다가 성난 목소리로 대답한다.

"글쎄, 나는 그 중위란 사람보단 그 사람이 늘 좋더라."

"전 아니에요."

"그 사람은 유쾌한 젊은이야. 우리는 오랫동안 그 사람을 보아왔어. 틀림없이 돈도 꽤 많이 모아 놓았을 거야."

"엄마는 너무 답답해요!"

"너야 말로 정말 바보 같은 계집애야!"

"내가 무슨 엄마가 맘대로 손을 닦을 수 있는 수건인 줄 아세요? 날 좀 하고 싶은 대로 하게 내버려 두세요."

"하지만 난 벌써 그렇게 하고 있는데! 넌 네가 화를 낼만한 가치라도 있는 애라고 생각하니?" 어머니는 그렇게 대꾸하고 나서 바느질거리를 한편으로 치우고 부엌으로 간다.

젊은 숙녀 쪽 역시 진짜 화가 난 건 아닌 게 분명하다. 그녀는 침착하게 시가 적힌 공책을 자기 앞에 놓고 펜을 적셔 백지에 한 단어 한 단어 쓰기 시작한다. 그녀는 천천히 아주 공들여 그 일을 하는 것처럼 보인다. 마침내 첫 행이 끝나고,

그리고 상당한 시간이 지나 두 번째 행과 세 번째 행이 완성된다. 30분이나 공을 들인 끝에 종이 위에 각운을 맞춘 시 한 구절이 반짝반짝 빛난다. 다음과 같이 진실해 보이는 시이다.

> Roszen verwelken Mitthe bricht
> Aber wahrer Freundshaft night;
> Wahrer Freundschaft soll nicht brechen
> Bis man einst von mir wird sprechen.
>   "Sie ist nicht mehr."

> 장미는 추운 날씨에 시들지만
> 진정한 우정은 결코 시들지 않네.
> 진정한 우정은 깨지지 않는 것
> 나에 관해 이런 말이 들릴 때까지
>   "그녀는 이제 세상에 없다."

본문 4행은 고딕체로, 극적인 마무리 행은 로만체로 되어있다. 마틸다는 자신이 지은 시를 만족스럽게 훑어 본 다음, 큰 소리로 두 번 낭송한다. 두 번째 낭송에서는 마지막 행을 분위기에 맞는 엄숙한 목소리로 읽어본다. 그런 다음 그녀는 자기 이름을 쓰기 시작한다. 'ㅁ'을 완성하고 'ㅏ'자를 쓰는 도중에 펜에 잉크가 떨어진다. 마틸다는 재빨리 종이에 입술을 갖다 대고 혀로 잉크방울을 털어 없앤다.

잉크방울이 그녀를 낙담시키지 못한 것은 확실하다. 마틸다는 그 때문에 시를 다시 옮겨 적으려 하진 않는다. 그녀는 종이를 빛이 들어오는 쪽으로 집어 들고 젖은 부분이 마르기를 기다린다. 그때 모친이 황급히 방안으로 들어온다.

"바우어 집안 여자들이 오는 중이라는 구나. 넌 아직 옷도 안 입고 있는데." 모친이 문간에서 말한다. "뭐라도 좀 걸치지 않을래?"

"그 올빼미들은 이번엔 또 뭘 바라는 거래요?" 젊은 여인이 투덜거리며 미처 완성하지 못한 시를 압지 밑에 감춘다. 마틸다는 일어나서 하얀 실내복이 놓여 있는 침대로 다가간다. 그 사이 그녀의 모친은 바느질하던 것들을 모아들고 다른 방에 가져간다.

"발린카." 그녀가 방안을 향해 소리친다.

"아직 일어나지 말거라. 손님들은 여기 있을 거란다." 그리고 다시 문을 닫는다.

여자들의 목소리가 벌써 부엌에서 들려온다. 마틸다는 자기 의자로 달려가서 빨간 실뭉당이를 집어 든다. 그녀의 어머니도 재빨리 자기 자리로 돌아가 바느질 바구니를 뒤적거리기 시작한다.

문을 두드리는 소리.

"누구세요?"

문이 열리자 안으로 들어오길 망설이는 것처럼 보이는 두 여인이 나타난다.

"아, 바우어 부인! 마틸다, 누가 우릴 찾아 오셨는지 좀 보려무나!"

"어머나!" 마틸다가 착한 소녀처럼 기쁘게 박수를 친다.

"마리, 착한 아이야. 정말 오랜 만이야." 그녀는 새로 온 손님들 중 젊은 여자를 따뜻하게 포옹한다.

"그냥 지나가다 생각이 났어요. 폰 에베르 부인." 나이든 여자가 설명한다. "우린 대포 아저씨를 뵈러 가는 중이었거든요. 게다가 마리가 날 가만히 놔두지 않을 테니까요. 저 애는 꼭 마틸다를 봐야 한다니까요. 댁네가 오랫동안 우리 집에 오지 않았으니까요. 어느 쪽이 우정을 더 중시하는 건지는 확실하죠. 우리가 댁네를 훨씬 자주 찾아오니까 말이에요. 하지만 오래 있진 못할 것예요. 마리에게 우리가 안 좋은 때를 골라 가는 건지도 모르겠다고 말했답니다. 오늘은 월요일이고 빨래하는 날이니까요."

"아이고, 무슨 말씀을." 에베르 부인이 이의를 제기한다. "부엌에 빨래거리 좀 있는 게 뭐 그리 힘들겠어요? 앉으세요. 저것 좀 보세요. 쟤들은 서로 너무 좋아해서 떼놓을 수가 없다니까요. 마틸다, 마리 양도 숨 좀 쉬게 해줘라, 얘야!"

에베르 부인은 그 여인들을 창가에 앉힌다. 매우 우아하게 옷을 차려 입은 나이든 여인은 쉰 살쯤 되어 보인다. 젊은 여자 쪽은 아마도 서른 살쯤, 하지만 공손한 미소에도 불구하고 모친을 닮은 쌀쌀맞은 얼굴에는 피로한 기색이 역력하다. 오직 눈만이 이 화제에서 저 화제로 대화가 오고가는 동안 활기 비슷한 걸 드러낸다.

여인들은 곧바로 대화를 시작한다. 그들은 기분에 따라 어떤 때는 체코 말로,

어떤 때는 독일 말로 이야기를 나눈다.

"여기엔 외풍이 없기를 바래요." 나이든 여자가 자리에 앉으면서 말한다. "날씨가 추우면 이빨이 지독히 아프답니다. 밖에 나가고 싶게 하는 좋은 날씨네요. 마틸다, 바깥 풍경이 정말 아름답지 않나요?"

"정말이네요. 정말 아름다운 날이에요."

"정말 그러네요." 마리도 동의한다.

"바느질 하느라 바쁘신 모양이네요, 에베르 부인." 바닥에서 천 조각을 집어들며 바우어 부인이 말한다. "이 천은 군복을 만드는 데 쓰는 거 아닌가요?"

"예…… 군복 옷감이죠." 에베르 부인이 당황해서 말을 더듬고 만다.

"저희 집에서 식모로 일하는 불쌍한 늙은 아낙이 군대를 위해 바느질일을 하거든요. 그 아낙이 우리 집 청소를 해줄 때 제가 바느질일을 좀 도와주곤 한답니다. 일주일에 50크라우처 밖에 못주니 너무 미안하거든요! 저런 사람들이 얼마나 힘들게 사는지."

"확실히 그렇죠. 불쌍한 사람들."

"그런데 뭘 하고 있던 거야, 마틸다?" 마리가 끼어든다. "저 천에 글자를 수놓고 있었던 거야? 무슨 글자인지 좀 보여줄래. M-K? 아, 이제 생각나. 네가 곧 결혼 한다는 얘기는 들었어. 축하해! 신랑이 코르지네크 중위라는 게 사실이야? 아저씨 집에서 그 사람을 한 번 본 적이 있어. 그 사람 사랑하니?"

마틸다는 얼굴도 붉히지 않는다. 마리는 그럴 필요가 없는 친구인 것이다.

"그래, 난 결심했어! 내가 뭘 더 기다리겠어? 그 사람은 착하고 친절한데다 날 사랑해. 내가 노처녀로 늙을 이유가 뭐가 있겠어?"

"난 그 사람한테 별로 좋은 인상은 못 받았는데. 하지만 그 사람 금발이지, 맞아? 아니면 벌써 머리가 허옇게 쉬었을 테니까." 마리가 기념 앨범 속의 편지들을 손가락으로 만지작거리며 직설적으로 말한다.

"아, 코르지네크는 그렇게 나이를 많이 먹지 않았어!" 마틸다의 얼굴이 새빨개진다. "그 사람은 자기가 그라츠[5]에서 살고 있었을 때 형편이 너무 안 좋아서 젖은 벽에 머리를 대고 자야 했다고 말했어! 그 사람은 정말 별로 나이를 많이 먹지 않았어!"

"그럼 그런 척 하는 거겠지. 교활한 인간 같으니. 넌 남자를 절대로 믿으면 안 돼!"

"아, 그 사람이 교활한 사람이긴 해. 맞아. 어제는 웃다가 배가 터질 뻔했다니까! 담배를 너무 많이 피운다고 그 사람을 막 놀리고 있었는데 자기는 내게 진지하게 키스할 때를 대비해 입술 모양을 잘 만들어 놓고 싶다는 거야. Der ist witzig! (정말 재미난 사람이야!)"

마리는 천진난만하게 낄낄 웃어 보임으로써 코르지네크의 재담에 대한 마틸다의 평가에 공감한다는 것을 드러낸다. "하지만 그 사람이 정규부대에서 이 보급부대로 전출된 이유는 뭐니? 아직 한창 팔팔해 보이던데."

"군대에서 그 사람을 달마티아[6]로 보내려 했다나봐. 그래서 기억력이 나빠지

5) 오스트리아의 도시

고 있다고 핑계를 대고 정규군에서 전역했다고……."

"그렇게 멀리 가면 고향을 찾아오기도 힘들겠다. 불쌍한 일이야!" 마리가 동정어린 목소리로 덧붙인다.

"흠집 없는 남자는 없어. 그리고 코르지네크는 돈이 많아!" 마틸다가 재빨리 대꾸한다. "그 사람 아버지가 프랑스하고 전쟁할 때 한 재산 챙겼거든."

"나도 들었어. 부러진 다린가 뭔가를 몽땅 사들였다며. 하지만 우리 여자들은 그런 일을 잘 모르지." 마리가 순진하게 덧붙인다. "이건 뭐야? 그 사람이 정말 아름다운 시를 너한테 써 주었네." 그녀가 그것을 나지막한 목소리로 읽어 내려 간다.

> Dien treunes Herz und Tugend Pracht
> Hat mich in dich verliebt gemacht,
> Mein Herz ist dir von mir gegeben
> Vergissmeinnicht in Todt und Leben.
> V. korzineck, Oberlieutenant

> **그대의 충실한 마음과 훌륭한 미덕은
> 나를 사랑에 빠지게 했소.**

6) 오스트리아헝가리제국에 속했던 지역으로 현재 크로아티아의 남서부 지방이다.

내 심장은 마지막 숨결까지 당신의 것,

살아도 죽어도 나를 잊지 말아주오.

       V. 코르지네크, 중위

"하지만 그 사람은 왜 자기 이름을 다 쓰지 않았지? 그 사람 이름이 뭐야? 빅토르? 볼프강?"

"으음, 바츨라프[7]야. 헌데 그 사람은 자기 이름을 마음에 들어 하지 않아. 예배하러 갈 때마다 다시 세례를 받는 기분이래."

"어머나, 너 시 습작 책을 아예 통째로 여기 가져왔구나!"

"코르지네크가 빌려주었어."

"아, 알겠어. 네가 여기서 그 사람을 위해 시를 베껴 적을 수 있도록 말이지! 정말 좋은 생각이야. 엄마, 우리 가야 하지 않아요?"

두 어머니는 가사에 관련된 대화를 나누고 있었다.

"아, 그래. 가야지. 에베르 씨를 뵙지 못해서 유감이네요. 하지만 바깥양반은 당연히 사무실에 계시겠죠. 그런데 나의 발린카, 요 작은 천사는 대체 어디 있는 거죠? 집에 없나요?"

"아니요. 하지만 아직 자고 있어요. 오전 내내 침대에 있어도 좋다고 허락했

---

7) 바츨라프는 보헤미아(체코의 옛 이름) 최초의 기독교 국왕으로 체코 민족의 수호성인으로 받들어진다. 바츨라프라는 이름은 체코에서 매우 흔한 이름이다.

답니다. 사람들이 그게 목소리에 좋다고 하더군요. 어쨌든 발린카는 성악가가 될 테니까요. 모두 그 애의 재능에 감탄할 뿐이에요. 음악에 관해서는 꼭 작은 악마 같다니까요. 발린카가 피아노를 치다 일어나면 거기서 연기가 날 정도예요!"

"그래도 내 작은 천사를 한 번 안아는 보고 가야겠어요. 그 애를 보지 않고 떠난다면 굳이 여기 온 의미가 없으니까요. 바로 옆방에 있지 않나요?" 바우어 부인이 옆방으로 통하는 문으로 다가간다.

"아, 하지만 그 방은 엉망진창이랍니다. 아직 침대 정리도 하지 않은 걸요!" 에베르 부인이 만류한다.

"아, 부디, 에베르 부인. 우린 모두 친구잖아요. 뭐, 우리 집도 똑같이 엉망진창인 걸요!"

그녀는 이미 문 옆에 가서 서 있다. 다른 사람들은 따라갈 도리밖에 없다. 바우어 부인은 바닥에 있는 군복 바느질거리 더미를 본다. 여윈 얼굴에 희미한 비웃음이 스쳐 지나간다. 하지만 그녀는 아무 말도 하지 않고 활기찬 걸음으로 침대에 다가간다.

"싫어요. 날 좀 내버려 두세요. 그러고 싶지 않아요." 발린카가 짜증을 내며 안아주려는 바우어 부인을 피하려고 애쓴다.

"착하게 굴어라, 좀." 그녀의 어머니가 꾸짖는다. "아, 까먹을 뻔 했네! 목요일 저녁에 우리 집에서 작은 연주회를 열 예정이에요. 꼭 오셔야 해요! 마틸다, 마리에게 목요일에 꼭 오라고 좀 약속을 받아 놓거라!"

"당연히 와서 요 작은 천사를 칭찬해줘야죠." 바우어 부인이 맞장구를 친다.

응접실로 쓰는 다른 방은 이 방과 부엌을 합친 만큼 크다. 두 개의 창문은 안마당을 내려다보고 있다. 숙녀들은 팔짱을 끼고 한쪽 창가로 가서 젊은 바보르가 자닌카의 방에서 가져 온 편지묶음을 들고 1층 계단으로 걸어가는 모습을 본다.

"저건 누구야?" 마리가 묻는다.

"우리의 작은 시파체크[8]. 우리 집 식모로 일하는 식료품 가게 아낙네의 아들이야. 그런데 잘난 척이 이만저만이 아냐. 저 치가 코트를 팔에 걸치고 다니는 꼴을 꼭 봐야 할 텐데."

"이름이 시파체크야?"

"아니. 바보르라고 해. 하지만 우린 다 그렇게 불러. 전에 우리 집에서 기르던 찌르레기가 날아가 버린 일이 있었어. 아빠는 지붕에서 그 놈을 봤다고 생각해서 지붕에 올라갔는데 그건 찌르레기가 아니라 젊은 바보르의 코트자락이었어. 바보르는 늘 지붕 위에서 공부를 하곤 했거든. 지금도 저기 올라가네, 봐."

"학생이야?"

"아니, 지금은 우리 아빠가 일하는 관청에서 함께 일하고 있어. 하지만 아빠는 바보르가 성 네포무츠키[9]처럼 카렐 다리에서 강물로 뛰어드는 걸 제일 잘할 거라고 말씀하시지."

"자자, 이제 그만, 아가씨들. 이제 작별할 시간이야. 우린 정말 가야 해요, 마

---

8) špaček, 찌르레기를 뜻하는 체코어
9) 성 네포무츠키는 블타바 강에 던져져서 살해당했다는 전설이 있다.

리!" 바우어 부인이 부른다. 처녀들은 몇 번 씩이나 되풀이해서 서로 포옹하고 입맞춤을 한다. 한참 동안 네 명의 여인들 모두는 서로에게 입에 발린 말을 해댄다. 마침내 그들은 부엌을 지나 계단으로 간다.

마틸다와 에베르 부인은 발코니에 남는다.

"저 여자가 감기라도 걸릴까봐 얼마나 벌벌 떠는지 보았니?" 바우어 부인과 마리가 안마당으로 내려가는 걸 보면서 에베르 부인이 물었다.

"아마 진짜 이는 하나도 안 남아 있을걸!"

"어머, 맞아요. 저 아줌마 하녀는 다른 설거지거리하고 같이 틀니를 씻는다죠."

바우어 부인이 다시 방향을 틀어 골목으로 들어가자 그들은 또 다시 손님들에게 싹싹하게 손을 흔든다. 마리는 두 사람이 어두운 골목 안으로 완전히 사라질 때까지 몇 번이나 마틸다에게 키스를 보낸다.

"마틸다가 신랑감 후보들의 이름 글자들을 얼마나 많이 수놓았는지 하나님만 아실 거예요." 케이프 망토를 가다듬으며 마리가 말한다. "그리고 몇 번이나 그걸 찢어 버려야 했는지도."

"코르지네크는 어떤 사람이니? 아저씨가 너한테 그 사람에 대해 말한 적이 있더냐?"

"흠, 그런 것도 같아요." 거리를 내려가면서 마리가 말한다.

서정적인 독백

아침이 지나고 저녁, 첫째 날이 다갔다. 밤이다. 우리 이야기의 배경은 〈하늘에는 달, 방에는 달빛〉이라는 옛 러시아 민요의 배경과 꼭 닮았다. 하늘에 흘러가는 보름달이 너무나 밝게 빛나는 바람에 주변의 별들은 사라졌다가 세상 반대편에서나 벌벌 떨며 다시 나타날 것 같다. 달은 위풍당당하게 땅 위에 찬란한 광의(光衣)를 펼치며 빛으로 대지를 휩싸고 시냇물들과 수풀이 우거진 강둑을 덮으며 광활한 시골과 들쭉날쭉한 도심을 가로질러 미끄러져 나아간다. 달은 무엇과 마주치던 도시의 모든 거리와 광장을 자신의 망토로 휘감아 버린다. 그리고 창문이 열려진 곳이면 어디에나 자신의 옷 한 자락을 안으로 던져 넣어 주리라.

그래서 달은 열린 창문을 통해 박사의 방으로 들어가 재빨리 잘 정돈된, 멋진 취향으로 꾸며진 우아한 방을 점령한다. 달이 창문 가까이 있는 탁자 위의 꽃들을 빛으로 물들이자 꽃들에는 은빛 이슬로 뿌연 안개가 서린다. 달빛은 푹신한 의자에 앉아 글쓰기 책상의 여러 용품들을 빛나게 하며 카펫 끝까지 몸을 죽 뻗는다. 밤이 깊어지도록 오랜 동안 그대로 시간이 흐른다. 하지만 마침내 문 걸쇠가 딸각 소리를 내며 지친 경첩이 한숨을 쉬고, 그와 함께 마침내 방의 주인이 안으로 들어온다.

박사는 지팡이를 문 옆 받침대에 놓고, 밀짚모자를 고리에 걸고는 두 손을 마주 비빈다. "손님이 오셨나 보네." 그가 자그맣게 중얼거린다. "잘 왔네, 달 형제. 우리 오순절 때 만나지 않았던가? 누구나 우리 집에 편히 있길 바라네. 아, 이 빌어먹을 놈의 무릎하곤!" 그는 조금 큰 소리로 투덜거리며 허리를 굽혀 무릎을 주무른다. 달빛에 드러난 박사의 얼굴은 짜증과 즐거움을 모두 내비치고 있다.

그는 일어나서 외투를 벗는다. 외투를 걸려고 옷장을 열면서 그는 다시 혼잣말을 한다. 하지만 이번에는 나지막하게 곡조를 흥얼거리고 있다. "바르톨로 박사[10]…… 바르톨로 박사…… 롤로…… 로…… 로…… 이게 '미'였나 '파'였나? 분명 '파'가 맞을 거야. 바르톨로…… 롤로…… 롤로……" 그는 노래를 하면서 회색 실내복을 걸치고 빨간 비단 허리띠를 묶은 다음 흥얼거리며 열린 창문을 향해 느릿느릿 다가간다.

"나의 귀염둥이 요세핀카는 지금 아마 자고 있겠지. 좋은 꿈을 꾸길 바래. 얼마나 예쁜 아가씨인가. 맘씨도 너무 곱고." 그는 다시 몸을 굽히고 무릎을 만진다. 하지만 이번에는 욕을 내뱉지 않는다. 그는 창문 옆에 선다. "요세핀카 가족은 꽤 큰 집에 살고 있지. 필요한 것보다 큰 집을 말이야. 우리는 그들과 같이 살거야. 새 가구들을 조금 더 가져가서 말이지. 그 아가씨의 어머니와 아픈 카투쉬카도 거기 같이 살면 좋을 거야. 좋은 사람들이니까. 그들 말고 다른 가족은 없지. 바이에른의 사촌이 들러리가 될 거야. 요세핀카도 당연히 결혼식에 들러리가

10) 본래 보마르셰의 희곡 〈피가로의 결혼〉에 등장하는 인물이다. 보마르셰의 희곡은 모차르트의 〈피가로의 결혼〉과 로시니의 〈세비야의 이발사〉라는 유명한 오페라의 원작이 되었다. 후대에 작곡된 〈세비야의 이발사〉가 이야기상으로는 더 앞 이야기인데, 늙은 의사 바르톨로는 젊은 여성들을 넘보는 탐욕스러운 인물로 묘사되어 있다. 독일어에서 'doctor'가 법학박사와 의학박사를 모두 뜻하기 때문에 별명이 '박사(doctor)'인 로우코타는 젊은 처녀를 사랑하는 자신의 처지를 무의식적으로 바르톨로에 빗대고 있다.

있어야 하니까. 두 말할 필요도 없지. 안 그래? 우리 귀염둥이! 결혼식은 조용하게 진행될 거야. 그런데 왜 내가 세비야의 그 의사를 머릿속에서 쫓아 낼 수 없는 거지? 바르톨로…… 바르톨로…… 나는 별로 늙지 않았고 몸 관리도 잘 하고 있어. 꽤 건강하다고 자부할 수 있어! 난 결코 일을 미루다가 망치는 우를 범하지 않을 거야. 두려워할 필요가 없어. '내 인물이 지금보다 더 좋을 순 없지.' 새로운 삶이 날 기다리고 있어. 나는 행복할 거야. 행복은 젊음을 가져다 줄 것이고." 그는 둥근 달을 쳐다본다. 나의 귀염둥이 아가씨는 지금 뭘 꿈꾸고 있을까? 그런 어린 아이가 어떻게 무언가를 꿈꿀 수 있겠어! 통나무처럼 푹 자고 있을 테지. 내가 그 아이의 귀에서 꿈꿀 뭔가를 속삭여 줄 수만 있다면!'

그는 몸을 돌려 벽에서 기타를 집어 들고 다시 창문 앞에 서서 한 두 줄 튕겨본다. 아래쪽 안마당에서 개가 울부짖는 소리가 희미하게 들린다.

"아, 아조르가 어떻게 다시 빠져나온 모양이군." 박사가 창문에 몸을 기대며 말한다. "아조르, 쉿, 착한 개가 되어야지!" 개는 아무 소리도 내지 않았다. "저놈을 괴롭히지 말아야지. 불쌍한 녀석." 그가 중얼거린다. 그리고 기타를 벽에 돌려놓고 창문을 닫고 커튼을 친다.

그는 책상으로 가서 촛불을 켜고 앉는다. 혼자 있을 때엔 늘 박사는 혼잣말을 한다. 그는 지금 아까 말이 중단된 데에서부터 다시 말을 이어나간다.

"난 이런 일을 현명하게 착수하기 충분할 정도로 나이를 먹었어. 내 나이에 이런 일은 재빠르게 해 치워야 해. 그래도 약간의 우아함을 갖춰야겠지. 내 계획은 훌륭해. 이놈의 빌어먹을 무릎! 좀 더 세게 두들겼어야 했는데!" 그는 실내복 옷깃을 벌리고 밝은 색깔의 바지를 내려다본다. 오른쪽 무릎 위가 찢어져있다.

"이건 새 바지인데!" 그가 뿌루퉁하게 말한다. "사려 깊게 행동한 대가가 이거 뿐이로군! 그들은 골목길 왼쪽에 서 있었지. 분명 바슬라프와 마린카였어. 아니면 누구겠어. 그래서 오른 쪽으로 그들을 피해 가다가 그 놈의 회전대에 부딪히고 말았지. 빌어먹을 바슬라프! 체면을 봐주는 게 아니었는데. 그 녀석은 견습 공무원에 불과해. 거기에 무슨 미래가 있겠어? 정말 안 된 일이지. 내가 그 친구에게 미래를 주어야 해. 정말 재능 있는 친구인데 말이야. 학교부터 마치는 게 최선이야. 하지만 그 친구에겐 그럴 도리가 없지. 시를 쓰지 말라고 해야겠어. 그러다간 결국 죽도 밥도 못 될 거야. 녀석은 지금 직장을 다니고 있지. 나한테 생각을 물으러 오면 시 같은 건 집어 치우라고 얘기해 줘야지."

그는 책상에서 두꺼운 공책을 집어 들고 페이지를 넘기기 시작한다. 그리고 첫 번째 책갈피가 있는 부분에서 공책을 펼친다.

"계획은 다 짰어." 그가 독백을 계속한다. "여기엔 약간의 시가 필요하지. 난 시를 잘 못 쓰니까 이 시들이 딱 좋겠는걸. 이게 없었다면 다른 걸 찾아야 했을 거야. 무슨 상관이람. 요세핀카는 절대 알아채지 못할 거야. 바슬라프도 마찬가지고. 내 조언 덕분에 시 쓰기를 그만둘 테니까 말이야. 내일 익명으로 첫 번째 시를 보낼 거야. 하지만 요세핀카는 누군지 짐작하겠지! 이걸 첫 번째 걸로 해야겠군."

그는 공책을 읽는다.

그대는 청춘의 봄에 있는

어여쁜 산의 풍경.

그대의 머리칼은 가장 검은 색으로 빛나고,

그대의 눈은 반짝이는 강물과 같소.

그대의 입술과 뺨은 피어나는 장미꽃과 같고

그대의 목소리는 꾀꼬리 같소.

나에게 그대는 세계 그 자체.

그대는 어여쁜 산의 풍경

때로는 어두워졌다 때로는 밝았다하는

그대는 시인들이 사랑해 마지않는

어여쁜 산의 풍경.

오, 부디 나의 이 노래가

그대 마음속의 줄을 퉁긴다고 말해주오.

그렇지 않으면 그대는 온통

돌로 뒤덮인 산의 풍경.

"대단한 시인이로군! 이건 내 고향의 산들과 아주 똑같은 걸. 이 친구는 분명 제대로 된 산이라곤 본 적이 없을 텐데 말이야! 아주 좋아! '당신의 목소리는 꾀

꼬리 같소.' 이건 좀 오글거리는데. 뭘 해야 할지 알겠군. '시인들이 사랑해 마지
않는'에다 밑줄을 치는 거야. 마치 그녀가 나라는 한 개인만을 위해 아름다운 것
처럼 보이게 말이야. 시는 정말 처녀의 마음을 설레게 할 수 있지. 일주일 내로
다른 시로 그녀의 마음을 한 번 더 때리는 거야. 그때는 이름도 같이 써서 말이
지. 두 번째 시는 이게 좋겠군!' 그는 시를 또 한 편 읽는다.

> 그대의 까만 피부와 그대의 까만 머리칼,
> 그대의 광채를 부정하지 마오.
> 그대의 불타는 눈과 목소리는 너무나 아름다워
> 나의 밤을 타오르는 낮으로 바꾸어 놓소.

> 오, 어두운 태양이여, 부디 지금 말해 주오.
> 그대가 밤에도 나의 빛이,
> 나의 빛나는 태양이 되어 줄 것인지.
> 오, 가장 어두운 달이여, 부디 지금 말해 주오.
> 타오르는 낮에도
> 그대는 내 친구가 되어 줄 것인지.

"이 녀석 시 좀 쓰는데! 요즘 여자들에게 빠져 있는 게 확실해. 하지만 아마 어
떤 유대인 처녀에 대해 쓰고 있는 걸 거야. 요세핀카가 이렇게 까맣진 않거든. 좋

아. 그녀는 별로 신경 쓰지 않을 거야. 중요한 점은 그녀가 태양 같다는 거고, 그게 괜찮게 들린다는 거지. 또 알아? 이 시가 그런 성격을 그녀에게 주게 될지. 요세핀카는 열정적이 될지도 몰라! 하지만 그래도 그녀가 계속 튕긴다면 우리는 세 번째 시를 보낼 거야. 네 번째는 없어." 박사는 여러 페이지를 넘겨 또 시를 한 편 찾아 읽는다.

나는 내 심장에 총알을 쏠 겁니다.
오늘 내가 죽는다 해도 무슨 상관입니까?
나는 시들어버린 내 가슴 속에서
그대도 죽어 있는 걸 찾아내었답니다.

나는 순간의 고통을 견뎌낼 것입니다.
죽음의 검은 군주처럼.
나는 우리가 함께 거기 있게 될 것을 압니다.
영원히 꺾이지 않을 우리의 사랑.

"자살한다는 것에는 뭔가 중독적인 게 있지! 여자가 저항할 수 없는. 어떻게 되던 우리는 요세핀카에게 이 세 번째 시를 보내 그녀의 사랑을 결정적으로 굳혀 버리는 거지. 갑자기 피곤해지는 이유는 뭘까? 침대에 가서 누워야겠군. 정말 그래야겠어." 그는 크게 하품을 하고 옷을 벗기 시작한다.

"제일 훌륭한 구절은 '그대도 죽어 있는 걸 찾아내었답니다' 로군." 옷을 벗으며 박사가 중얼거린다. 그는 꼼꼼하게 정돈된 침대 옆 의자 위에 옷을 개어 놓는다. "그 친구가 말하고 있는 것은 자기가 가슴 속에 그 여인을 봉하고 있다는 거지. 그래서 만약 심장을 쏜다면 여자도 같이 쏘는 게 되는 거니까, 허허. 여자가 바로 거기 있으니 그녀를 쏠 수밖에 없는 일이지!"

"오늘 밤은 따스하군. 슬리퍼가 필요 없을 거야." 그는 신발을 벗고 이불을 끌어당긴 다음, 촛불을 끄고 몸을 눕힌다.

침대에서 또 한 번 박사는 만족스러운 한숨을 크게 내쉰다.

"바르톨로…… 충분해." 그는 잠이 든다.

밑에서 아조르가 울부짖는다. 잠시 뒤 개는 자닌카의 문을 긁어 댄다. 꼭 슬픔을 이겨낼 수 없지만 누군가 깨우기는 싫은 듯하다. 그래서 그는 밤새도록 나지막하게 구슬픈 울음을 계속 운다.

독신생활은 천국이다
- 오래된 속담

박사에게 방을 세놓은 공무원의 이름은 라크무스라고 했다. 그는 프라하에 온 지 3년 정도 됐는데 자신의 전임자로부터 이 집을 물려받았다. 그가 우리의 조용한 집으로 이사 온 뒤, 다른 세입자들은 라크무스 가족에게 상당한 재산이 있으며 연금도 꽤 많이 받는다는 사실을 알게 되었다. 따라서 그들은 이 가족을 대단히 존중했으며 이들과 별로 사회적 교류를 하지 않았다. 이 가족의 우두머리인 라크무스 부인은 꽤나 가까이하기 어려운 사람이었다. 그녀는 부탁받는 일들을 잘 해주었는데, 하인들에게 기꺼이 가불을 해주었고, 집에 있는 밀가루와 버터를 빌려주었으며, 인사에는 꼭 응답을 해주었고, 종종 먼저 인사를 하기도 했다. 하지만 결코 대화를 길게 나누진 않았다. 그건 라크무스 부인이 말이 없거나 무뚝뚝한 사람이기 때문이 아니었다. 오히려 때때로 열린 창문을 통해 상당한 달변가라는 사실을 온 집에 증명해 보이곤 했다.

라크무스 부인은 마흔이 넘은 나이였지만 여전히 활력이 넘치는 사람이었다. 그녀의 풍만한 몸매는 여전히 싱싱했고, 얼굴은 주름살 하나 없이 팽팽했으며, 눈은 명랑하게 반짝였다. 요컨대 벌써 과년한 딸이 있는 나이에도 불구하고 꼭 쾌활한 젊은 과부처럼 보였던 것이다. 클라라 양은 갓 스물을 넘었고 자기 어머니와 전혀 닮지 않았다. 그녀는 잡초처럼 키가 껑충한 것이 모친의 유쾌하고 풍만한 몸매하고는 거리가 멀었다. 반면 클라라 양의 맑은 푸른 눈은 금발 머리와 잘 어울렸으며, 길쭉한 얼굴의 두 볼은 아직도 건강한 시골의 기운으로 빛나고 있었다. 클라라 양은 어머니보다 훨씬 더 가까이 하기 어려운 사람이었다. 따라서 집주인의 딸 마틸다는 이미 그녀와 친해지려는 노력을 포기한지 오래였다.

이웃들은 창문을 통해서가 아니면 라크무스 씨를 거의 보지 못했다. 다리가 안 좋아서 늘 세심한 주의가 필요했기 때문이다. 아마도 몇 달에 한 번씩 다리를 절룩이며 집밖으로 나오는 모양이었다. 나머지 시간에는 집에서 창밖으로 거리를 내다보거나 플란넬 천과 젖은 천을 몸에 두르고 간호를 받고 있었다. 사람들 말에 따르면 그는 와인을 많이 마신다고 했는데, 그의 울긋불긋한 얼굴은 그런 소문을 떨쳐 버리는 데 아무 도움이 되지 않았다.

거리가 내다보이는 창가 옆 의자에서 라크무스 씨가 힘겹게 몸을 일으킨 것은 정오가 다 되어갈 때 쯤이었다. 그는 오전 시간을 거기서 보내다 이제 막 슬슬 소파로 가려는 참이다. 그는 소파에 앉아 다리를 소파 위에 뻗고 약간 짜증 섞인 한숨을 내쉬며 커다란 벽시계를 올려다본다. 큰 소리로 똑딱똑딱 거리는 유리가 덮인 시계다. 다른 가구들과 마찬가지로 새것은 아니지만 그럼에도 상당히 큰돈을 지출했음을 은연중에 드러내는 물건이다. 시계는 12시 몇 분 전을 가리키고 있다.

라크무스 씨는 시계에서 클라라로 눈길을 돌린다. 그녀는 다른 창가에 앉아 부지런히 바느질을 하고 있다. "그래서 오늘은 수프도 안 주려는 거야!" 꾸짖으려고 하기 보다는 그냥 사실을 말하는 투로 기분 나쁜 미소를 지으며 하는 말이다.

클라라 양이 바느질거리에서 고개를 든다. 하지만 그때 문이 열리고 라크무스 부인이 김이 폴폴 나는 수프 그릇을 쟁반에 받쳐 들고 들어온다. 그걸 보고 라크무스 씨의 얼굴이 환해진다.

"클라라, 부엌에 가서 푸딩 만들 준비를 하거라!" 그녀의 어머니가 명령을 내린다. "제대로 하고 있는지 확실히 해야 한다. 그래야 박사님이 너를 비웃지 않지!' 클라라가 바로 부엌으로 간다.

"여보, 오늘 술국을 만들었어요. 이제 고기국물은 질렸을 테니까요." 라크무스 부인이 싹싹하게 말하며 남편 앞에 그릇을 놓는다. 라크무스 씨는 고개를 들고 그녀의 배려가 수상쩍다는 듯이 의아한 눈초리로 아내를 흘낏 본다. 하지만 그가 순종에 익숙하다는 점은 분명하다. 의심을 따르기보다는 곧바로 가져온 음식을 먹기 시작했기 때문이다.

라크무스 부인은 남편의 소파 옆에 있는 탁자 쪽으로 의자를 끌어다가 앉는다. 그리고 탁자 위에 손을 포개고 남편을 지긋이 쳐다본다.

"얘기해 봐요, 여보. 클라라를 어쩔 셈이에요."

"클라라를? 클라라한테 무슨 일이 있어?" 수프 맛을 보면서 라크무스 씨가 대답한다.

"그 아이는 머리부터 발끝까지 로우코타와 사랑에 빠졌어요!"

"나한텐 아무 말도 안 했는데!"

"당연히 당신한텐 아무 말도 안 했겠죠. 그 아이는 내게는 솔직하답니다. 어젯밤에는 진짜로 그 애를 부엌에서 끌어내야 했다니까요. 그 애가 말하길 박사님이 거기서 그렇게 멋진 말을 하고 있는데 움직일 수가 없었다나요. 당신한테 말한 것처럼 그 아인 완전히 사랑에 빠졌어요. 우리가 뭔가 해야 해요. 그 둘을 결혼시키면 안 될까요?"

라크무스 씨는 뜨거운 수프 때문에 이마에 솟아난 땀을 닦는다.

"그 애한테는 나이가 좀 많지 않나?" 잠시 뒤 그가 말한다.

"나이가 많다고요! 우리가 결혼할 때 당신은 뭐 그렇게 젊었는지 아세요!"

라크무스 씨는 아무 말 하지 않는다.

"그 사람은 건강하고 몸 상태도 좋아요. 그렇게 늙어 보이지 않는다고요. 실제로도 나이가 별로 많지 않고요. 우쭐대는 젊은 얼간이들보다는 차라리 우리가 아는 사람이 나아요. 게다가 클라라가 그 사람을 좋아하는 것 같은데 더 말할 것도 없죠. 당신도 그 사람한테 아내를 편하게 먹여 살릴 만한 재산이 있다는 걸 알잖아요. 그 이한테 우리 딸을 주지 않을 이유가 없지 않아요? 뭐라고 말 좀 해봐요, 제발!"

"하지만 그 친구가 클라라를 좋아할지 어떻게 안단 말이요." 라크무스 씨가 용감하게 한 마디 해 본다.

"흠, 물론 로우코타가 원치 않는다면 억지로 우리 애를 그에게 들이밀 순 없지요. 클라라는 꽤 예쁘고, 그 사람도 항상 그 애한테 다정한 얼굴을 하고 있어요. 로우코타는 방을 늘 깔끔하게 정돈하고 있고 깔끔한 걸 좋아하죠. 나는 그 사람이 정말은 클라라를 원하고 있지만 자기가 그렇게 젊은 나이가 아니기 때문에 망설이고 있을 거라고 생각해요. 물론 그건 이유가 되죠. 하지만 내가 해결할 거예요!" 그녀는 만족스러운 듯 고개를 끄덕거린다. 그러고 나서 그녀는 갑자기 문을 향해 고개를 쭉 뺀다. "나는 그 사람이 이미 집에 돌아온 걸 알아요. 평소보다 빨리 말이죠! 그 사람은 부엌에서 클라라와 얘기를 나누고 있었죠. 하지만 지금은 자기 방으로 돌아갔을 거예요. 부엌에 가서 이 모든 일을 지금 당장 매듭지어 놓아야겠요!"

라크무스 부인이 부엌으로 달려간다. 클라라 양은 부엌 탁자 앞에 서서 통에 든 밀가루 반죽을 주무르고 있다. 어머니는 딸에게 다가가서 그녀의 턱을 잡고 클라라의 얼굴을 자기 쪽으로 돌린다.

"너 장미처럼 빨개졌구나." 그녀가 부드럽게 말한다. "그리고 사시나무 떨듯이 떨고 있어. 아가야! 걱정마라. 모든 게 다 잘 될 거야."

그녀는 벽에 걸린 작은 거울 속에 비친 자신의 모습을 흘낏 보고나서 모자를 눌러 쓰고 소매를 걷어 내린 다음 박사의 방문으로 걸어가서 문을 두드린다. 대답이 없다. 그녀는 다시 더 세게 문을 두드린다.

박사는 사무실에서 힘든 하루를 보냈다. 그는 딱 뭐라고 집어 말하기 어려운 들뜬 기분으로 정신이 산란해지고 짜증이 났으며 괴로웠다. 유쾌하기도 하고 성가시기도 한 기분이었다. 일종의 시적인 기분이 그를 사로잡았는데, 그런 감정을 겪어본 사람이라면 그런 상태가 왔을 때 얼마나 일상생활로 돌아오기 어려운지 잘 알 것이다. 뜬구름 같은 생각들이 애벌레처럼 꿈틀꿈틀 그의 머리를 휘젓기 시작한다. 그것은 신경을 하나씩 긁고 간질이고 자극해서 마침내 신경체계 전체를 뒤흔든다. 일을 멈추고 모든 정신의 힘을 한 가지 생각에 집중해서 그 애벌레가 어딘가에 자리를 잡아 고치를 치게 하는 것 밖에 방법이 없다. 만약 환상 속의 태양이 충분히 따뜻하다면, 그 고치에서 나비가 — 하나의 시가 터져 나올 것이다.

"산의 풍경" 속에 빛나는 첫 번째 나비가 그날 오전 박사로부터 터져 나왔다. 그는 핑크빛 종이 위에 펜으로 그것을 붙잡아 봉투 속에 집어넣고 달콤한 냄새가 나는 밀랍으로 봉인했다. 그리고 동네 우체국에서 그것을 부쳤다. 뒤늦은 열정이 보통 다 그렇듯 그의 동요하는 마음은 한참 뒤에야 솟아나오기 시작해 점점 더 커지는 바람에 박사는 결국 사무실에서 나오고 말았다.

그는 천천히 집으로 걸어왔다. 안마당에 들어선 그는 요세핀카 집의 창문에 늘 습관적으로 던지던 시선도 보내지 않았다. 마침내 라크무스 네의 부엌으로 간신히 비척비척 굴러들어 왔을 때 그는 위험에서 간신히 벗어난 것 같은 기분을 느꼈다. 박사는 안도의 한숨을 내쉬었다. 그의 피는 더욱 원활하게 순환하기 시작했다. 그는 전에 없이 유쾌하고 낭랑한 목소리로 클라라와 이야기를 나누었다. 하지만 그는 부엌에 오래 머무르지 않고 자기 방으로 들어갔다.

그는 문을 닫았다. 머리가 가슴으로 내려앉았다. 그는 아무 생각 없이 외투에서 오른 팔을 빼다가 잠시 동작을 멈추고 생각에 빠졌다. 그는 창문으로 달려가서 자기가 아침에 부친 편지가 언제 도착할지, 혹은 그녀가 벌써 그것을 받지 않았는지 궁금해 했다. 꼭 벌을 받을까 두려워하는 사람 같았다. 그는 창틀과 커튼 사이로 맞은 편 발코니가 내다보이는 창문에서 세 걸음 떨어진 곳에 서 있다가, 돌연 깜짝 놀라고 말았다. 집배원이 방금 도착한 것이다.

그는 뒤로 펄쩍 물러섰다가 방문에 노크 소리를 들었다.

"들어오세요." 그가 장미처럼 얼굴을 붉힌 채 중얼거렸다.

문이 열리고 라크무스 부인이 나타났다.

박사는 어색하게 소매를 붙잡고 억지 미소를 지어보였다.

"방해하는 게 아니었으면 좋겠군요, 박사님." 라크무스 부인이 문을 닫으며 말했다.

"아니요. 부인. 들어오십시오." 마침내 그가 잃어버린 소매를 꽉 잡고 더듬더듬 말했다.

"일찍 오셨네요, 박사님. 편찮으신 게 아니었으면 좋겠네요."

"뭐라구요?" 여전히 자기 생각에 사로잡혀 있던 그가 당황해서 웅얼거렸다.

"오, 정말!" 그녀가 박사에게 다가와 그의 이마에 손을 갖다 댔다. "정말 무슨 문제가 있군요. 젊은 처녀처럼 얼굴이 빨개지셨네요."

"뛰어 와서요. 전 항상 뛰어다니거든요. 부인." 그가 더듬거리며 말했다.

"찜질이라도 하셔야 하는 거 아니에요.?"

"아니, 아닙니다. 아무 문제없습니다. 전혀 문제없어요! 앉으세요. 부인. 제가 방금……" 박사는 라크무스 부인을 안락의자로 안내했다. 라크무스 부인은 자리에 앉았고, 박사는 그녀 맞은편에 자리를 잡고 앉았다.

"박사님은 절 항상 '부인' 이라고 부르는군요. 제가 정말 박사님 부인이라도 되는 것 같잖아요." 주인 여자가 너무 간들간들하게 웃는 바람에 다른 때였다면 박사는 깜짝 놀랐을 것이다. "글쎄요, 남편만 아니라면 — 그이는 정말 좋은 사람이랍니다. 누가 알겠어요! 하지만 전 박사님을 다른 사람에게 보내야 한다고 생각해요. 더 젊은 여자들에게요." 그녀가 농담을 계속했다.

박사는 어떻게 대답할지 몰라서 미소를 지었다.

"박사님, 박사님에게 '나의 부인' 이라고 부를 수 있는 누군가가 있다면 정말 좋을 거라고 생각하지 않나요?"

"예, 예, 물론이죠. 두 개의 심장이 하나가 된다면…… 특히 이런 봄날에……."

"오, 계속해 보세요. 이 나쁜 사람! 당신 같은 남자가 머릿속에 그런 걸 담고 있는 걸 보면 누군들 놀라지 않겠어요! 박사님은 아직 한창 때인데다 건강도 생생하고 게다가 착실하게 돈을 모아오셨잖아요."

박사는 좌불안석이 되었다. 그는 라크무스 부인이 벌써 자기의 은밀한 사랑에 대해, 요세핀카에 대해, 자기의 시에 대해 모든 걸 알고 있는 게 아닐까 의심했다. 그는 갑자기 굳은 결의를 갖고 정신을 바짝 차렸다. "그렇습니다. 적어도 저는 돈과 건강은 잘 관리해왔다고 자부할 수 있지요."

"박사님은 정말 그러시죠." 라크무스 부인이 칭찬했다. "박사님은 젊은 신부를 맞아들이는 일을 진지하게 생각해 보셔야 해요."

"저는 나이든 신부를 맞을 생각은 없습니다. 나이가 있는 여자는 이미 자기만의 생활방식을 갖고 있어서 다르게 하게끔 가르치기 어려우니까요." 박사가 조심스럽게 말했다. "전 다만 남편에게 자신을 잘 맞출 수 있는 젊고, 품행방정하고, 순종적이고, 온화한 처녀만을 신붓감으로 고려하고 있습니다."

"당연하지요." 라크무스 부인이 맞장구쳤다. "딱 그런 처녀가 좋지요! 자 말해 보세요. 하지만 정직하게, 이해하시겠지만, 완전히 정직하게, 선생님이 결혼하고 싶어 하는 처녀의 어머니에게 말하는 것처럼 나한테 말해 보세요." 그녀는 박사를 손으로 붙잡고 그의 눈을 그윽하게 바라보았다.

"말씀해 보세요. 결혼을 정말 진지하게 생각하고 계시나요?"

"뭐, 어차피 다 알고 계신다면 제가 뭘 더 부끄러워하겠습니까?" 박사가 솔직하게 속내를 털어놓았다. "예!"

"그게 바로 제가 남편한테 얘기하고 있던 거예요!" 라크무스 부인이 기뻐서 손뼉을 치며 외쳤다.

"무슨 말씀이죠? 라크무스 씨라니?"

"생각해보세요. 그 양반이 말하기를 '그 친구가 좋아할지 어떻게 안단 말이요'라고 했답니다. 믿어지세요?"

"제가 왜 그 아가씨를 마다하겠습니까?"

"알겠어요. 모든 걸 다 알았어요! 엄마가 되가지고 어떻게 코앞에서 벌어지는 일을 모를 수 있겠어요?"

"하지만 전 아무도 모른다고 생각했는데요. 심지어 따님까지도요."

"아니에요. 그 애는 아무 것도 몰라요. 하지만 엄마는 모든 걸 알지요. 그 아이는 제정신이 아니랍니다. 박사님은 그 아이의 혼을 완전히 빼놓았어요. 낮에도 박사님에 대해서만 얘기하고 밤에도 자면서 박사님에 대해 얘기할 정도라니까요. 제가 감히 말씀드리건대 저도 젊을 때가 있었지만 이런 일을 본적은 없어요."

박사는 입을 멍하니 벌린 채 앉아 있었다. 그의 눈은 반신반의하는 기색과 함께 자만의 기색도 드러내고 있었다.

"걱정 마세요. 모든 게 잘 될 거예요." 라크무스 부인이 말했다. "처음엔 나도 다른 사람에게 방을 내주는 일이 마음에 들지 않았어요. 하지만 지금 저는 기뻐요. 클라라는 분명 행복할 거예요."

"클라라 양요?" 박사가 반문하며 의자에서 벌떡 일어났다.

"말씀드렸잖아요. 그 아이는 완전히 혼이 나갔답니다. 우리는 빨리 결혼식을 올려야 해요. 박사님은 우리와 함께 살고 있으니 사람들이 수군거리기 시작할 거예요. 기다릴 필요가 뭐가 있어요? 우리는 당신을 알고, 당신은 우리를 아는데. 우리는 부유한 사람들이에요. 이 결혼은 양쪽 모두에게 이득이 될 거예요."

"잠깐만요." 박사가 방을 성큼성큼 돌아다니며 말을 다시 더듬기 시작했다. "저는 클라라 양이 어떤 관리 양반을 좋아하는 줄 알았는데요."

"그랬었죠. 하지만 이제 아니에요. 그 놈은 방앗간 집 과부하고 결혼했답니다. 그 애가 그 놈한테 미련이 있는 줄 아세요? 그럴 일 없어요. 그 애는 항상 박사님을 좋아했답니다. 꼭 당신이 그 애를 변화시킨 것 같아요! 그 애는 박사님이 자기를 원치 않을 거라고 생각했어요. 그래서 내가 말했죠. 걱정마라. 너는 박사님이 키스 한 번 못해 본 여자를 바란다고 생각 하나? 하지만 그 애는 그저 그렇게 할 수 없었을 뿐이에요. 뭐, 중도 제 머리를 못 깎는다고 하니까요."

박사는 고개를 저었다. 라크무스 부인은 그 몸짓을 자기 나름의 방식으로 해석했다. "그럼 선생님은 서류 일들을 처리하시고 오늘 밤 우리와 함께 저녁을 먹어요."

"아니, 아니요!" 박사가 엉겁결에 말했다. "아니, 제발!"

"아, 박사님은 원래 그렇게 쑥스러움을 타는 양반이 아니잖아요." 장모가 환희에 젖어 말했다. "내가 이 소식을 전해주면 클라라는 밥 한 술 못 넘길 거예요!"

"제발, 제발, 클라라 양에게 아무 것도 말씀하지 마십시오." 박사가 흥분해서 소리쳤다.

라크무스 부인은 이 모든 것을 매우 즐겁게 받아들였다.

"여기 누군가 그 애가 사리분별을 좀 하도록 해주는 것도 좋은 일이지요. 아니면 당신들 두 사람은 교회 제단에 가지도 못할 거예요. 박사님은 그냥 서류들을 정리하세요. 박사님, 뭐 필요한 거 계세요?"

"아니요!"

"그럼 전 가볼 게요. 박사님."

"잘 가십시오. 부인."

박사는 방 한군데에서 얼어붙은 듯 서 있었다.

마침내 한숨을 쉬며 그가 고개를 들었다.

"그래, 이건 아주 작은 혼란일 뿐이야." 박사가 중얼거렸다. "그래. 서류작업을 해야겠어요. 나의 예상치 못한 장모님. 하지만 당신 따님을 위해서가 아니란 말입니다. 당신의 내 장모로서의 짧은 경력은 끝입니다! 이제 진짜 일을 빨리 진전시켜야겠어. 내일 편지 2호를, 그 다음 날은 3호를, 그리고 그 다음날은…… 아니야. 그날은 금요일이지. 무슨 일이 벌어질지 누가 알겠어. 내일 모레는 먼저 청혼부터 해야겠어. 그리고는 다른 집을 구해야지. 아니면, 아이고. 그 뒤에 여기를 왔다 갔다 할 일을 생각하면."

그가 미처 말을 다 끝마치기도 전에 문이 열리며 라크무스 부인이 접시와 은

식기를 든 하녀와 함께 들어왔다.

"선생을 위해 은 식기를 꺼내 왔어요." 그녀가 탁자에 그것을 놓으면서 말했다.

"이런 걸 아껴서 뭘 하겠어요!"

그녀는 박사에게 다가와 그의 어깨에 손을 올려놓으며 속삭였다.

"벌써 클라라에게 다 말했답니다."

원고와 암운

이번 장은 앞장의 이야기가 끝나갈 무렵, 집주인 에베르 씨가 퇴근하는 장면에서 시작한다. 에베르 씨의 아내는 부엌에서 난로에 불을 지피고 있다가 남편의 때 이른 귀가에 깜짝 놀랐다. 에베르 씨는 보통 세 시쯤 집에 돌아왔는데, 오늘은 겨우 열두 시가 좀 넘은 시간에 돌아왔기 때문이다. 게다가 확실히 좀 이상해 보였다.

아침에 집을 나설 때와 모든 게 달라보였다. 낡은 중산모는 짙은 눈썹 위까지 푹 눌러써 한 때 통통했던 뺨의 주름살에 그림자를 만들고 있었다. 평상시 단정하게 빗어 넘긴 머리칼은 모자 밑으로 아무렇게나 삐져나와 있었고, 눈은 꼭 뭔가를 알리려고 애쓰고 있는 것 같았다. 큼직한 입을 꽉 다물어 평소보다 높이 턱을 치켜들고는 빈약한 가슴을 앞으로 쑥 내밀고 있었다. 오른손에는 길쭉하게 둘둘 말린 종이가 거의 땅바닥과 수평을 이루며 들려 있었고, 왼팔은 인형놀이꾼이

어찌할 바를 모를 때 꼭두각시 인형이 그러는 것처럼 옆에 축 늘어져 있었다.

에베르 부인은 남편의 모습을 보자마자 마음속에서 갑자기 의심스러운 생각이 솟아올라 날카로운 이목구비가 더욱 날카로워졌다.

"사람들이 무슨 짓을 했어요? 당신을 사무실에서 쫓아내기라도 했나요?"

그녀의 남편은 생각할 수 있는 가장 심한 모욕을 당하기라도 한 듯이 머리를 획 돌렸다.

"가서 바보르 부인이나 좀 불러줘요!" 그가 불쾌한 얼굴로 아내를 노려보며 말했다.

보통 때라면 그런 퉁명스러운 대답을 듣고 가만히 있을 사람이 아니었지만, 에베르 부인은 평소와 너무 다른 남편의 모습에 놀라서 성질을 부릴 기회를 놓치고 말았다. 그녀는 창문 밖을 내다보았다.

"마침 저기 바보르 부인이 보이네요."

그녀가 계단을 통해 안마당으로 내려오고 있는 바보르 부인을 보고 말했다.

에베르 씨는 안으로 들어와 탁자 옆에 섰다. 그의 눈은 탁자 위를 보고 있었는데, 그건 아마도 뭐라도 보아야 했기 때문이리라. 에베르 씨는 모자를 벗지 않고 손에 든 종이를 놓지도 않았다. 자제력을 잃은 모습을 보이지 않기 위해 그러고 있는 것이 분명했다.

마틸다 양이 아버지의 모습을 보고 화들짝 놀랐다. 하지만 결국 그녀는 큰소리로 웃음을 터뜨리고 말았다.

"하지만 아빠, 아빠는 꼭 바람이 잔뜩 든 비둘기 같아 보여요."

에베르 씨가 몸을 움찔했다. 그러나 그가 매우 화가 난 것은 분명했다.

그 때 문이 열리고 아내가 바보르 부인을 데리고 들어왔다.

"바보르 부인을 모시고 왔어요." 에베르 부인이 말했다.

"이제 하고 싶은 말씀을 해보세요."

에베르 씨는 새로 나타난 사람 쪽으로 약간 몸을 돌렸다. 그는 바닥에서 눈을 떼지 않고 입을 열어 침통한 목소리로 말을 시작했다.

"죄송합니다. 바보르 부인. 하지만 제가 할 수 있는 일은 아무 것도 없었습니다. 제가 어떻게 할 수 있는 일이 아니었어요. 댁의 아드님이 큰 문제를 일으켰습니다! 정말 큰 문제를요! 그 친구는 무모하고 부주의하고, 아니, 그 전부입니다! 지금 아드님은 곤란한 상황에 있습니다. 그 친구는 우리 사무실에 대한 글을 쓰려는 생각을 품고 있었습니다. 우리 모두에 대해, 심지어 국장님에 대해서까지 망측한 얘기를 쓰려고 했습니다! 그래요! 아드님은 사무실에서 그걸 써서 자기 서랍 속에 넣어 두었어요. 그리고는 휴가를 떠나면서 사람들이 그걸 찾아내도록 거기 두고 가버렸어요. 정말 부주의한 일이었습니다. 서랍 열쇠를 가져가지 않고서 말이에요. 사람들이 그걸 꺼내 읽었습니다. 체코어로 망측스런 일들이 적혀 있었지요. 국장님은 내가 제일 체코어를 잘 한다는 사실을 알고 있습니다. 그래서 그 망측한 문서를 제게 맡겼습니다. 사람들 말로는 끔찍한 얘기들이 적혀있다 더군요. 전 모릅니다. 하지만 아드님은 최악의 사태를 당하게 될 지도 모릅니다. 저는 모친에게 그 사실을 알려드릴 의무가 있습니다. 부디 모든 만일의 사태를 대비하고 계세요! 부인! 내 방에 대야를 좀 갖다 줘요. 마실 물도 새로 좀. 그리고 아무도 들어오지 못하게 해요. 내가 나올 때까지는 점심 식사 때문에 부르지도 말고. 안녕히 가십시오, 바보르 부인!"

바보르 부인의 얼굴이 백짓장처럼 하얗게 질렸다. 입술이 바르르 떨리고 눈빛이 흔들렸다. "제발." 그녀가 울먹였다. "부탁드립니다, 주인어른. 우리는 가난해요."

에베르 씨가 모멸적으로 손을 내 저으며 그녀를 물리쳤다. "저는 아무 것도 할 수 없습니다! 너무 늦었습니다. 모든 게 끝났어요! 의무는 의무. 모두에겐 정의가 있어야 하는 법! 그게 모두에게 좋은 일입니다……. 더 이상 시간을 내 드릴 순 없습니다."

그는 딱딱하게 몇 걸음 걸어가서 옆방으로 사라졌다.

에베르 씨는 침울하게 문을 닫고 잠시 망설이다가 모자를 벗었다. 그리고 책상으로 가서 마치 찢어질까 두려워하는 것처럼 종이를 조심스럽게 놓았다.

보통 집에 오면 에베르 씨는 옷부터 갈아입었다. 하지만 오늘 그는 거울 앞에서 오히려 옷차림을 단정히 매만졌다. 그리고는 자신의 펜들을 하나씩 살펴본 다음 압지를 털고, 자리에 앉기 전에 의자를 몇 번 앞뒤로 움직여 보았다.

에베르 씨가 마침내 돌돌 말린 그 종이를 손으로 잡고 펼치기 시작했을 때 그의 이마는 거의 꼭대기까지 아치모양으로 주름이 잡히며 펼쳐지는 종이를 눈으로 조심스럽게 좇았다.

어느 견습 공무원의 노트

일이 끝났다. 이제 뭘 해야 하지? 내일까지는 이걸 제출할 순 없다. 처음 여기 와서 일을 일찍 끝냈을 때, 일을 이렇게 빨리 끝낸 걸 보니 대충대충 일한 게 분명 하다는 질책을 들어야 했다.

나는 이 사무실에 대한 짧은 소품을 한 번 써보려 한다. 그러니까 일상에 대한 소묘, 동료들과 상사들의 단면과 인생에 대한 스케치, 관료주의에 찌든 생활의 초상 같은 것. 젊은 견습 사원의 노래라고 할까!

영국의 어떤 풍자작가는 자기 책상에 대한 자세한 여행기를 쓴 적이 있다. 나는 더 나아가 동료들의 책상들까지, 우리 국장이 소유한 왕국 전체를 여행할 것이다. 나는 그 영토와 국민들을 묘사할 것이다. 하지만 이게 풍자하기 적당한 소재가 될까? 당연히 그럴 것이다! 풍자의 대상으로 적합하지 못한 것은 극히 현명한 사람이나 아니면 반대로 극히 어리석은 사람뿐이다. 어리석은 사람을 풍자하는 것은 연민만을 불러 올 것이며, 현명한 사람을 풍자하는 유일한 방법은 신의 자리에 서서 우리가 행하는 모든 것이 우스꽝스럽다는 사실을 보여주는 것뿐이기 때문이다.

저기 멋 부리는 말단공무원 정도를 풍자하는 데 굳이 신의 자리에까지 설 필요는 없을 것이다. 그냥 저 친구가 늘 열심히 들여다보는 저 작은 거울을 이용하기만 하면 된다. 저 친구는 내게 잘 해준다. 내가 여기 온 첫날 누군가에게 저 '잘생긴' 사람은 누구냐고 물었던 것을 들었기 때문이다. 하지만 다른 사람들, 그들이 얼마나 열심히 쓰고 있는지, 얼마나 열심히 일하고 있는지 보라! 그들의 얼굴과 머리와 눈들! 그것들은 오직 공무원들만이 가질 수 있는 것이다! 모든 것을 지시에 따라! 그들이 하는 소위 '정신' 노동이 몹시 고달픈 것이라는 것은 그들의 얼굴에 명확히 드러나 있다. 하지만 자신들이 사무실의 규범을 넘어설 수 있다는 생각은 전혀 하지 못한다. 서류에 스탬프를 찍는 일이나 짐수레 말처럼 외양간에서 곡식을 밟는 일이나 그들에게 완전히 똑같은 일일 것이 분명하다. 하나씩 하나씩, 모든 것을 절도 있게. 아마도 이들 정신의 짐수레 말들 중에 트로이의 목마가 한두 마리 쯤 있을 지도 모른다. 겉은 나무로 돼 있지만, 속에는 그리스인들이 숨어있는 목마 말이다. 그 목마들을 열리게 하자!

과장만이 잠깐 일손을 놓고 신문을 읽고 있다. 하지만 이제 과장은 신문을 옆으로 치운다.

내가 신문을 좀 봐도 되냐고 물었더니 과장은 나를 무섭게 노려보았다! 과장이 아무 말도 하진 않았지만 자리로 그냥 돌아오면서 나는 굴욕감을 느꼈다. 눈으로 보지는 못했지만 모두들 신참의 건방진 행동에 입을 딱 벌렸을 거라고 장담할 수 있다.

*

학교로 돌아가서 세상만사에 대해 다시 낙관적인 전망을 가지게 될 수 있다면! 여기서 내 미래는 점점 좁아지고 있다. 나는 내가 얼마나 높이 올라갈 수 있는지 전혀 모른다.

첫날 사무실에서는 내 문체를 보기 위해 기차를 보면 무슨 생각이 드는지 써 보라고 요구했다. 나는 페가수스를 기차에 매어 달고 인간 진보의 왕국으로 과감하게 돌진했다. 듣자하니 국장은 당황해서 고개를 가로저으며 내가 너무 이상한 사람이라고 말했다고 한다.

나는 아직 누구와도 이야기를 나눠보지 못했지만 내게 선동가라는 별명이 붙은 것을 우연히 알게 되었다. 어쨌거나 나는 힘든 시간을 보내게 될 상황이다. 학교로 다시 갈 수만 있다면! 하지만 그럴 가망은 전혀 없다.

*

게다가 이곳의 공기는 또 어떤가!

프로메테우스의 진흙에서는 인간의 살 냄새가 났다고 한다.[11] 여기서는 사람들에게서 진흙 냄새가 난다. 하지만 인간적인 냄새라고는 찾아 볼 수 없다.

정말 징한 사람들이다! 이 사람들은 내가 돌을 발로 차거나 쥐를 괴롭히고 있던 어린 아이일 때 수준에 머물러 있다. 그때 나는 이미 독일어로 『로빈슨 크루소』를 읽고 있었다. '인젤(Insel)'의 뜻이 '섬'이라는 것도 줄도 몰랐지만 그래도

11) 그리스신화에 의하면 티탄 족인 프로메테우스가 진흙을 빚어 인간을 창조했다. 중세시대 그리스에서 인간의 살 냄새가 나는 진흙이 발견되어 프로메테우스가 인간을 빚다 남은 흙이라는 소문이 돌았다고 한다.

재미있게 읽었다. 이 사람들은 세상에 대해 로빈슨 크루소와 비슷하게 낙관적인 전망을 가지고 있다. 그건 그들에게 좋은 일이다. 이 사람들은 소금이나 담배처럼 생각에 있어서도 국가가 독점권을 가진다고 생각한다. 트로이의 목마에 대한 내 생각은 확실히 착각이었다. 어디를 봐도 속이나 겉이나 다 나무로 된 인간들이다!

어제 나는 사람들에게 파리 여자들은 브라질 원숭이의 털가죽을 입는다고 말했다. 그저께는 대주교의 유명한 마차가 선지자 엘리야의 전차를 본 따 만든 것이라 말했다. 내일 나는 아조르의 꼬리털을 조금 잘라다가 오리시스가 죽었을 때 이시스가 잘라낸 머리카락이라고 말할 것이다.

그들은 내가 아는 것이 많다고 생각하고 실제로도 나와 수다 떨기를 좋아한다. 하지만 과장이 주위에 있을 때는 한 마디도 하지 않는다. 하지만 과장이 농담이라도 한마디 하면 정말 배꼽을 잡고 쓰러지는 것이다. 과장이 잠시 밖에 나가면 모두들 얼굴이 밝아지며 허리를 편다. 사무실은 의자 먼저 앉기 게임을 하는 놀이터가 돼버린다. 이게 반복되는 일상의 풍경이었다. 만약 과장이 예정된 시간에 나가지 않으면 모두들 몰래 회중시계를 꺼내보고 있다.

*

학자라는 명성이 점점 높아지고 있다. 나는 키릴문자[12]로 된 세르비아 어를 그럭저럭 읽어냈다. 이건 정말로 사람들을 깜짝 놀라게 했다. 일전에는 5과 과장이 내게 다가오더니 어깨를 두드리며 말했다. "뭐든지 언젠가는 쓸모가 있을 수 있지. 하지만 좀 더 실용적인 일을 파고들라고." 그 사람은 글 쓰는 사람이라는 평판을 즐긴다. 사람들 말로는 그 양반이 예전에 발싸개학을 다룬 책, 그러니까 발싸개를 잘 묶는 방법에 대한 안내서를 썼었다고 한다.

*

다시 보기 힘든 구경거리!

국장이 이런 저런 서류를 찾으러 사무실에 왔다가 직접 서류를 찾으려고 사다리를 한 단 올라갔다. 국장이 내려오다가 흘라바체크 씨의 발등을 밟았다. 그 늙은 얼간이는 존경심을 표한답시고 국장이 자기 발을 밟고 있다는 사실을 입 밖에 내지 않았다. 이 작자는 꼭 현대판 라오콘[13] 같았다. 얼굴에 이루 말할 수 없는 고통이 떠올라 있었지만 말단공무원 특유의 의무적인 억지미소는 결코 사라지지 않았다. 마침내 국장이 자기 뒤에 누가 있다는 사실을 깨닫고 이렇게 예의 없이

---

12) 9세기에 그리스의 전도사 키릴로스가 고안한 것이라고 전해지는 문자이다. 그리스문자를 기본으로 슬라브어에 많은 치찰음과 파찰음을 나타낼 수 있는 새로운 문자를 추가하여 슬라브 계의 여러 언어를 표기하는 데 오랫동안 사용되었다.

13) 트로이의 제관으로 그리스 군이 만든 목마를 성안으로 끌어들이는 것을 반대하여 그리스 편이었던 해신 포세이돈이 뱀을 보내 살해했다고 한다. 라오콘과 두 아들이 큰 뱀에게 칭칭 감겨 고통스럽게 죽어가는 모습을 생생하게 묘사한 헬레니즘 시대의 대리석 조각상이 매우 유명하다.

자기 가까이 서있는 작자가 누구냐고 꾸짖으려고 했다. 하지만 그제서야 국장은 자기가 서류 더미를 밟고 있는 것이 아니라 사람의 발을 밟고 있다는 사실을 알아차렸다. "아이고, 이거 미안하구만!" 국장이 상냥하게 미소를 지으며 말했다. 하지만 흘라바체크 씨는 아픔에도 불구하고 얼굴에 미소를 띤 채 절뚝절뚝 자기 책상으로 그냥 돌아왔을 뿐이다. 그야말로 숭고한 충성심의 본보기였다. 다른 사람들은 흘라바체크 씨를 부러워하는 게 분명했다. 누가 알랴, 언젠가 이 일이 도움이 될런지.

*

국장님께서 어느 날 황송하게도 내게 말을 걸어주시면서 혹시 여자 형제가 있냐고 물었다. 나는 이 늙은 노총각이 왜 날 귀찮게 하는지 눈치챘다. 하지만 국장님, 헛수고하신 겁니다! 저는 국장님이 누구한테 푹 빠져 계시는지 이미 알고 있으니까요. 멋쟁이 직원이 귀띔해줬거든요! 국장님의 애인은 확실히 아름답더군요. 하지만 아마도 국장님보다 제가 훨씬 젊은 만큼 그 여자는 제게 더 잘 어울릴 겁니다. 제가 아니라도 자기가 나르시스인 줄 알고 사는 그 말단공무원과는 틀림없이 더 잘 어울리겠지요. 무슨 일이든 반드시 벌어지고 말 거예요!

*

국장이 우리를 몽땅 자기 사무실로 불렀다. 우리 직원들의 수는 많았다. 모두 국장에게 인사를 하고 가만히 서 있는 동안 각 부서 책임자들은 앞 쪽에 반원을 이루고 서서 서로 속닥거리고 있었다.

국장은 한참이나 우리를 쳐다보지도 않은 채 책상에 앉아서 일을 계속했다. 내 옆에는 고달픈 직장 생활의 또 하나의 산 중인인 말쑥함의 화신 같은 친구가 서 있었다. 나는 그에게 농담을 하나 속삭였다. 무슨 농담이었는지는 기억나지 않지만 가벼운 미소조차 짓지 않는 걸로 보아 별로 신통찮은 농담이 분명했다. 나는 은근히 화가 나서 그 농담을 한 번 더 되풀이해서 말하며 덤으로 살짝 간지럼을 태웠다. 요번에 것은 확실히 효과를 발휘해 녀석은 로켓처럼 깩깩 소리를 냈다. 모두 바짝 얼어붙어서 사방에서 쉬하는 소리가 쏟아졌다. 국장이 일어나더니 잠시 가만 서 있다가 마침내 연설을 시작했다.

"여러분의 형편없는 문장실력이 높은 기관들에서 우리 사무실의 명예를 떨어뜨리고 있다는 점을 말해주려고 여러분을 모두 불렀습니다. 일부는 코끼리처럼 글을 쓰고 일부는 올챙이처럼 글을 쓰고 있어요. 여러분 누구도 긴 문장을 훌륭하고 적절하게 쓰는 꼴을 한 번도 본 적이 없습니다. 이것은 여러분이 생각 없이 글을 쓰고 있거나 여러분의 머리가 굳어서 진지한 내용이나 심오한 내용은 전혀 이해하지 못하고 있다는 사실 때문입니다. 심지어 독일어를 제대로 모른다는 생각까지 듭니다. 내가 이유를 말해 드릴까요. 그건 여러분이 하루 종일 체코 말로 지껄이고 있기 때문입니다! 따라서 국장으로 내게 주어진 권한으로 이 사무실에서 체코어 사용을 금지하겠습니다. 여러분의 친구이자 윗사람으로서 나는 여러분이 이 사무실 밖에서도 독일어로만 말할 것을 제안합니다. 한 가지 더 해서 나는 근면한 독서를 통해 여러분의 글 솜씨를 향상시킬 것을 명령합니다. 자, 이제, 신사 여러분, 자리로 돌아가 일들 하세요. 문체가 좋지 못한 사람은 누구든 승진도 못할 거라는 점을 명심하세요!"

엄청난 소동이 뒤따랐고, 모든 사람들이 독일어 스크랩을 찾아 사무실 주위를 뒤지고 다녔다. 만약 집에 한 해 분량의 독일어 신문 〈보헤미아〉가 있다면 바로 중요한 사람으로 모셔질 터였다.

체코어 대화는 중단됐다. 아주 친한 친구들끼리나 복도나 서류보관실에서 체코 말을 했다. 꼭 나가서 몰래 담배를 피우는 사람들 같았다.

나는 계속 체코 말을 썼다. 그것도 큰 소리로. 모두 나를 피했다.

우리 사무실에서 벌어진 희극의 1막이 끝났다. 국장은 몰리에르의 〈상상으로 앓는 사나이〉 1막 끝과 똑같이 떠났다. ─ 막간극!

이건 내 오른쪽 책상에서 벌어진 토론이다.

"금요일이야. 나는 벌써 만두가 먹고 싶어 죽을 지경이야. 마누라가 만들어 주는데 입안에서 살살 녹는 거 같단 말이지."

"금요일 날엔 고기를 먹지 않나?"

"그렇지. 보통 반 근쯤. 아니면 뭘 먹겠나? 우리는 주요한 금식일들만 지킨다네. 그때는 생선을 먹지. 가끔 생선을 조금 먹는 것도 몸에 좋다네."

"나는 만두와 함께 질 좋은 멧돼지 고기를 먹는 걸 좋아하지. 멧돼지 고기는 반죽을 입혀서 튀겨야 해. 아이들 때문에 말이야. 헌데 자넨 애들이 없지 않나. 아이들은 매끼마다 밀가루를 먹는 게 필요해. 작년에 처형이 달팽이를 수십 마리 보내주었어. 마누라가 그걸로 고기경단을 만들었지.

"좋아, 나는 금식일에 오리고기를 먹는 것까진 이해할 수 있어. 그놈들은 물에 사니까. 하지만 달팽이는 땅을 기어 다니잖아!'

"달팽이도 옛날에는 물에서만 살았다는 걸 말해주는 걸 잊었군. 게다가 그놈 들은 꼭 헤엄치는 것처럼 기어 다니거든. 달팽이는 물고기처럼 조용해, 그렇잖 아! 하지만 물고기들이 고기를 먹지 않는 건 이상한 일이네. 자넨 그놈들이 자기 들이 금식일에 잡아먹히게 될 줄 안다고 생각하겠군."

이건 내 왼쪽에서 벌어진 대화이다.

"국장님 말이 옳아. 어쨌든 체코 국수주의자들은 몽땅 미친놈들이야! 우리한 테 필요한 언어는 독일어뿐이야. 독일어 없이 우리가 어떻게 쓸 수 있겠나? 만약 자네 아이들한테 프랑스어를 조금 가르치고 싶다면 그것도 좋은 일이지!'

"나쁠 것 없지."

"내 딸은 죽어도 체코어로 말하진 않을 거야. 가끔 내가 깜빡하고 그 애한테 체코어로 말할 때가 있거든. 그럼 그 애는 홍당무처럼 얼굴을 붉히고 나한테 이 렇게 말한다네. '아빠, 정말 조심 좀 하세요!'"

"맞아. 정말 맞는 말이야!"

"나는 사람들이 보편적 언어를 창조하기를 얼마나 원했는지 읽은 걸 기억하고 있어. 정말 터무니없는 일이지!"

"하나님이 용납하지 않으실 거야!"

"사람들한테 독일어를 배우게 해. 그럼 되잖아!"

"그렇지!"

가장 가까운 문에서 다급하게 "쉬잇!" 하는 소리가 난다. 모두들 자기 책상으로 허겁지겁 달려간다.

국장이 조끼 단추를 채우지 않은 채로 걸어 들어온다.

"아무래도 살이 찌는 것 같구먼." 그가 말한다. "의사한테 가든지 산파한테 가든지 택일을 해야겠어."

사방에서 폭소의 절묘한 경연이 벌어진다.

*

정신적 빈곤이 있는 곳에 물질적 빈곤도 있기 마련이다. 여기도 마찬가지다. 이 사람들의 삶이 가진 외면적인 기만성과 내면적 빈곤함에는 그저 놀랄 뿐이다.

대략 이들의 3분의 2 정도는 자기들 봉급을 유대인에게 맡긴다. 그러면 매달 1일 그 유대인이 그들이 봉급에서 얼마나 가져갈 수 있는지 결정한다. 그리고 나면 상품 목록을 들고 오는 여자가 있다. 여기 사람들은 첫째 것은 현금으로 사고

두 번째 것은 외상으로 산다. 나는 이곳 사람들이 다른 사람을 자기 집으로 초대하는 걸 한 번도 보지 못했다. 아마도 자기가 사는 곳을 부끄럽게 여기기 때문이리라.

여기서는 온갖 일을 다 배우게 된다.

*

오늘 국장한테서 머리를 깎으라는 공식통보를 받았다! 이럴 수가!

지금 내게는 동지가 있다. 나의 제안으로 멋쟁이 말단공무원이 자신의 작품 〈벤츨 나르시스 발터〉에 서명하기 시작했다. 그 훌륭하게 꾸며진 문서는 국장의 손으로 흘러들어갔다. 국장은 그에게 그냥 갖고 있으라고 했다. 국장은 이런 바보짓을 하지 말고 일이나 더 열심히 하라고 얘기했다. 하지만 그러고 나서 우리가 앞으로 아무리 근면성실하게 일해도 우리 존재의 모든 구멍에서 발하는 악취 나는 게으름을 다 메울 수 없을 거라고 덧붙였다. 악취 나는 나르시스 포에티쿠스! 최고다!

글쎄, 나는 국장이 우리 멋쟁이 공무원의 어떤 면에 대해 걱정하고 있는지 알고 있다. 그건 어떤 집의 창문 아래 있는 길바닥에 대해서가 틀림없다.

에베르 씨가 고자질하지 않을 거라고 믿고 휴가를 얻기 위해 거짓말을 했다. 할머니가 위독하신데 내가 상속자라고 말이다. 과장은 휴가를 허락해주긴 했지만 견습 공무원은 어떤 일이 있어도 할머니 같은 걸 가져서는 안 된다는 점을 확실히 일러 주었다.

장례식

셋째 날 정오, 수요일이다. 이 집 사람들은 묘지로 가는 자닌카의 마지막 여행에 함께 할 준비를 하고 있다.

그늘진 안마당에는 검은 칠을 하고 금박을 입힌 네 개의 곰 발톱 모양으로 장식한 수수하면서도 멋진 관, 커다란 하얀 리본이 달린 은매화 화환에 둘러싸인 관 위에 황금 십자가가 놓여 있다. 관대 양옆은 상조회 문장이 조각된 높이가 2피트 쯤 되는 검은 색 장식 판으로 꾸며져 있다.

위층에서 창밖을 내다보고 있는 라크무스 씨와 3층 난간 위에서 내다보고 있는 요세핀카의 병든 언니를 빼고 이 집에서 우리가 아는 이 집 사람들은 모두 주일날에나 입는 제일 좋은 옷을 차려입고 안마당에 모였다. 사람들 중에는 우리가 모르는 남녀들의 얼굴도 여럿 눈에 띈다. 냉담하고 굳은 얼굴을 한 그들이 누군지 알아차리는 데 별다른 재주가 필요하지 않다. 자닌카의 친척들이다. 여자들과 아이들이 안마당과 계단에 떼 지어 서 있다.

사제와 교회지기, 보좌들이 도착했다. 기도가 시작된다. 단조로운 장례식 레치타티보의 첫 번째 시창에 감동 받은 나머지 바보르 부인의 눈에는 눈물이 맺히고 턱이 떨리기 시작한다. 주막집 여주인은 딱딱한 표정을 한 채, 이웃의 눈물은 전혀 신경 쓰지 않고 몸을 기울여 대화를 시작한다.

"저 사람들 꼭 경매장에 온 유대인들처럼 여기로 몰려오네! 살아있을 때는 신경도 안 쓰더니 이제 유산이나 받을까 하고는 몰려드는 꼴 하곤! 몽땅 다 잠그고 여기 안마당에서 장례식을 할 필욘 없을 텐데! 우리가 뭘 훔쳐갈 거라고! 저 사람들이 수고했다고 자기한테 뭐라도 주지 않았어?"

"전혀!" 떨리는 목소리로 바보르 부인이 속삭였다.

"앞으로도 그럴 걸!"

"하지만 나도 아무 것도 요구하지 않았어. 기독교인으로서 봉사를 한 것일 뿐이니까. 하나님께서 고인의 영혼을 평안하게 하시기를."

기도가 끝나자 상복을 입은 상조회 회원들이 관에 흙을 뿌리고 상조회 장식물들을 떼어냈다. 그러자 도와주는 사람들이 관을 들고 골목을 지나 거리로 운반해 나갔다.

영구마차 뒤에 전세마차가 여러 대 서 있었다. 자닌카의 친척들이 첫 번째 마차에 올라탔다. 에베르 씨 부부, 마틸다 양, 요세핀카 모녀가 다른 마차를 채웠고, 라크무스 양과 클라라는 마지막 마차에 탔다. 라크무스 부인은 박사에게 자기들이 탄 마차에 합석하자고 불렀다. 한 자리가 비었기 때문에 그녀는 자리가 필요한 다른 사람을 찾았다.

그녀는 여관집 아낙과 바보르 부인과 바츨라프가 함께 서 있는 모습을 보았다.

"숙녀 분들, 이리 오셔서 우리랑 같이 가요." 라크무스 부인이 외쳤다.

두 사람은 동시에 마차 쪽으로 움직였다. 주막집 아낙네가 바보르 부인에게 탐탁찮은 표정을 지어보였다. 그들은 똑같이 마차에 도달해서 각자 마차 계단에 발을 올리려 했다. 주막집 아낙네가 문손잡이를 쥐고 바보르 부인을 노려보았다. "나는 시민의 아내야!" 그녀가 날카롭게 말하고 마차 안으로 들어갔다.

바보르 부인은 완전히 뒤로 물러났다. 모든 상황을 목격한 바츨라프가 어머니에게 다가갔다. "어머니." 그가 동요를 애써 누르며 말했다. "우리는 영구차 뒤를 걸어가요. 누군가는 그렇게 할 수밖에 없어요! 묘지로 가고 싶으면 대문에서 합승마차를 잡으면 되죠!"

부인은 어제 집주인의 애기를 들은 뒤로 아들과 한 마디도 하지 않고 있었다. 그녀는 지금도 말을 하고 싶지 않았다. 하지만 아주 잠시만 주저하다가 말을 했다. "물론 우리는 걸어갈 거다. 나는 마차 타는 걸 싫어하기 때문에 합승마차를 타지도 말자꾸나. 너도 묘지까지 가고 싶다면 보도를 따라 코쉬르제로 가자. 우리는 걸어서 자닌카를 따라갈 거야. 살아 있는 동안 나는 자닌카 일을 아주 많이 해줬었지. 죽은 뒤에도 그 여자에게 봉사해주었단다. 기독교인의 자비심에서라면 몇 걸음 걷는다고 뭐가 대수겠니?"

"제 팔을 붙잡으세요!" 바츨라프가 달래듯이 어머니에게 팔꿈치를 내밀며 말했다.

"나는 임금처럼 떠받들어지고 싶진 않다."

"떠받들려는 게 아니에요! 조금 도와드리려는 것뿐이에요. 꽤 먼 길이에요. 엄마는 감정에 북받쳐 지치셨어요, 제 팔을 잡아요. 엄마!" 그는 모친의 팔을 잡고 자기 팔위에 걸쳤다.

영구마차가 움직이기 시작했다. 바츨라프와 그의 모친이 그 뒤를 따랐다. 바츨라프는 공주님의 귀한 몸 옆을 걷는 것처럼 당당하게 걸었다. 바보르 부인도 고(故) 자닌카 부인의 장례식을 자기 혼자 다 준비하기라도 한 것처럼 뿌듯함을 느꼈다.

오래된 속담에 대한 또 하나의 증거

곧 저녁 수다 시간이 될 무렵이었다. 날은 아직 환했지만 햇빛은 점차 조심스럽게 잠들 곳을 찾아 가고 있었다. 사람들은 일손을 멈추었으나 아직 본격적인 대화와 여흥의 시간이 오진 않았다.

박사는 책상에 앉아 생각에 잠겨 있었다. 그는 심각한 문제를 생각하며 진지하게 다음 단계에 취할 행동을 숙고하고 있었다. 박사는 잉크병을 왔다갔다 움직이며 아름다운 상아 펜대에 펜촉을 다른 것으로 갈아 끼웠다. 그러면서 잘 휘어지는 펜촉 끝을 거듭거듭 살펴보고 있다. 그리고는 서랍을 열고 반쯤 남은 고급 종이 묶음을 꺼내 종이 한 장을 끄집어냈다. 박사는 종이를 잠시 자기 앞에 들어

보이더니 입을 벌려 큰소리로 "좋아"라고 외쳤다. 그는 조심스럽게 종이를 반으로 접었다.

방금 전 행동이 진지한 사업이자 상당한 노고를 쏟은 일이라는 점은 명백했다. 왜냐하면 박사는 그렇게 하고 나서 의자에서 일어나더니 마치 큰 짐을 내려놓은 사람처럼 방을 어슬렁거리며 돌아다녔기 때문이다. 그가 걷는 모습은 갈지자걸음을 걷는 것처럼 기묘한 성격을 띠었다. 때로는 두 걸음 앞으로 갔다가 한 걸음 물러서기도 했고 머리를 앞으로 숙였다가 용맹스럽게 다시 쳐들기도 했다.

"좋아." 그가 가슴 속 깊숙한 곳으로부터 다시 한숨을 토하며 말했다. "해야만 하는 일이면, 꼭 해야만 하는 일이면, 가능한 빨리 해치우는 게 낫지. 필요한 건 결정적인 행동이야. 그 늙은 여자는 절대로 나를 놓아주지 않을 거고, 클라라도 마찬가질 거야. 하지만 클라라는 좋은 아가씨지. 결심했어! 여기에 계속 머무를 수는 없는 일이야. 며칠 내로 모든 일을 바로 잡아야 해. 내일 요세핀카에게 직접 세 번째 시를 갖다 주자. 그 아가씨와 대화를 나누고 시를 읽게 하자. 그리고 나의 그 귀염둥이 아가씨가 바르르 떠는 모습을 지켜보자. 우리는 상황을 한 번에 영원히 결정지을 거야. 하지만 오늘은 정식 서류를 써두어야겠어. 지금 당장 말이지. 나는 제대로 하고 있는 거야."

박사는 실내복 가운을 몸에 걸치고 한기를 차단하려는 듯 끈을 꼭 묶었다. 그는 결연하게 탁자에 앉아 펜을 적셔 종이 위에 몇 번 흔들어 보고 나서 펜촉을 종이에 갖다 댔다. 아름다운 곡선이 S자를 그리며 나타났다.

박사는 글을 계속 써내려갔다. 글자가 한 자 한 자 나란히 줄지어 나타났다.

그는 이렇게 썼다.

"왕도(王都) 프라하의 가장 존경받는 행정장관님!

아래에 서명한 자는 그것에 의해 다음의 사람과 혼인생활에 들어가고자 하는 의도를 선언합니다. 미스……

그는 자기가 쓴 것을 살펴보고 고개를 저었다. "이 안경은 전혀 소용이 없군. 날이 점점 어두워지는데 ─ 창문에 커튼을 치고 등잔에 불을 붙여야 할 때로군." 그때 그는 점잖게 문을 두드리는 소리를 들었다. 그 소리에 박사는 재빠르게 검은 종이를 집어서 편지 위에 놓았다. 그러고 나서 조그맣게 중얼거렸다. "들어오세요!"

찾아온 사람은 바츨라프였다.

"혹시 방해가 됐나요, 선생님?" 바츨라프가 문을 닫고 방안으로 들어왔다.

"아니 전혀, 들어오게나." 박사가 우물거리다가 돌연 쉰 목소리로 말했다. "뭔가를 막 하려고 하던 참이었네. 하지만, 괜찮아, 자리에 앉게! 나한테 뭘 갖다 주러 왔나?" 바츨라프가 손에 둥글게 말아 든 종이 때문이라기보다는 습관적으로 질문을 던졌다. 당황해서 정신이 혼미해진 덕분에 그는 바츨라프를 똑똑하게 감지할 수 없었다.

바츨라프가 자리에 앉았다. "저는 마음을 가라앉히고 싶은 동요의 순간이 찾아왔을 때 필요한 물건을 갖고 왔습니다. 이건 시시껄렁한 소설 비스무리한 것인데 아마 감동시키지는 못하더라도 마음을 달래드릴 수는 있을 겁니다. 저는 제 첫 번째 소설 습작에 대해 어떤 말씀을 하실지 몹시 듣고 싶거든요." 바츨라프는 박사의 책상에 두루마리 종이를 놓았다. 바츨라프의 동작 하나하나에는 싱싱한 젊음이 배여 있었다.

"자네가 여전히 시간을 낭비하고 다니는 건 익히 알고 있네. 좋아, 좋아. 자넨 아직 젊으니까." 박사가 미소를 지었다. "바츨라프 씨, 요즘 어떻게 지내나?"

"그리 잘 지낸다고는 할 수 없죠. 점점 더 나빠질 뿐입니다. 그 사람들은 아마 저를 사무소에서 쫓아내려고 하고 있을 겁니다. 제가 쓰고 있던, 국장을 풍자하는 노트를 찾아냈거든요. 집주인 아저씨가 제 사건을 검토하고 있는 중입니다."

"이 불쌍하기 짝이 없는 무모한 젊은이 같으니라고!" 박사가 손뼉을 치며 말했다. "자넨 이제 어쩔 셈인가?"

"제가 뭘 하겠습니까? 아무것도! ⋯⋯저는 작가가 될 겁니다."

"알겠네!"

"조만간 그렇게 될 겁니다. 전 제가 준비가 돼 있다고 생각합니다. 아니면 박사님은 제 재능이 부족하다고 생각하세요?"

"위대한 작가가 되는 데는 위대한 재능이 필요하네. 평범한 작가들은 우리 민족에게 아무 도움이 되는 일을 하지 않을 걸세. 평범한 작가들은 단지 우리의 정신적인 부족함의 증거를 낳을 뿐이지. 그들은 우리에게서 생각할 능력을 빼앗고 독자들로 하여금 더 풍성한 양식을 찾기 위해 해외의 것에 눈을 돌리도록 만들어 버린다네. 오직 새롭고 독창적인 아이디어들을 창조할 수 있는 사람만이 문학의 길로 들어설 권리가 있네. 우리는 참되고 건전하기 보단 기술만 뛰어난 글쟁이들을 가져왔네."

"절대적으로 옳은 말씀입니다, 박사님. 박사님이 그런 진일보한 관점을 갖고 있기 때문에 저는 박사님께 무한한 신뢰를 갖고 있습니다. 저는 박사님께 찬성하고 박사님의 기준으로 제 자신을 판단합니다. '위대한'과 '평범한'을 제쳐 놓고 대담하게, 아마도 차라리 주제넘게 말하게 해 주신다면 저는 문학이라는 목표의 창대함을 잘 알고 있습니다. 그래서 '보다 인간적인 문학'[14]의 길을 알고 그것을 따라가는 자는 누구나 어느 정도의 정당성을 갖고 있으며 적어도 무언가를 성취할 것이라는 점을 잘 알고 있습니다. 저는 제가 우리 문학의 빈틈들을 채우기를 바라지도 않고 문학적 클리셰를 따르기를 바라지도 않습니다. 유럽문학 전체가 저의 모델입니다. 저는 현대적인 문체로, 즉, 사실적으로 글을 쓸 겁니다. 저는 삶에서, 꾸밈없는 있는 그대로의 삶에서 인물들을 가져올 것입니다. 저는 제 생각과 느낌을 그대로 말할 것입니다. 제가 어떻게 성공하지 못할 수가 있겠습니까?"

"흠, 자네 돈은 좀 있나?"

"지금 갖고 있는 거 말씀인가요? 2길더뿐인데요. 하지만 제가 박사님께……"

"아니, 아니. 밑천이 될 만한 돈 말일세. 자네 밑천은 좀 갖고 있나?"

"하지만 아시다시피 전……"

---

14) litterae humanitores

"그럼 자네는 정말로 실패할 게 분명하네! 그래, 만약 자네가 원숙해진 작품들을 자비로 출판해서 자력으로 길을 개척할 만큼 자본이 있다면야 십 년 쯤 후에 어느 정도 인정을 받게 될 걸세. 그럼 아마 다른 누군가 자네 작품을 출판하는 데 돈을 대줄 거야. 하지만 실은, 자네는 실패하고 말 걸세. 자네가 돈을 빌려 출판할 진정으로 훌륭하고 독자적인 첫 번째 작품은 ─ 팔리지 않을 걸세. 자네는 두 번째 작품을 시작할 수도 없을 걸세. 평론가들은 자네를 맹렬하게 비판할 걸세. 우선 자네의 독자적인 시각은 작은 가족들 같은 작은 민족에게 참아낼 수 없는 것이기 때문이지. 둘째로 그자들은 우물 안 개구리 같은 자신들의 작은 세계에 대한 진실을 이야기했기 때문에 자네를 공격할 걸세. 게 중 특히 인정사정없는 자들은 자네에게 재능이 없다고 하거나 자네를 백치라고 욕할 걸세. 그보다 관대한 자들은 자네가 어리석다고 말하겠지. 아무도 자네 작품에 평론을 하지 않을 걸세."

"평론 따위에 누가 신경을 쓴답니까?"

"처음에는 그게 필요한 법이야. 사람들은 자기들이 읽은 걸 믿네. 만약 평론가들이 자네 작품을 칭찬하지 않으면 사람들은 전혀 관심을 가지지 않을 거야. 게다가 평론가들은 그저 자네를 괴롭히기 위해 다른 작가들에 대한 긍정적인 평론을 쓸 수도 있다네. 자네가 침체에 빠져 분개하는 동안 그들은 잘 나가겠지. 자네는 헛소리하는 자로 드러나기 시작하거나 글쓰기를 완전히 접게 될 거야. 그동안, 돈 문제는 점점 더 급해지겠지. 자네는 잡문을 쓰는 일을 찾을 수밖에 없을 것이고, 그건 글 쓰는 직업에 대한 열의를 잃게 하고, 자네는 당장 필요한 일에만 매달리게 될 거야. 자네는 분노에 빠지거나 나태해지겠지. 그럼 자네는 끝장인 거야. 재기는 절대 불가능하지."

"절대 그렇게 되진 않을 겁니다! 저는 반드시 첫 번째 공개 독서회에서 확실하게 성과를 얻도록 할 겁니다. 박사님, 제가 드린 시들은 읽어 보셨나요?"

"읽어 봤지."

"어떻든가요?"

"글쎄, 재미있게 읽긴 했네. 서정시 몇 편은 아주 좋았어. 하지만 이보게, 우리에게 서정적인 작품이 다 무슨 소용인가! 그냥 불태워 버리는 게 제일 좋을 거라고 생각하네."

바츨라프가 자리에서 벌떡 일어났다. 자기도 모르게 박사도 탁자를 손으로 짚으며 함께 일어났다. 잠시 침묵이 흘렀다. 바츨라프는 창가로 걸어가 창에 이마를 대고 불안한 목소리로 말했다.

"일요일 결혼식에 가실 건가요, 박사님?"

"결혼식? 무슨 결혼식?"

"요세핀카가 박사님이 증인이 되어주실 거라고 내게 말했어요. 저는 들러리랍니다."

"누가 결혼하는데?"

"요세핀카가 일요일에 엔지니어인 바보라크 씨와 결혼하는 걸 정말 모르세요?"

박사의 머리가 핑핑 돌기 시작했다. 눈앞이 캄캄해졌다. 그는 의자에 털썩 주저앉았다.

바츨라프가 달려와 그를 들여다보았다.

"어디 아프세요, 박사님? 무슨 일이에요?"

그는 이 부딪치는 소리가 큰 소리로 반복되는 것 외에는 아무 대답도 듣지 못했다. 바츨라프는 그것을 도움이 필요하다는 신호로 받아들였다. 그는 문으로 뛰어가서 소리쳤다. "라크무스 부인! 클라라 양! 빨리요, 등잔불과 물을 좀 갖고 오세요! 박사님에게 뭔가 문제가 생겼어요!" 그리고 그는 박사에게 돌아와서 옷깃과 실내용 가운을 느슨하게 해 주었다.

라크무스 부인이 불 켜진 등잔불을 들고 들어왔다. 그 뒤를 좇아 클라라가 따라왔다. "물, 빨리, 여기 물 좀 갖다 주세요." 바츨라프가 명령했다.

하지만 박사는 벌써 눈을 떴다. "아니, 아니, 물은 필요 없어." 박사가 힘겹게 말했다. "난 괜찮아! 오늘 날씨가 너무 더워서 그랬을 뿐이야. 여름이 되면 가끔 이럴 때가 있어!"

"빨리, 가서 광천수를 좀 가져오너라!" 라크무스 부인이 클라라에게 명령했다. "그리고 딸기주스도 좀. 집에 약간 남겨 둔 게 있으니까."

클라라 양이 달려 나갔다.

"벌써 좀 나아지신 것 같은데요." 바츨라프가 말했다. "그래도 얼마나 깜짝 놀랐는지! 오늘은 별로 덥지도 않았는데요! 하지만 이제 믿고 맡길 분들이 있으니 저는 가보겠습니다! 안녕히 계세요, 박사님. 안녕히 계십시오, 라크무스 부인."

"잘 가게." 박사가 억지로 미소를 지으며 말했다. "그리고 내가 오늘 자네에게 한 말은 다 자네 잘되라고 한 말이라는 걸 기억하게."

"그럼요. 물론이죠. 감사합니다. 안녕히 계세요."

클라라가 주스와 가루약을 쟁반에 담아 왔다. 박사는 처음에는 저항했지만 그 원기를 회복시켜주는 액체를 마실 수밖에 없다는 걸 깨달았다.

"우리 멋진 사위, 조금만 마셔 보게." 라크무스 부인이 재촉했다. "우리는 한 시간 쯤 여기 있어줄 걸세. 어쨌든 오늘 클라라를 여기 오게 해서 자네를 놀래켜 줄 생각이었네. 자네들 둘은 꼭 꼬마아이들 같아. 깜짝 놀라 수줍어하는 그런 아이들 말일세. 내가 안 나선다면 두 사람은 절대 함께 있지 않겠지. 아이구나, 놀라는 바람에 제대로 보지도 않고 박사님 서류 위에 등잔불을 올려놓았네!" 그녀는 등잔불을 들어 올리고 종이들을 한쪽으로 치웠다. 그리고는 제일 위에 있는 종이를 집어 들고 그 위에 적힌 내용을 훔쳐보았다. 박사는 다시 한 번 꼼짝도 하지 못하게 되어 한 마디도 할 수 없었다.

라크무스 부인의 얼굴은 태양처럼 밝게 빛났다. "아, 이거 멋지구나!" 그녀가 말을 시작했다.

"봐라, 클라라, 박사님이 벌써 혼인증명서를 쓰고 있었잖니! 봐라, 박사님이 막 네 이름을 쓰려고 하고 있었지 않니! 아이고, 박사님, 자네는 여기 저 애가 보는 앞에서 저 애 이름을 쓰는 기쁨을 맛보게 해 줘야 되네! 제발, 펜을 들게!" 박사는 자리에서 얼어붙었다.

"자, 수줍어 말고, 박사님." 라크무스 부인이 잉크병에 펜을 적신 다음 그의 손에 쥐어 주었다. "클라린카, 와서 보거라!"

하나의 결심이 전광석화처럼 박사의 몸을 뚫고 지나갔다. 그는 펜을 쥐고 시끄러운 소리를 내며 의자를 탁자 가까이로 당기고 앉아서 쓰기 시작했다. "클라라 라크무스."

라크무스 부인이 기뻐서 손뼉을 쳤다.

"이제 두 사람은 키스를 해야 해! 오, 제발, 괜찮아. 수줍어하지 말라니까. 이 바보 같은 것아!"

전율의 순간

맑고 빛나는 달이 페트르진 언덕 위에 떠올라 숲이 우거진 언덕비탈을 빛으로 함빡 적시고 꿈같은 시적인 풍경을 선사한다. 꼭 투명한 바닷물을 통해 물속에 잠긴 숲을 보고 있는 것 같다. 많은 눈이 산비탈 깊은 곳을 둘러보거나 한곳을 바라보며 생각에 잠기거나 감동의 전율을 느낀다.

집 뒤채의 3층 창문에서 요세핀카가 약혼자와 함께 빛이 일렁거리는 페트르진 언덕을 내다본다. 선명한 달빛 덕분에 우리는 젊은 남자의 잘생긴 이목구비를 알아볼 수 있다. 짙은 금색 구레나룻이 둥근 얼굴의 경계를 지워 주고 눈은 생기 있게 빛나고 있다. 요세핀카는 빛의 물결을 가만히 응시하고 있다. 약혼자가 자주 고개를 돌려 그 처녀를 바라본다. 그녀를 바라볼 때마다 그는 꼭 이 완벽한 순간 꽃에서 먼지를 털어내는 것조차 두려워하는 사람처럼 가볍게, 아주 가볍게 그녀를 자기 쪽으로 끌어당긴다.

이제 그는 몸을 숙여 아가씨의 머리칼에 입술을 살짝 갖다 댄다. 요세핀카는 그에게로 몸을 돌려 그의 손을 잡고 자기 입술에 가져와 지그시 누른다. 그리고 손을 뻗어 창턱에 놓인 아름다운 은매화 꽃의 수북한 다발을 살짝 만진다.

"당신 여동생은 몇 살이나 되었을까요?" 그녀가 나직한 목소리로 묻는다.

"당신처럼, 한창 피어나는 청춘이 되어 있겠지요."

"결혼식에 은매화를 보내주셔서 내가 얼마나 기뻐하는지 당신 어머님은 모르실 거예요. 그렇게 멀리서 말이에요!"

"난 어머님도 아실 거라고 확신해요! 우리 고향에서는 모든 사람들이 죽은 사람의 손에서 은매화를 가져와 심어서 결혼식까지 보존하면 행복을 보증하는 징조라고 생각해요. 내가 관에 누워있는 여동생의 손에서 은매화 가지를 가져다가 땅에 심은 순간부터 매일 나의 어머님은 거기에다 기도를 하고 눈물로 물을 주었지요. 어머님은 한없이 선량하신 분이라오."

"당신도 그래요." 그녀는 한숨을 쉬며 약혼자에게 더 바짝 다가섰다.

그들은 둘 다 말없이 자신들을 기다리는 미래를 바라보듯 멀리 앞쪽을 응시했다.

"오늘은 평소와는 달리 말이 없으시네요." 잠시 뒤 처녀가 속삭였다.

"진실한 감정에는 말이 필요 없는 법이오. 나는 더없이 행복해요. 너무 행복해서 나중에도 이런 기쁨을 표현할 말을 찾지 못할 거요. 당신도 똑같은 감정을 느끼지 않소?"

"저는 내가 어떻게 느끼고 있는지도 모를 정도예요. 전하고는 또 다른 감정인 것 같아요. 왠지 홀린 것 같기도 하고. 이런 감정이 오래 가기를 바라지 않는다면 차라리 지금 당장 죽고 싶어요."

"그럼 그 박사라는 사람이 울면서 당신의 무덤 앞에서 자신의 작은 노래들을 부르겠구려." 약혼자가 그녀를 놀린다. "알다시피," 그가 좀 더 자연스러운 목소리로 말을 계속한다. "그 사람이 어떻게 생각하고 있든 간에 나는 진정으로 사랑에 빠진 사람은 절대 그런 것들을 쓸 수 없다고 생각해요. 나는 절대 그렇게 할 수 없어요. 난 박사란 사람이 당신을 갖고 놀았다고 생각해요."

"아니에요. 그 분은 좋은 사람이에요."

"당신이 그 사람 편을 드는 모양을 좀 보아요. 내게 그 시들을 읽고 좋아하지 않았다고 말하지 말아요!"

"아아······."

"아하, 난 알고 있어요! 당신네 여자들은 모두 다 똑같아요. 당신은 몰래 간식이나 별미가 필요했던 거요. 나는 내가 이런 일을 당할만한 일을 한 적이 있는지 알고 싶소."

"카렐!" 요세핀카가 화들짝 놀라 말하면서 꼭 그가 누군지 알아보지 못한 것처럼 그의 눈을 뚫어지게 쳐다본다.

"하지만 사실이오!" 젊은 남자는 화난 투로 말을 계속한다. "만약 당신이 우리 두 사람을 대하는 데 그렇게 모호한 태도를 보이지 않았다면, 그 사람이 감히 그렇게 하진 못했을 거요." 그는 요센피카를 조금 밀어내고 그녀의 허리를 안고 있던 오른 팔을 풀어서 늘어뜨린다. 그의 왼손만이 맥없이 그녀에게 남아 있다. 두 사람은 한 동안 움직이지 않고 서서 조용히, 거의 숨소리조차 내지 않고서 먼 곳을 바라다본다. 갑자기 카렐은 손에 뜨거운 눈물을 느낀다. 요세핀카의 눈에서 떨어진 것이다. 그는 깜짝 놀라 그녀를 자신에게로 끌어당긴다.

"용서해줘요, 요세핀카, 용서해줘요, 제발!"

아가씨가 눈물을 흘린다.

"제발 울지 말아요! 나한테 화를 내도 좋지만 제발 울지는 말아요! 내가 잘못했어요! 난 당신이 거짓말을 못한다는 걸 알아요. 당신이 내가 당신을 사랑하는 것처럼 나를 진실하게 사랑한다는 사실도 알고 있어요."

"하지만 조금 전 나를 밀어냈을 때 당신은 분명 나를 사랑하지 않았잖아요!"

"맞아요. 그건 좋지 않은 순간이었어요! 난 내가 그런 바보 같은 질투를 할 수 있다는 사실을 몰랐어요. 이상했어요. 꼭 그 순간 정말 당신의 사랑을 거부한 것 같았어요! 난 당신이 젊고 아름답다는 사실을 잊어버렸어요! 내가 미쳤지! 결국 건강한 모든 처녀들이, 아주 못생기거나 불구만 아니라면……."

두 연인의 뒤에서 무언가가 움직인다. 두 사람이 황급히 고개를 돌린다.

요세핀카의 병든 언니 카투쉬카가 내내 그들 뒤 방안에 앉아 있었다. 그녀는 그 순간 내내 꼼짝도 않고 있었다. 그래서 두 연인들은 그 불쌍한 아가씨를 까맣게 잊고 있었다. 카렐의 마지막 말에 그녀는 갑자기 몸을 일으켜 몇 발자국 걷다가 가까운 의자에 울음을 터트리며 주저앉았다.

"카투쉬카 언니, 맙소사, 사랑하는 카투쉬카 언니!" 요센피카가 울부짖었다.

두 연인은 떨리는 심장으로 병들고 흐느끼고 있는 카투쉬카 옆에서 선다. 그들의 눈에는 눈물이 솟구친다. 하지만 그들은 감히 위로의 말을 한 마디도 하지 못한다.

독자들을 끌어들이는 소설의 첫 번째 시도

다음 날 아침 깨어나서 그날따라 유난히 밝은 햇살의 키스를 받았을 때, 요세프 로우코타 박사의 기분은 몹시 이상했다. 어질어질한 머리는 금방이라도 폭발할 것 같은 느낌이었다. 모든 신경은 열에 들뜬 듯 요동쳤다. 상상 속에서 기묘한 형체들이 서로 부딪치고 있었다. 요세핀카, 바보라크, 클라라, 라크무스 부인, 바츨라프, 그리고 그가 알지 못하는 다른 이들이 모두 이리 저리 뛰어다니고 있었다. 그 중에는 심지어 동물들도 몇 마리 끼어 있었다.

갑자기 박사의 머릿속에 처음으로 선명하고 논리적인 생각이 떠올랐다. 그는 새신랑이었다. 박사는 침대에 일어나 앉았다. 그와 동시에 그는 침대 곁에 있는 탁자 위로 시선을 돌렸다. 탁자 위에는 글자가 빽빽이 적힌 종이들이 펼쳐져있었다. 이제야 박사는 온전히 제 정신으로 돌아와 어제 겪은 심적인 동요와 이어진 불면의 시간에 바츨라프가 가져온 시시껄렁한 소설 비슷한 걸 읽느라고 보낸 것을 기억했다.

난 박사의 신경성 동요에 대해 자세히 묘사하진 않겠다. 내 독자들은 총명해서 박사의 행동과 최근에 발생한 사태들에 기초해서 충분히 스스로 그게 어떤 것이었는지 상상할 수 있을 것이다. 하지만 독자에게 약간의 도움을 제공하기 위해 나는 박사의 읽을거리를 독자에게 전달할 의무를 느낀다. 그리하여 독자는 모든 도구들을 마음대로 이용해서 스스로 박사의 생생한 초상화를 그려낼 수 있을 것이다.

자, 여기 있다.

여러 종류의 가축에 대해서 바츨라프 바보르가 쓴 관청의 목가

온드르제이 딜레츠 씨의 일기, 17쪽에서

……나는 그에게 돈을 지불하지 않을 것이다. 내기를 걸어도 좋다! 어쨌든 저 회반죽에 돈이 얼마나 들 수 있을까? 그도 자기 석공에게 많은 돈을 지불하지 않고 있다. 내가 알았다면 어떤 작업도 하지 않았을 것이다. 나는 결국은 돈을 지불하고 말 것이라는 걸 안다. 하지만 그녀는 이 여관과 아이 하나 밖에 가진 것이 아무 것도 없다. 여관은 별로 돈벌이가 되지 않을 것이다. 나는 이곳의 사업을 다시 궤도에 올려놓을 수 있다. 하지만 그녀의 아이와 내 아이만 해도 벌써 둘이고 자식이 얼마나 더 많아질지는 아무도 모르는 일이다. 과부와 결혼할 때는 미래를 생각해야만 한다. 내 집은 확실히 충분히 크다. 결국에는 내가 무엇을 할 수 있을지 누가 알겠는가만, 나는 지금은 어떤 일도 하지 않을 것이다. 나는 밤새 한 숨도 자지 못했다. 이 모든 게 그녀 때문이다. 그녀는 나를 그 일에 밀어 넣기 위해 저 볼품없는 작자를 이용하고 있다. 하지만 그건 효과가 없을 것이다. 그녀 정도 나이의 여성이라면 좀 더 분별력이 있어야 한다. 그가 교육을 받았는지 어쨌는

지, 의사, 교수, 편집자든 뭐가 될지 누가 신경을 쓰겠는가? 그녀가 6개월 임대계약을 한 것은 너무나 나쁘다. 아니면 내가 그 자리에서 그녀를 발로 차버렸을 것이다. 물론 그는 그녀와 결혼하지 않을 것이다. 그녀는 그걸 알고 있다. 그녀는 단지 말썽을 일으키고 싶을 뿐이다. 하지만 나는 더 좋은 일을 그녀에게 해줄 것이다. 집주인이 뭔가 하기를 원한다면 언제나 방법을 찾을 수 있다. 나는 뭘 해야 될 지 정확히 안다. 그때 당신이 그 "꼬꼬댁, 꼬꼬댁, 꼬꼬"와 함께 오전에 나를 피하려고 하는지, 그래서 내게 "안녕 하세요."라고 할 필요가 없는지 보도록 하자. 오늘 그렇게 해 볼 것이다.

프라하 지방법원 말단서기, 얀 스트르제페니치코가 같은 법원의 하급서기 요세프 피스치크에게 보낸 편지

소중한 친구이자 존경하는 후원자께!

제가 당신께 이런 요청을 드리는 데 대해 저를 용서하시길 바랍니다. 당신은 친절하게도 당신의 영향력과 무한한 경험으로 제가 경력을 쌓음에 있어 저를 도와주시겠다고 약속하셨습니다. 저는 제가 이 문제를 당신에게 개인적으로 가져가지 않는 것을 적절하지 않다고 받아들이지 않으셨으면 하고 희망합니다. 하지만 국장은 사무실에서 사무실로 발로 뛰며 훈련을 받고 있는 서기를 봐 주고 싶어 하지 않습니다. 국장은 자기 자리를 지키고 있어야만 합니다!

더 지체하지 않기 위해 바로 요점으로 들어가겠습니다. 수석 서기가 제게 그것들이 속한 사건들에 따라 어제의 기록 전체를 서류로 보관하라는 임무를 저에게 주었습니다. 저는 이것이 일종의 테스트라고 생각합니다. 제 미숙함 때문에 저는 한 가지 서류에 당황하고 말았습니다. 부디 문제의 서류의 내용을 당신께 알리는 것을 허락해주십시오.

온드르제이 딜레츠라는 프라하 1213-I번지의 집주인이 헬렌카 벨렙 부인을 상대로 부인이 엄청난 수의 암탉과 거세한 수탉 및 수탉을 애완용으로 키우고 있다고 주장하며 민원을 제출했습니다. 수탉의 경우는 지나치게 이른 울음소리로 앞서 언급한 집의 입주자들의 잠을 깨운다고 합니다. 따라서 고소인은 피고소인이 가금을 키우는 것을 금지시켜 달라고 요청하고 있습니다.

편지의 내용은 그러합니다. 이에 대해 저는 서류를 분류하는 데 곤란을 겪고 있습니다. 저는 당신께서 개인적으로 숙독하시도록 이 제안서를 보내겠습니다. 하지만 잘 아시는 대로 공식 문서는 사무실 밖으로 내보낼 수 없게 되어 있습니다. 짧아도 좋으니 제게 호의를 베풀어 조언을 좀 해주기를 간청 드립니다. 답변을 봉인해 부쳐 주십사 부탁한다고 해서 부디 화내시지 않기를 빕니다.

이만 줄입니다. 얀 스트르제페니치코

공식 제안서 N. C. 13211
수신 : 의학박사 에드바르트 융만

집행위원회는 귀하가 8월 4일 시청사 제 35호실에 출두해야함을 이 문서로 고

지합니다. 귀하는 보건부에 관련된 사안의 조사를 위해 귀하에게 배정된 공무원 1인과 함께 1213번지 주택에 동행하게 될 것입니다.

프라하, 1858년 8월 2일

여인숙 주인의 아내 헬렌카 벨렙이 흐루딤에 살고 있는 교수 부인인 자매, 알로이시에 트로우실에게 보낸 편지

사랑하는 동생아.

너에게 안부를 전하며 무수한 키스를 보낸다. 꼬마 토니체크도 너에게 키스를 보내며 자기한테 선물을 보내달라고 하는 구나. 네 남편에게 칼호트카 집안의 막내아들인 꼬마 에니크가 생각나는지 한번 물어보렴. 그 젊은이도 학업을 마치고 선생이 되고 싶어 한단다. 네 남편은 휴일에 집에 오곤 했기 때문에 아마도 그를 기억할 거야. 나는 그에 대해 잊어버리고 있었단다. 너도 아마 그를 알아보지 못할 거야. 엄청 커버렸으니까 말이야. 그는 내게 지불할 돈이 생기기 전에 두 달 동안 우리 집에 밥을 먹으려고 왔단다. 너도 학생들하고 있는 게 어떤지 알지. 특히 어떤 가치가 있는 학생들 말이야. 그는 불량한 편은 아니라 공부는 다 마쳤어. 그가 너와 네 남편에게 인사를 전하더구나. 칼호트카는 늘 유쾌하고 항상 너무 솔직하기 때문에 나를 웃게 만들어. 너도 알다시피 그는 날 위해 시를 쓰고 있단다. 정말 웃기지. 너도 어떤 건지 알거야. 결국 너도 선생의 아내이니까. 그는 "별이 빛나는 밤"이라든가 하는 실없는 말로 나를 부른단다. 난 그냥 배가 터지도록 웃고 말았어. 하지만 그리고는 그걸 잡지에 실어버렸지 뭐니. 그리고 제일 위에 굵은 글씨로 "그녀에게"라고 적혀 있었어. 바로 나를 얘기하는 거지.

네 남편에게 내가 재혼하든 말든 그건 내 문제니까 제발 상관하지 말라고 해 줘. 그리고 날 좀 그만 놀리라고 해. 나는 혼자 살기에는 너무 젊고 내 아이도 아빠가 필요해. 구혼자들도 줄을 섰어. 우리 집주인인 딜레츠도 내게 구애를 하고 있지. 하지만 그는 멍청이야. 그는 많은 돈도 원하는데, 나한테 그런 돈은 없거든. 겨우 나하나 먹고 살만할 정도지. 딜레츠는 너무 똑똑하지 못해. 그는 칼호트카를 질투해서 나를 상대로 시법원에 민원을 제기했어. 내가 닭을 너무 많이 키우는 바람에 자기 집 입주자들을 지나치게 일찍 깨운다고 말이야. 신사 몇 분이 그 문제로 나를 찾아 왔어. 이 양반들이 내가 키우는 수탉 '떼들'을 보여 달라고 말했을 때 나는 큰소리로 웃고 말았지. 우리 집에는 암탉 몇 마리 뿐이었거든. 집주인은 화를 내겠지만 사필귀정이지 뭐.

파닌카에게 모자를 하나 보낼게. 장미꽃 대신 작은 버찌로 테두리를 붙였어. 이게 너무 요란스러운 게 아니었으면 해. 정제버터를 얼마 주고 사는지 꼭 적어 줘. 아마 거기가 프라하보다 쌀 거야. 이렇게 쓸데없는 얘기를 주절주절 길게 썼다고 화내지 말았으면 좋겠어. 너 말고는 얘기할 사람이 없잖니. 나는 자존심 센 여자니까 말이야.

늘 내 생각을 해주길 바래.

진심어린 마음으로, 헬렌카가.

추신: 이제 가 봐야 해!

……베르제이 위원이 제기한 의제는 평의회에서는 중요한 문제들만을 다루기 때문에 승인되었다.

평의회 회의는 제 7항으로 넘어갔다.

베르제이 위원은 1213-I번지 주택의 소유주인 온드르제이 딜레츠 씨가 같은 주소의 여인숙 안주인 벨렙 부인을 상대로 제기한 민원에 대해 보고했다. 온드르제이 딜레츠 씨는 여인숙 안주인 벨렙 부인이 아침 일찍 울어서 다른 입주자들의 수면을 방해하는 다수의 가금을 키우고 있다고 고발했다. 그리고 동위원은 의학박사 에드바르트 용만 씨와 하급서기 요세프 피스치크 씨로 구성된 조사위원단의 보고서를 낭독했다. 조사단은 이 문제를 철저히 조사한 결과 피고소인이 단지 두 마리의 암탉과 수탉과 거세한 수탉을 각기 한 마리씩 소유하고 있다는 사실을 밝혀냈다. 모든 닭들은 입주자들이 가금류로 만든 요리를 요청했기 때문에 그러한 목적으로 키우고 있는 것이었다.

수석 재판관은 문제가 된 가금의 수가 매우 적고 여인숙에 완전히 동물이 없는 상태를 기대하기 어렵다는 사실에 입각하여 아무 조치도 취해질 수 없다는 판단을 내렸다.

동 위원은 고소인 딜레츠 씨가 청각에 다소 문제가 있어서 닭 울음소리가 그에게 그렇게 큰 지장을 주지 않았다는 사실을 덧붙였다. 그리고는 동 위원은 이건을 기각할 것을 제안했다.

제안은 만장일치로 통과되었으며, 그 결과……

여인숙 주인의 아내 헬렌카 벨렙이 흐루딤에 살고 있는 교수 부인인 자매, 알로이시에 트로우실에게 보낸 편지

사랑하는 동생아.

안부와 함께 무수한 키스를 보낸다. 꼬마 토니체크도 네게 키스를 보낸다. 하지만 난 정말 너한테 화가 나는 구나. 나보다도 훨씬 어린 애가 왜 꼭 할망구처럼 구는 거니? 네가 교사의 아내라고 해서 나보다 좀 더 분별력이 있는 척 하지 마라. 네가 과부라면 어떻게 했을지 누가 아니? 나는 절대로 딜레츠를 원하지 않아. 난 네가 그 사람을 나한테 억지로 밀어 붙이게 놔두지 않을 거야. 너도 너한테 해를 끼친 사람하고 결혼하진 않을 거 아니니. 내가 뚱뚱하든 빼빼하든 그게 무슨 상관이람? 날 가지고 '사관생도 셋'을 만들 수 있다는 말 따위를 나한테 해서는 안 되는 거야. 그게 무슨 뜻이든 간에 말이야. 나를 좋아하지 않는다면 구애를 하지 말았어야지. 나는 정말이지 그 사람을 원하지 않는다고 너한테 말하겠어. 그 사람이 나를 좋아한다면 나를 고소한 게 옳은 일이니? 헌데 그 사람은 소송에서 졌어. 지금은 그 사람, 내 눈도 제대로 보지 못해. 하지만 나는 그 사람에게 복수할 거야. 벌써 준비를 다 해놓았어. 어떤 사람이, 맞아, 칼호트카야. 하지만 걱정마, 학생들의 꽁무니를 쫓아다닐 정도로 변덕스럽진 않으니까. 뭐, 내가 그런다

해도 남이 상관할 일은 아니지만. 내 일은 내가 알아서 해. 난 누구든 내게 이래라저래라 하게 하지 않을 거야. 칼호트카는 네가 생각하는 것보다 더 좋은 사람이야. 어쨌든 칼호트카는 프라하에 돼지들을 키우는 것을 금지하는 법이 있다는 사실을 생각해 냈지 뭐야. 딜레츠는 정원을 하루 종일 돌아다니는 돼지새끼 두 마리를 키우고 있거든. 토니체크가 그 놈들과 잘 놀지만 상관없어. 우리는 벌써 그를 상대로 민원을 제출했거든. 딜레츠는 발작을 일으킬 거야. 하지만 누가 상관한대? 발작을 하면 하라지. 너한테는 모든 게 부적절한 일로 보이겠지. 그 모자가 너무 요란스러운 것 같다니 미안해. 그냥 모자에게 좀 조용히 있으라고 말해. 제발 화내지마. 하지만 알다시피 난 늘 속에 있는 말을 그냥 다 해버리고 말거든.

늘 내 생각을 해주길 바래.

진심어린 마음으로, 헬렌카가.

추신: 이제 가 봐야 해!

왕도 프라하의 최고행정관이 지방법원의 베르제이 고문관에게 보내는 비밀 보고서

친애하는 위원님.

오늘 다시 귀하를 만날 일은 없을 것 같고 내일부터 본인은 별장에 있을 것이기 때문에 이 문제에 대해 귀하와 직접 논의하기는 어렵습니다. 그래서 이 편지를 보냅니다. 문제는 여인숙 주인 헬레나 벨렘이 1212-I 번지의 소유주 온드르제이 딜레츠의 불법적인 돼지사육에 대해 제출한 민원에 관한 것입니다. 자이체크

변호사가 명사의 특권을 이용해 다시 이 문제를 제기했습니다. 귀하도 잘 알다시피 그는 현 시(市) 행정부의 적대자 중 한 사람입니다. 나는 이 건에 대해 이미 조치가 취해지긴 했지만 철저하게 진행되지는 않았다는 사실을 알려드립니다. 구내 공무원과 의사가 이 건을 조사하여 딜레츠가 가정용으로 젖먹이 새끼돼지 두 마리를 키운다는 사실을 알아냈습니다. 그 이상의 조치는 취해지지 않았습니다. 위원님, 귀하가 평의회에 자문을 구하지 않고 직권으로 이 사건을 brevi manu(직접) 집행하는 것은 적절하지 못합니다. 젖먹이 새끼돼지라도 그것이 돼지 종에 속하는 것은 분명한 사실이고 프라하에서 언급한 동물 종을 키우는 것은 엄중한 위법행위입니다. 돼지콜레라가 자주 발생하는 지금 같은 가을에 그것은 우리에게 책임이 돌아올 수 있는 사안이며 자이체크 변호사는 즉각 그 점을 지적할 것입니다. 가능한 신속하고 철저하게 이를 가능하게 하기 위해, 위원님, 귀하는 반드시 이 사건을 재개하여 새롭게 조사해서 본인의 참관 아래 평의회에서 논의하도록 조처해야 합니다. 그래서 그 유해한 가축을 8일 내로 제거하도록 ex senatu consluso (평의회의 합의로) 결의가 작성되도록 해야 합니다.

1858년 9월 17일, 프라하

수습 교사 얀 칼호트카가 친구인 피세크의 보조 교사 에밀 블라지체크에게 보낸 편지

주님의 이름으로 너에게 기쁜 소식을 전하겠어. 나 흐라데츠 크랄로베에서 보조 교사로 임명되었어. 요새이자 도시이며 훌륭한 김나지움으로 유명한 곳이지.

그래서 나는 우리 체코민족을 훈련시키러 갈 거야. 너처럼 "우리 민족의 영역에서", 네가 예전 어디선가 읽었을지 모를 인용구처럼 말이야. 나는 정말 이 숭고한 부름, 나의 새로운 직장을 고대하고 있어. 특히 흐라데츠 크랄로베에 예쁜 여자들이 많다는 소문을 들었거든. 그래서 나는 지나칠 정도로 그곳의 찬미자가 되어 있어. 난 여자 복이 좋은 편이 거든. 나는 사랑하는 것을 빼고는 아무 것도 필요치 않다. 다른 것은 모두 자연히 해결되는 것 같거든. 최근에 완전 무일푼이 되었었어. 내게 가끔 일어나는 일이지. 그럼에도 불구하고 나는 왕처럼, 혹은 배부른 주막 주인처럼 살았어. 주막을 하나 경영하고 있는 내 고향출신의 젊은 과부와 한창 꽃피는 청춘에 있는 한 남자를 상상해봐. 요컨대 나는 아주 싸게, 정말 싸게 살았어. 하지만 나의 그 과부는 지금 그리 잘 지내지 못하고 있어. 과부의 집주인이 그 여자에게 청혼하려는 생각을 품고 있거든. 하지만 그 여자는 나를 사랑하고 있기 때문에 그 사람하고 결혼하고 싶어 하지 않았어. 이제 집주인은 과부에게 나가라고 통고했고 그 여자는 어찌할 바를 모르고 있어. 나도 인정이 있는 사람이고 최근 돈도 좀 생겼기 때문에 그 여자를 만나러 가는 일을 그만 두었어. 여자들은 약삭빨라. 특히 과부들은 더 그래. 나는 그 여자가 그럭저럭 잘 살아갈 거라고 생각해, 결국 나는 그 여자가 그 집주인과 잘 어울리지 않는다고는 할 수 없다고 생각해. 그 둘은 천생배필이 될 거야. 나는 지금 두 사람이 일요일에 빵가루를 묻힌 콩팥과 샐러드를 사이좋게 알콩달콩 먹고 있는 모습을 눈에 선하게 떠올릴 수 있어. 너도 알 수 있겠지만 내가 정말 그 여자를 전혀 상관하지 않았다면 이렇게 많이 쓰지도 않았을 거야. 하지만 내가 어쩔 수 있겠어? 다 끝난 일이지!

너 역시 잘 지내고 있기를 진심으로 희망하면서 내 편지를 그만 줄이도록 할게.

그럼.

얀

행정관의 이전 칙령에 온드르제이 딜레츠 씨가 제기한 항소에 대한 답변으로 1213-I번지에 있는 그의 소유 주택으로 배달된 총독의 칙령

……프라하에서 돼지 사육이 엄격히 금지되어 있기 때문에 제출한 항소 이유는 아무 의미가 없다. 시장이 배설물을 싸고 불편함을 초래하는 말 두 마리를 키우고 있다는 사실과 이 사건은 전혀 무관하다. 온드르제이 딜레츠 씨에게 벌금 5 오스트리아 길더를 부과하며, 이와 함께 3일 내로 문제의 돼지들을 도살하거나 프라하 밖으로 옮기기를 명한다.

1858년 10월 14일 프라하

여인숙 주인의 아내 헬렌카 벨렙이 흐루딤에 살고 있는 교수 부인인 자매, 알로이시에 트로우실에게 보낸 편지

사랑하는 동생에게.

네가 옳았다는 것을 인정해. 이 모든 건 네가 선생인 네 남편에게서 배웠기 때문이야. 하지만 나는 죽은 전남편에게서 아무것도 배우지 못한 멍청한 여자일 뿐이야. 하지만 제발 더 이상 칼호트카 얘기는 하지 말아 줘. 다 끝나버렸어. 그놈은 도망가 버렸어. 너도 알겠지만 그놈 가족들도 모두 그놈하고 똑같았어. 우리 어머니는 그 집 사람들은 한 명도 좋아하지 않았어. 하지만 그건 정말 내 잘못이 아니야. 알지. 그놈은 그야말로 끊임없이 지껄이고 또 지껄였어. 넌 우리 여자들이 어떤지, 내가 얼마나 여린 마음을 갖고 있는지 너도 알잖아. 네가 딜레즈에 관해 한 말도 옳았어. 그 사람에게 좀 잘 보이고 싶다는 생각이 들어. 하지만 내가 어떻게 해야 할까? 그 사람은 정말 잔뜩 움츠러들었어. 그것이 그 사람을 괴롭히고 있는 건 분명해. 하지만 그 사람은 실제적인 사람이라 생각 — 하지만 그 양반이 무슨 생각을 하는지 누가 알겠니. 결국 그 사람은 집주인이야. 아무리 그 사람이 빚도 없고 속마음은 착한 사람인 게 사실이라도 말이야. 며칠 전에 나는 그 사람 아들과 놀고 있었어. 정말 예쁜 꼬마 아이야. 그 아이는 커다란 푸른 눈과 꼬집어 주고 싶은 마음이 절로 들게 하는 뺨을 가졌지. 개는 우리 도니체크보다 겨우 여섯 달 어릴 뿐이야. 두 아이는 벌써 다시 함께 놀고 있어. 그때 딜레즈 씨가 집으로 돌아왔어. 나는 그 사람을 못 본 체 했지. 나는 그 사람의 어린 아들에게 뽀뽀를 해줬어. 딜레즈 씨는 걸음을 멈추었지만 아무 말도 하지 않고 그냥 계속 걸어갔어. 하지만 그 사람은 보통 때 하는 것처럼 꼬마 아이를 불러 데려가지 않았어. 보내준 버터는 고마워. 결국 별로 싸지는 않았던 것 같아. 여기 프라하 시장에서도 그 가격으로 살 수 있었을 거야. 하지만 질은 정말 좋았어. 성 캐서린의 날이 다섯 주 남았구나. 내일은 딜레즈 씨에게 집세를 낼 거야. 하지만 나는 내가 조금 부끄러움을 느낄 거라는 걸 알아. 그는 진짜 좋은 사람이었는데 지금까지는 그걸 미처 깨닫지 못했어. 토니체크가 너에게 키스를 보내며 자기에게 멋진 선물을 보내달라고 하는 구나.

너와 네 남편에게 키스를 보낸다.

너의 충실한 헬렌카.

추신 : 이제 가야 해!

온드르제이 딜레츠의 일기, 31쪽

……마지막으로 이렇게 행복한 크리스마스를 보낸 게 언제였는지 생각나지 않는다. 헬렌카는 좋은 주부이고 훌륭한 요리사이다. 그 여자는 나를 진정으로 사랑한다. 헬렌카는 내가 생각한 것처럼 골치 아픈 여자가 아니고 내가 말하는 대로 모든 일을 행한다. 거의 내 첫 아내보다 나을 정도다. 그 여편네가 편안히 잠들어 있기를. 이제 나는 헬렌카가 그 학생을 전혀 사랑하지 않았다고 완전히 확신한다. 여자들이란 너무나 이상하다. 여자들은 늘 자기들이 사랑하는 사람 속을 긁고 싶어 하는 것 같다. 헬렌카가 지금 하는 대로 계속 한다면 ― 나는 그녀가 금방 변할 거라고는 생각하지 않는다. ― 그 여자는 그걸 후회하지 않을 것이다. 헬렌카는 내가 자기 아이에게 얼마나 좋은 아빠가 될 것인지, 내가 내일 죽는다 해도 그들 모자를 잊지 않을 것이라는 사실을 알게 될 것이다. 나는 봄에 집을 하얗게 칠하고 밴드가 딸린 식당으로 정원을 개조하려 한다. 확실히 사람은 빈손

일 때는 일이 잘 풀리지 않는 법이다. 하지만 지금 사업 전망은 밝다. 나는 그놈의 소송문제에서도 벗어날 수 있을 거라고 생각한다. 오늘 신사 두 사람이 나타나서 내가 비엔나에 제기한 항소 결과를 알려주었다. 나는 사실 까맣게 잊어버리고 있었다. 나는 상황을 이해하지 못하고 한참이나 그 사람들을 쳐다보고 있었다. 하지만 비엔나에서 모든 일을 재조사하라는 명령이 내려왔다. 그러나 그 사람들이 어떻게 모든 일을 재조사할 수 있겠는가? 오늘 아침 식사로 돼지고기의 마지막 한 조각까지 다 먹어버렸는데. 헬렌카는 웃음을 멈추지 못한다. 부엌에는 돼지비계가 잔뜩 남아 있다. 나는 그럼 누가 이긴 건지 궁금……

연주회 오 분 뒤

어린 아이다운 섬세한 소프라노 소리가 높은 음역으로 찢어지게 올라가며 발린카 양은 자신의 노래를 끝냈다. 반주자는 마무리 화음을 몇 개 넣었다. 그는 억지 미소와 멋진 절로 연주회가 끝났음을 알렸다.

"정말 즐거운 연주였어요. 발린카는 진짜 예술가가 되겠군요!" 바우어 부인이 즐거워했다. "에베르 씨는 참 복도 많은 분이세요." 그녀는 박수를 멈추고 일어나서 꾸밈없는 열정으로 발린카를 껴안았다. 그녀 뒤의 스무 명쯤 되는 다른 손님들도 응접실에 두 줄로 늘어선 자리에서 일어났다. 사방에서 그녀에게 키스가 쏟아졌다. 발린카는 거의 숨도 돌릴 틈 없이 소리쳤다. "하지만 엄마, 내 머리!"

기둥 옆 창가에서 꼼짝도 않고 서 있던 에베르 씨가 눈물을 삼키며 눈을 깜빡거렸다. "우리는 이 아이한테 2년 더 레슨을 받도록 해야겠어요. 그리고 저 애를 떠나보내야죠. 그래도 겨우 열네 살이 될 뿐이라 사람들이 의아하게 여기겠지만, 저 아이의 재능은 너무 대단해요. 믿어지세요, 바우어 부인? 프랑스어 교습을 스무 번 밖에 받지 않았는데 벌써 프랑스어 선생님과 썩 잘 대화를 나눌 수 있답니다."

바우어 부인이 깜짝 놀라 두 손을 맞부딪쳤다. "발린카, 정말 그렇게 할 수 있나요?"

"위, 마담!" 발린카가 약간 자신 없는 태도로 대답했다.

"자, 보셨죠! 저도 믿을 수 없었답니다. 하지만 우리는 선생님들의 공도 인정해 드려야 해요. 특히 노래 선생님한테요! 그 분은 정말 가르치는 방법이 훌륭하답니다. 아주 세세한 데까지 신경을 써 주시거든요. 아이가 입을 잘못된 방식으로 벌리면 입안에 엄지손가락을 집어넣기까지 하시니까요. 하지만 그래도 저 애를 프라하에 붙잡아 놓을 순 없어요!"

"그럼요. 그건 그야말로 죄가 될 거에요!" 바우어 부인이 다시 딸 옆에 자리를 잡으며 말했다.

마리 양은 소리 내어 박수를 치기 위해 장갑을 벗었다. 그 옆에는 친구의 약혼자인 코르지네크 중위가 앉아 있었다. 코르지네크 씨는 빈혈기 있어 보이는 병색이 완연한 얼굴의 남자였다. 하지만 그는 이빨이 없는 입가에 넋 나간 것 같은 미소를 짓고 마리 양과 함께 박수를 치고 있었다.

"여기는 정말 따뜻하군요." 자신의 임무를 다하고 나서 젊은 숙녀가 말했다.

하지만 그녀의 옆 사람은 여전히 열심히 박수를 치고 있었다. "우리 여자들은 힘이 없어요. 하지만 저 아이는 확실히 노래를 잘 하는 군요. 그렇게 생각하지 않으세요?"

"아, 그럼요!" 중위가 맞장구쳤다. "마지막에 높은 '도' 음은 특히 훌륭했어요."

"하지만 그건 '파' 음 밖에 안 되지 않았나요?"

"아, 아닙니다. 그건 '도' 음이었어요. 그 앞에도 '도' 음이 나왔었죠. 음이 그렇게 높이 올라가면 언제나 '도' 인 거랍니다."

마리 양이 심각한 표정을 지었다. "그럼, 코르지네크 씨도 음악에 소질이 있으신 건가요?" 그냥 뭔가 할 말을 찾으려고 그녀가 물었다.

"저요? 아닙니다. 사람들이 저한테는 전혀 재능이 없다고들 하더군요. 하지만 제 동생은 — 그 애는 악보를 읽을 수 있었답니다. 동생은 뭐든지 정확한 음으로 연주했지요."

"나도 그런 동생이 있었어요." 젊은 숙녀가 한숨을 쉬며 말했다. "그 불쌍한 소년은 일찍 죽고 말았어요. 정말 아름다운 테너였어요. 아까 중위님이 말씀하신 것처럼 높은 '도' 음부터 낮은 '라' 음까지 부를 수 있었답니다. 농담이 아니에요. 낮은 '라' 까지 부를 수 있었다니까요!"

"정말 대단한 재능이었군요!"

"중위님은 음악을 많이 좋아하시나요?"

"당연하죠!"

"오페라는 자주 보세요?"

"저요? 아, 아니요! 그건 돈이 너무 많이 드는데, 뭐 사람의 귀는 기껏해야 두 개 뿐이잖습니까. 예전에 한 번 제가 좋아하는 오페라를 들었죠. 아이고, 제목이 뭐였더라? 그래도 저는 그 작품을 좋아했어요. 하지만 제가 봤던 다른 오페라들은 전부 별로였어요. 저는 뼛속까지 군인이라 빌어먹을 북을 칠 수 있는 건장한 남자가 바이올린을 켜고 있는 꼴이 영 보기 싫더라고요. 뭐라고 하실지 모르겠지만 성악가들이 그렇게 간드러지게 노래 부르는 것도 마음에 들지 않고요."

마리 양이 갑자기 자기 모친에게 고개를 돌렸다.

"그래, 두 사람 좀 잘 돼가니?" 모친이 속삭인다.

"좋아요. 하지만 이 양반, 말과 손수레도 구분 못할 사람 같아요."

"그건 별 문제도 안 돼."

"물론이죠." 마리 양이 조그맣게 대답하고 옆 사람에게 다시 고개를 돌렸다. "하지만 저 분들이 아이에게 레슨을 받게 하는 건 좋은 일이에요. 거의 가진 게 없는 형편이라는 걸 감안한다면 특히 더 그렇죠. 빚더미에 올라 있는 거나 마찬가지랍니다. 우리도 이 집에 꽤 많은 돈을 빌려준 걸요. 저는 늘 어머니한테 조심해야 한다고 말씀드리죠. 어머니는 너무 마음이 좋으신 분이시거든요."

이 말은 코르지네크를 놀라게 만든 게 분명했다. 그가 뭔가 묻고 싶은 것처럼 보였기 때문이다. 하지만 그 순간 갑작스러운 소란이 손님들이 갈 준비를 하고 있다는 사실을 알렸다. 마리 양과 바우어 부인도 자리에서 일어섰다.

"우리 집은 정말 멀어요. 게다가 엄마와 나 단 둘뿐이고." 마리 양이 중위에게 투정을 부렸다. "저는 아는 사람도 별로 없어요. 요즘은 용감한 남자들이 정말 드물단 말이에요."

"부디, 제가 배웅해 드리게 허락해주십시오." 중위가 정중한 미소를 지으며 말했다.

"중위님은 너무 친절하세요. 엄마, 코르지네크 씨가 우리를 집까지 데려다주시겠다고 약속하셨어요."

"하지만 우리 집은 너무 멀어요! 하지만 그렇다면 코르지네크 씨는 저녁을 드시고 가셔야 해요. 우린 정말 즐거운 시간을 보낼 수 있을 거예요!"

에베르 부인은 이미 모든 손님들에게 작별인사를 했고, 손님들에게 공손히 덕담을 나누느라고 코르지네크 씨를 잠시 버려두었던 마틸다 양은 손님들에게 작별키스를 하고 있는 중이었다. 그때 에베르 부인이 마틸다 양에게 뭔가 소근 거렸다. 마틸다 양이 중위에게 다가오더니 그에게 속삭였다. "우리 집에 잠시 있다 가지 않을래요? 엄마가 같이 햄을 먹고 가시면 좋겠다고 말씀하시는데."

"하지만 나는……"

"오, 나의 소중한 친구 마틸다." 마리 양이 가까이 와서 친구를 따뜻하게 안아주었다. "얼마나 훌륭한 저녁시간을 제공해 주었는지! 우리끼리 집에 돌아갈 필요가 없어서 즐거움은 좀 더 오래 갈 것 같아. 우린 더 있다 가지 못할 것 같아. 코르지네크 씨가 방금 우리가 너무 멀리 사니까 집까지 우리를 배웅해 주시겠다고 약속해 주셨단다! 안녕, 내 작은 천사. 한 번만 더 내게 키스를 해 주렴! 자! 그럼!"

마틸다 양은 딱딱하게 굳어져서 하얗게 질렸다.

"마틸다, 마리 양을 문까지 배웅해 주지 뭐하니?" 에베르 부인이 그녀를 재촉했다. "뭐 잘못 된 거라도 있니? 오." 그녀는 중위가 바우어 모녀와 함께 떠나려는 것을 보고 자기도 모르게 숨을 헐떡였다.

"안녕, 내 작은 천사." 마리 양이 손을 흔들며 유유히 문 쪽으로 걸어갔다.

마틸다 양은 그 자리에 얼어붙은 듯 서 있었다.

복권이 당첨된 뒤

바보르 부인은 계산대 뒤에 앉아 편히 쉬고 있었다. 금요일 오후였기 때문이다. 저녁 단골 몇 사람이 올 때까지 가게에서 할 일은 아무 것도 없었다. 남편은 시내로 나갔고, 바츨라프는 집에 잘 없었다. 바보르 부인은 꿈풀이 책과 숫자들이 적힌 종이묶음을 앞에 펼쳐놓고 가게에 혼자 앉아 있었다. 그녀는 가끔 하품을 했지만 즐겁고 만족스러워 보였다. 부인의 두 뺨은 상기되어 있었고 안경 렌즈 뒤의 두 눈은 부드럽게 반짝였다.

바보르 부인이 갑자기 문 쪽을 쳐다보았다. 누군가 방금 문간에 나타났다. 주막 여주인이었다. 바보르 부인은 그녀가 들어오는 걸 보지 못한 척 하며 숫자 맞추기를 계속했다. 자닌카의 장례식 때 벌어진 일의 앙금이 아직 남아 있음은 의심의 여지가 없었다.

주막 여주인이 안에 들어왔다. "우리 주 예수 그리스도의 축복을," 그녀가 말했다.

"지금도, 앞으로도 더욱." 바보르 부인이 고개를 들지 않고 대꾸했다.

"그래서, 우리가 뭘 좀 딴 게 있어?" 주막집 아낙네가 대화를 시도했다.

"글쎄, 우리는 별로 많이 따지 못했어." 바보르 부인이 대명사에 특별히 강세를 주며 차갑게 대답했다.

"그래. 그건 그렇다고 치지. 하지만 우리 손님 중 한 사람이 자기가 전에 나한테 말했던 번호에 또 돈을 걸어서 많이 땄다고 하던데." 날카롭고 따지는 것 같은 말투였다.

"맞아. 이 늙은 머리가 하는 말을 귀담아 들으면 언제나 결과가 좋지."

"그럼, 나한테도 상금을 나눠줘야지?"

"내가 왜 그래야 하는데!"

"하지만 그건 옳지 않아!"

바보르 부인의 얼굴이 백지장처럼 하얗게 되더니 고개를 들지 않고 천천히, 차갑게 대꾸했다. "내가 두 번째로 돈을 걸 때, 자기가 돈을 줬었나? 자기는 우리가 번호를 바꿔야 한다고 말했고 우리는 거기다 걸었지. 그걸로 두 배를 땄고, 자기는 그 반을 가져갔지. 그럼 우리 사이의 계산은 다 끝난 거야."

바보르 부인의 냉담한 태도는 억지로 꾸민 듯한 면이 없지 않았지만 상당히 인상적이었다. "이 문제로 더 이상 싸우지 말자고." 그녀는 이번에도 짐짓 점잖은 태도를 꾸며 내며 말했다.

"난 그저 모든 사람들이 하나님께서 받으라고 정해주신 것을 받기를 바랄 뿐이야. 그리고 자기네 바츨라프와 우리 마린카가 잘 되고 있는 것 같은데 왜 내가 내 몫을 바라서는 안 되는 거지?"

"너무 앞서 나가지 마. 그 애들은 아직 젊고 억지로 등을 떠밀 필요가 없어. 게다가 나는 거만 떠는 꼴은 딱 질색이야. 내 아들은 식료품 장수의 아들에 불과해. 내 아들이 뭘 하든 그 애는 자기 뜻대로 할 거야."

"우리 딸을 자기네한테 줄 거라고 생각하지 않는 게 좋을 거야. 그럴 필요가 없어. 결국 우리 딸은 시민의 딸이니까. 누구도 그 애의 신분을 떨어뜨릴 수 없어."

"하지만 그게 밥 먹여주나?" 바보르 부인이 안경을 벗으며 비아냥거림으로 맞받아쳤다.

"명예는 명예인 거지. 가질 수 있거나 가지지 못하거나." 주막 여주인이 성난 목소리로 말했다. "나는 원하는 곳이면 어디든 갈 수 있어. 모든 곳에서 받아들여지고. 아무리 노력해도 나무꾼을 왕으로 만드는 건 불가능해. 내 생각은 그래. 내가 하려는 말은 이게 다야! 잘 있어!" 그녀가 문을 박차고 나가버렸다.

"잘 가." 바보르 부인이 그제 서야 고개를 들고 그녀 뒤에다 대고 소리쳤다. 바보르 부인은 잠시 밖을 내다보았다. 그녀의 뺨이 천천히 원래의 색깔로 돌아왔다. 부인의 눈이 번득였다. "결국 또 찾아오고 말 걸!" 그녀가 큰소리로 말했다. 그녀는 자기가 더 많이 흥분하지 않은 것에 만족한 것이 분명했다. 그녀는 다시 코에 안경을 걸치고 꿈풀이책과 번호들에 열중하기 시작했다. 그녀는 혼신을 다해 복권을 하기 때문이었다. 바보르 부인은 복권이라는 예술 그 자체에 자신의 전부를 다 바치는 유형의 복권꾼이었다. 그녀는 이 분야에 있어 이웃들 사이에서 최고의 명성을 누리고 있었다. 진정한 복권의 고수는 결코 작업을 멈추지 않는다. 이런 높은 위치를 계속 유지하기 위해서는 자투리 시간을 모두 다 이용할 수밖에 없는 것이다.

승리를 자신하며 복권에 돈을 걸 수 있기 전에 광범위한 준비가 필요하다는 사실을 아무도 믿지 않을 것이다. 냉정한 이성으로 올바른 번호를 계산해야만 한다. 아주 드물게 영감의 순간이 찾아온다. 그런 경우에 보다 냉철한 두뇌들은 오히려 머리를 쓰지 않을 것이다. 좋은 번호는 수학적 계산의 결과도 아니지만, 그렇다고 환상에 불과한 것도 아니다. 그것은 이성에서 나오는 것도 상상력에서 나오는 것도 아니다. 나는 그것을 꽃이나 유리에 비유할 것이다. 그것들은 성숙이나 숙성의 시간을 필요로 하고, 안정된 토양을 필요로 한다. 이 토양이 바로 인간의 마음이다. 그렇다, 당첨되는 번호는 마음이다. 인간의 마음은 우주 전체와 합일되어 있기 때문에, 그것의 자력은 가장 먼 별들까지 영향을 미친다. 그래서 당첨 번호는 우주 전체와 연계되어 있다. 이러한 근원 때문에 당첨 번호는 또한 부정할 수 없는 여성만의 속성을 가진다. 남자들은 머리로만 복권을 생각하는 나머지 대개 곧바로 길을 잃고 덫에 걸려 논리적 계산이라는 수렁에 빠져버린다.

비록 우리처럼 아름답게 표현하진 못하지만 바보르 부인은 이 모든 것을 완벽하게 이해하고 있었다. 그녀는 정원사가 씨앗을 뿌리고 꽃을 재배하는 방식으로 번호들을 길렀다. 그녀는 결코 가게 벽에 걸려있는 확률 게임이나 복잡한 계산 같은 것에 빠지지 않았다. 그녀의 종합적인 작업의 토대는 "쿰브를리크"로 알려진 꿈풀이 책이었다.

전설과 전통은 이 이름에 오로지 오랜 세월에 걸쳐 자라난 신령한 성격을 부여했다. 이 희귀한 소책자의 완전한 제목은 '꿈과 여러 가지 자연현상에 대한 풀이의 설명, 그로부터 — 꿈의 종들에 다양한 이유와 결과로 인해 — 복권에서 결정되고 사용될 수 있는 번호들'이었다. 그 서문은 여러 고대의 현인들을 인용하며, 또한 아리스토텔레스와 헥토르의 아내, 고대의 세베리 부족과 베르길리우스의 어머니, 야곱의 사다리와 파라오의 소, 동방박사 3인과 바빌론의 느부가넷살의 꿈에 대해 이야기했다. 모든 것이 앞에서 언급한 제목에서처럼 아마도 지성에는 맞지 않지만 마음에는 쉽게 와 닿는 명료한 문체로 작성되어 있다.

꿈을 올바르게 풀이해 내는 것은 복권의 기본이다. 쿰브를리크의 요점은 그 풀이를 제공하는 것이다. 하지만 모든 꿈이 다 해석에 적합한 것은 아니다. 몇 개의 길일을 가진 달들이 있다. 그리고 이런 길일은 모든 노련한 꿈 풀이꾼들에게 잘 알려져 있다. 왜냐하면 이 날들은 "고대의 점성가들이 언급하고 저 하늘 높이 행성의 지배자가 확정한 날"이기 때문이다. 반면, 이 길일은 그 정수를 그냥 넘겨주지 않는다. 풋내기들만이 꿈에 다양한 여덟 개의 "부족"들이 존재하며 그중 다섯 번째 부족만이 진짜배기라는 사실을 알지 못하기 때문이다. 무엇보다, 직접적인 계시로 덕이 있는 사람에게 특별히 허용된 꿈들만큼, 사악한 영혼(여덟 번째 부족)에서 비롯하는 꿈들을 모두 배제하는 것이 필요하다. 게다가 "병에 뿌리"를 두고 있는 — 피와 두뇌의 열병, 간과 폐의 물 — 꿈들은 중요하지 않다. 꿈의 다섯 번째 부족은 "전날 저녁에 입에 음식을 넘기지 않고 건강하고 평온한 마음을 가진" 사람들에게 나타난다. 그러므로 꿈을 풀이하는 사람은 좋은 꿈을 더 많이 꾸기 위해 특별한 삶의 태도를 견지해야만 한다. 바보르 부인은 이런 삶을 보내고 있었다.

「쿰브를리크」는 이렇게 산출된 꿈에 꼭 필요한 풀이를 제공한다(확실히 많은 다른 유형의 꿈풀이 책들이 존재한다. 심지어 그림으로 된 책도 있다. 각각의 꿈풀이 책들이 저마다 장점이 있지만 스네즈카 산이 크르코노셰 산맥[15]의 모든 산들을 능가하는 것과 똑같이 다른 모든 책들을 능가한다). 이렇게 산출된 번호들은 그 자체로 성공을 보장하진 않는다. 하지만 그것들은 사실 다음 추첨의 물을 시험하기 위해 펌프에 마중물을 붓는 일이 되곤 한다. 당첨되면 좋고, 꽝이라도 손해날 건 없다. 복권 영수증을 버려서는 안 된다. 복권꾼들은 꿈을 꾸는 시간대를 각기 세 시간 씩 네 개의 시간대로 구분한다. 첫 번째 시간대가 시작되는 시간은 저녁 7시이다. 그것은 고대의 뿌리에 명확한 증거를 갖고 있다. 꿈을 꾸는 시간대에 따라서, 복권꾼들은 꿈이 실현되는 것을 기대할 수 있는 때가 언제일지 확실히 안다. 따라서 복권꾼이 복권 영수증을 전부 간수하는 것은 매우 중요한 일이다.

하지만 이것이 결코 복권꾼들에게 유용한 보조 수단의 전부는 아니다. 물론 바보르 부인은 90개의 번호를 무당거미와 함께 유리잔에 넣고 그 놈이 어떤 번호를 자기 거미줄로 끌어들이는지 보는 것 같은 어리석은 짓은 하지 않았다. 그러

15) 폴란드 서남부와 체코와의 국경을 이루는 산맥이다. 독일에서는 리젠 산맥으로, 폴란드에서는 카르코노셰 산맥이라고 부른다. 해발 1,602미터의 스네즈카산은 이 산맥에서 가장 높은 봉우리이다.

기에는 부인은 너무 영리했다. 하지만 그녀는 90개의 번호 구슬이 들어있는 긴 아마천 자루를 가지고 있었다. 매일 그녀는 거기서 왼손으로 구슬 세 개를 뽑고 오른손으로 세 개를 뽑았다. 그녀는 이렇게 모은 번호들을 종이에 따로 받아 적고 거기에 "내 것"이라는 표시를 덧붙였다. 왜냐하면 매일 그녀는 자기 남편과 아들을 비롯해 좋아하는 사람들에게 번호를 뽑게 해서 그 번호를 받아 적고 옆에 그것을 뽑은 사람의 이름을 적었기 때문이다. '공개' 추첨에서 당첨된 번호들을 또 다른 종이에 적었다. 그 목록은 그 자체로 중요성을 가지기 때문이다. 담청 번호들에서 반복되는 어떤 법칙을 발견하는 것은 확실히 불가능하다. 하지만 이 목록을 때때로 들여다보고 있으면 갑자기 어떤 번호의 행렬이 선명하게 머리를 때린다. 이것이 영감이라고 불리는 것이다.

마침내 적당한 날에 적당한 종류의 꿈의 풀이가 정점에 도달한, 왼손과 오른손에 같은 번호를 뽑는 그 때가 온다. 그리고 영감까지 더해졌을 때, 바로 그 때가 걸어야할 때이다. 당첨자가 되지 않을 수 없기 때문이다. 이것들이 바보르 부인이 따르는 계율이었다. 그녀는 성공의 완성된 확실성에 변치 않는 규칙에 따라 돈을 걸었다. 그리고 당첨되었다.

내가 말한 대로 완벽한 복권꾼은 결코 자신의 작업을 멈추지 않는다. 최고의 자리를 유지하기 위해서는 모든 자유 시간을 활용해야 했다. 바보르 부인은 한 번 큰돈을 땄다고 해서 게임을 그만둘 생각이 없었다. 복권에 몰두하는 것은 그녀에게 꼭 필요한 일이었다. 그것은 그녀의 영혼을 연마하는 숫돌이자 마음의 위안이었다. 그것이 우리가 그녀가 열심히 작업하는 모습을 다시 보게 되는 이유이다.

바츨라프가 집으로 돌아왔을 때, 그녀는 쓰고 다시 쓰고 비교하고 있었다. 그는 모친에게 인사를 하고 계산대 뒤쪽에 우두커니 서 있었다.

바보르 부인은 그냥 고개를 끄떡였을 뿐 계산을 계속했다. 잠시 뒤 그녀는 커다란 구슬들이 들어있는 아마천 자루를 집어 들고 흔든 다음 바츨라프에게 건네주었다.

"넌 오늘 구슬을 뽑지 않았어! 먼저 오른 손으로! 오늘 네가 직장에서 잘린 건 알고 있니?" 그녀는 유달리 평온한 목소리로 말했다.

"뭐라구요?" 바츨라르가 모친을 바라보며 외쳤다. 그녀의 평온한 목소리가 그를 혼란스럽게 했다.

"네가 뽑은 것 중 하나는 내가 뽑은 것과 같구나. 이상하군. 나는 30번을 계속 뽑고 있는데. 그래, 집주인 에베르 씨가 와서 네게 메시지를 남겼단다. 내가 어제 너와 미용사에 관해서 들은 얘기는 또 뭐냐? 에베르 집안의 그 촐랑거리는 딸내미가 어제 여기 와서 네가 자기에게 베풀어준 은혜에 얼마나 감사하고 있는지에 대해 한참 수다를 떨다가 갔단다."

"그건 아무 것도 아니었어요! 어제 그 집 사람들이 연주회를 열었는데, 아가씨의 머리를 봐주기로 한 미용사가 회전대에 걸려 빠져나오지 못하고 있었어요. 나는 그저 그 사람을 도와주었을 뿐이에요. 마린카도 거기 같이 있었는 걸요."

"마린카에 대해서는 이제 아무 얘기도 듣고 싶지 않다고 너한테 처음이자 마지막으로 말하겠다. 이유는 묻지 마라. 그냥 그러고 싶지 않은 것뿐이니까. 난 그 애 엄마가 싫다. 믿을 수 없는 여자야!" 바보르 부인이 아까보다 더 흥분된 목소리로 말했다. 그녀는 바츨라프의 번호를 적었다. "저기 ─ 이제 왼손으로 뽑으려무나. 그 처자는 정말 끝없이 수다를 떨더군. 그 집사람들이 어제 너를 초대하지 않은 것을 용서해 달라고 하더구나. 그 처자는 부끄럽다고 말하더군. 꼭 자기도 부끄러워할 수 있는 걸 보여주려고 그러는 것처럼 말이야. 자기 엄마가 그만 깜빡한 거라고 하더군. 그리고 그 여자도 그 때문에 괴로워하고 있다고 하더라. 하지만 난 그 사람들이 뭘 바라고 그러는지 알지. 그 사람들은 빚더미에 올라 있거든. 그리고 오늘 입 싼 가게주인한테 소식을 들었겠지. ……아, 넌 아직 모르겠구나! 오늘 이 엄마가 복권에 당첨됐단다."

"정말요?" 바츨라프가 외쳤다.

"그래. 우리는 당첨금으로 수천 금을 받게 될 거야."

"믿을 수 없어요. 엄마!" 바츨라프가 기뻐하며 박수를 쳤다.

"엄마가 언제 너한테 거짓말 한 적 있니?"

바츨라프는 계산대 뒤로 뛰어들어 모친을 안고 키스를 퍼부었다.

"아, 이 바보 같은 녀석, 넌 결코 배우지 못할 거야." 바보르 부인이 싫은 티를 내며 말했다. "난 언젠가 이런 날이 올 줄 알았어. 하지만 이제 진정하고 네 할 일로 돌아가거라."

바츨라프의 눈이 번쩍 빛났다. 그는 펄쩍 뛰어 벽에 걸린 열쇠뭉치를 붙잡았다.

"너 어디로 갈 생각이냐?"

"지붕으로요."

"지붕에서 뭘 하려고?"

"미래를 계획해야죠!"

행복한 가족

주인집 에베르 씨는 방을 왔다 갔다 하고 있었다. 그는 아직 이른 아침 옷차림 그대로였다. 멜빵을 하지 않은 바지와 맨살이 드러난 가슴, 빗질을 하지 않아서 사방으로 거칠게 내뻗친 머리칼. 에베르 씨의 주름진 각진 얼굴에는 당혹감이 드러나 있었고, 보기흉한 손은 어색하게 앞뒤로 흔들리고 있었다.

에베르 부인 역시 옷을 제대로 차려입지 않은 채 걸레를 들고 서랍장 옆에 서 있었다. 그녀는 청소를 하고 있는 것 같았다. 하지만 에베르 부인의 동작 하나하나는 그녀가 남편처럼 불편해하고 있다는 사실을 보여주고 있었다.

불편함의 근원은 탁자 앞에 앉아 있는 세 번째 사람의 존재 때문이었다. 처음 보는 사람이라도 즉시 상황을 파악할 수 있었을 것이다. 낯선 이의 얼굴은 우리가 아는 한, 자신이 받은 돈을 다시 돌려준 성서의 인물이 속한 민족의 것이었다. 바로 유다의 얼굴이었다. 문제의 인물은 에베르 씨의 집에 낯선 사람이 아닌 것이 확실했다. 왜냐하면 그는 점점 숱이 없어지는 백발로 둘러싸인 벗겨진 정수리 위에 낡은 모자를 썼다 벗었다 하면서, 손가락으로 탁자를 두드리며, 바닥에 아무렇게나 침을 뱉고 있었기 때문이다. 그의 눈은 자신의 우월함을 의식하며 빛나고 있었고 얼굴 가득 뻔뻔스러운 조소를 짓고 있었다.

돌연 그가 허리를 펴고 손으로 탁자를 짚으며 자리에서 일어났다.

"글쎄, 나도 내가 돈을 여기 던지고 있다는 걸 알고 있소." 그가 낭랑한 목소리로 말했다. "하지만 이제 나도 내일을 생각해야 합니다. 댁네는 이제 나한테 1크라우처도 더 돈을 빌려갈 수 없어요!"

에베르 부인이 그에게 고개를 돌려 애원했다. "멘케 씨, 딱 50길더만 더 빌려주세요. 그럼 우린 영원토록 감사드릴 거예요. 두고 보세요!"

"누가 나한테 50길더를 선물로 준다면 나도 정말 고마워할 겁니다." 유대인이 조소를 날리며 말했다.

"하지만, 멘케 씨, 우리가 여전히 값어치 있는 걸 가지고 있다는 사실을 아시잖아요. 우리는 집을 가지고 있고……"

"집이라고! 프라하에는 집이 넘쳐요. 집주인은 말할 것도 없고! 하지만 당신의 집주인이 누군지 아시잖소! 난 이 집의 입주자 명단을 갖고 있소. 하지만 그게 나한테 무슨 소용이란 말이요? 나는 거기서 1퍼센트도 받지 못하고 있어요! 목요일까지 이자를 주지 않으면 나는 곧바로 댁네 사장한테 가겠소." 멘케 씨가 문 쪽으로 걸어갔다.

"하지만 멘케 씨……"

"됐어요! 나도 돌봐야할 애들이 있고, 더 이상 수입을 손해 볼 수 없어요. 잘 계시오!" 그는 문을 활짝 열어놓은 채로 밖으로 나가버렸다.

에베르 씨는 팔을 축 늘어뜨리고 서서 뭔가 할 말이 있는 듯 입을 벙긋거렸다. 에베르 부인은 화가 나서 문으로 뛰어가 힘껏 쾅 하고 닫아 버렸다. 조금 열려 있던 옆방 문이 이제 활짝 열리면서 하품을 하고 있는 마틸다 양의 모습이 나타났다. 그녀는 실내복만 달랑 입고 있었다. 마틸다 양은 무관심하게 방 안을 둘러보았다. "왜 저런 사람들을 상대하고 계시는지 모르겠어요." 그녀가 조용하게 말했다. "나라면 귀를 붙잡고 밖으로 끌어냈을 텐데."

에베르 씨는 거울 앞에 서서 머리를 빗었다. 딸의 말이 그의 화를 북돋았다. 그는 딸을 돌아보았다. "입 다물어라!" 그가 날카롭게 말했다. "넌 아무 것도 몰라!"

"물론 전 그렇죠." 마틸다 양이 침착함을 조금도 잃지 않고 대답했다. 그녀는 창가로 가서 아름다운 아침 풍경을 바라보며 하품을 했다.

에베르 부인은 이상할 정도로 아무 말도 안하고 있었다. 그녀는 나무가 한숨을 쉬어도 이상하지 않을 만큼 열심히 걸레질을 하고 있었다.

긴 침묵이 흘렀다. 에베르 씨는 옷을 입고 그의 아내는 물건들을 들었다 놨다 하며 방을 이리저리 돌아다녔다. 에베르 씨는 이런 상황을 더 이상 참기 어렵다는 걸 알고 마침내 침묵을 깼다.

"여보, 적어도 나한테 커피는 타 주어야지. 이제 곧 출근해야 된다는 걸 알잖소." 그가 아주 차분한 목소리로 말했다. "아직 데우지 않았어요." 에베르 부인이 차갑게 대답하고 높다란 옷장 문을 열었다.

"데운다고? 나한테 어제 커피를 주려는 생각은 아니었기를 바라오!"

"그러면 왜 안 되죠! 당신이 우리가 매일 요리를 할 만큼 돈을 벌어왔다고 생각하나요? 새 커피를 마시려면 그 만큼 돈을 벌어 와요!"

마틸다 양이 창에서 몸을 돌리고 무릎에 두 손을 포개고 자리에 앉았다. 그녀는 자신의 모친과 부친을 번갈아 쳐다보았다. 그녀는 즐기고 있는 게 분명했다.

에베르 씨는 아내를 잘 알고 있었다. 그래서 화제를 돌렸다. 그는 다시 싸움이 시작되는 걸 원치 않았다. "저녁에는 뭘 먹을 거요?" 에베르 씨는 아침 얘기는 꺼낸 적도 없는 것처럼 물었다.

"고추냉이를 넣은 만두요." 그녀가 퉁명스럽게 대꾸했다.

에베르 씨는 고추냉이를 쳐다보는 것도 싫어하는 사람이었다. 그는 아내가 일부러 그런 식단을 선택했다는 걸 알았기 때문에 몹시 화가 났다.

"당신 왜 하필 오늘 식사로 그 불쾌한 음식을 골랐는지 한 번 물어봅시다."

"왜냐구요! 우리는 하루 종일 청소를 할 것이고, 그것이 청소하는 날에 내가 만드는 것이니까요!" 에베르 부인은 옷장 안에 든 뭔가를 찾고 있었다. 그것을 찾을 수 없자 그녀는 옷걸이에서 옷들을 난폭하게 잡아 당겨서 바닥에 내팽개치기 시작했다.

"좋아, 하루 종일 청소를 하겠다고! 당신이 청소하는 동안 나는 어디로 가 있어야 하지?"

"어디로든 가 버려요! 발린카를 데리고 산책이라도 나가는 게 어때요. 당신은 정말 좋은 아빠잖아요. 당신은 우리 아이를 1년 내내 아무데도 데려간 적이 없어요."

"다른 건 없소?" 격분한 에베르 씨가 으르렁거렸다.

"글쎄요, 아마 당신은 골목길에 서서 빈민을 도와달라고 구걸을 할 수도 있을 거예요!' 에베르 부인은 자신이 찾고 있는 것을 찾을 수 없었다. 그래서 옷장 안으로 더 깊이 들어갔다. "당신 머리 가지고는 우린 선택의 여지가 없으니까요! 두고 봐요. 결국 양잿물이라도 마실 수밖에 없게 될 테니까! 지금만 해도 바보르 네 아들내미가 마틸다한테 관심을 좀 가지도록 부추겨도 시원찮을 판에 당신은 그 사람을 사무실에서 쫓아내버렸어요……." 에베르 씨는 더 이상 참을 수 없었다. 아내가 말을 다 끝내기 전에 그는 펄쩍 뛰어가서 그녀를 옷장 속에 밀어 넣고 문을 닫은 다음 열쇠로 잠가버렸다.

마틸다 양은 좋아서 박수를 쳤다.

옷장이 요동치며 에베르 부인이 고래고래 욕설을 퍼붓기 시작했다. 에베르 씨가 옷장에 유리잔을 집어 던져 박살나게 했다. 마틸다 양이 다시 좋아서 킥킥거렸다.

옷장 안에서 나는 소리는 더욱 심해졌다. 에베르 씨는 재빨리 윗도리를 걸치고 모자를 집어 든 채 그 자리에 멈추어 섰다. 옷장을 열어줄까 말까 고민하고 있는 게 분명했다.

마틸다 양이 망설이는 모습을 보고 다급히 말했다. "아빠, 그냥 가세요. 엄마는 말조심하는 법을 좀 배워야 해요."

"네 말이 맞다." 에베르 씨가 찬성했다. "내가 나갈 때까지 문을 열지 마라. 안녕!"

에베르 씨가 나가자 마틸다 양은 갑자기 어떤 영감을 받았다. 그녀는 옷장으로 달려가서 문을 열었다. 하얗게 질린 모친이 나오자 그녀가 말했다. "서둘러요,

엄마. 아빠가 도망치고 있어요!"

에베르 부인은 더 자극할 필요 없이 문 쪽으로 달려 나갔다. 그녀의 딸은 단 한 장면도 놓치지 않기 위해 모친의 뒤를 바로 뒤따라갔다.

에베르 부인은 부엌에서 빗자루를 집어 들고 발코니로 튀어 나갔다. 에베르 씨는 막 계단을 내려가며 층계참을 청소하는 데 여념이 없는 청소부 아주머니 옆을 지나가고 있었다. "아줌마, 그 놈 머리에 양동이를 씌워 버려요!" 그녀가 소리를 질렀다.

에베르 씨는 상당히 위태할 정도로 내려가는 속도를 빠르게 했다. 막 안마당에 도착했을 때 빗자루가 쉬익 하고 귓전을 스치며 아슬아슬하게 그를 비켜갔다. 에베르 부인은 머리에 쓴 모자를 움켜쥐고 도망치는 남편 뒤에 집어 던졌다. 그녀는 온 집안이 다 들을 수 있도록 악을 썼다. "이 도둑놈, 살인자! 지금 당신이 바보 같아 보인다는 걸 생각해야 해. 그 좋은 플란넬 옷을 몸에 걸치지 않으면 자기가 대체 어떻게 보이는지 생각 좀 하라니까! 이 불쌍한 인간아! 난 정말 남편 복도 많은 년이지! 1년에 300길더를 벌어오면서 자기도 신사라고! 일주일 동안 집에 들어오지 말든가, 아니면 돈을 벌든가!"

하지만 에베르 씨는 골목 안으로 모습을 감추었다. 그래서 이 현명한 조언이 담긴 작별인사를 듣지 못했다.

이 모든 장면이 너무나 빨리 벌어졌기 때문에 창가로 나온 입주자들은 마틸다 양이 몸을 돌려 자기 어머니를 안아주는 모습밖에 보지 못했다.

일주일이 끝나다

요세핀카의 결혼식은 일요일 오전 이른 시간에 열렸지만 안마당과 골목은 호기심 많은 이웃들로 입추의 여지없이 꽉 들어찼다. 집 앞에도 제법 많은 수의 군중이 모여 있었다. 모인 사람들은 즉시 상황을 평가하고 이 행사를 "창백한 결혼식"이라고 규정했다.

이 말은 검소함을 의미하는 것은 아니었다. 요세핀카의 신랑은 비용을 아끼지 않았다. 신부는 아름다운 실크드레스를 입었고 전세마차들도 많이 와 있었다. 그럼에도 이웃들의 말은 확실히 옳았다. 결혼식 하객들의 얼굴은 오늘따라 꼭 시작하기 전에 무슨 일이 생길지 몰라 불안해하는 사람들처럼 특히 더 창백했다. "창백한 신부 — 행복한 노래"라는 속담도 있듯이 신부의 안색이 창백한 건 물론 이해할 수 있는 일이었다. 하지만 그녀를 뒤따르는 신랑은 감동을 받아 얼굴이 창백했고, 신부 들러리는 언제나 창백한 얼굴을 하고 있는 클라라 양이었다. 우연의 일치로 다른 사람들의 얼굴들도 유난히 창백해 보였다. 결혼식 증인으로 참석한 박사의 얼굴조차 활기로 빛나는 평소와 달리 오늘따라 음울해 보였다. 신랑 들러리인 바츨라프만이 평소처럼 웃고 떠들고 있었다. 그가 신성하게 여기는 것은 아무 것도 없다는 사실을 모든 사람들이 알고 있었다.

그날 오후 박사는 집 앞에 장갑을 끼고 있었다. 그는 기대하듯이 가끔 골목 쪽으로 눈길을 주었다. 갑자기 정장을 빼입은 바츨라프가 가게에서 튀어 나와 그에게로 다가왔다.

"박사님, 산책하러 나오신 건가요?"

"응, 스트로모프카로."

"혼자서?"

"응. 그러려고. 내 말은, 라크무스 부인도 갈 거란 말이야."

"알겠어요. 클라라 양과 함께 가시는 거죠! 클라라 양은 오늘 확실히 예뻐 보이더라구요."

박사가 거리 쪽으로 재빨리 시선을 던졌다. "바츨라프, 자네는 어디로 가나?"

"샤르카로요."

"자네도 혼자 가지는 않을 것 같은데. 마린카 양하고 함께 가겠지?"

"사실은 다른 사람들하고 같이 가요." 바츨라프가 미소를 지었다. "에베르 씨네 가족들 하고요."

골목으로부터 여자들의 목소리가 들렸다. 라크무스와 에베르 집안의 여자들이 안마당으로 들어왔다.

"에베르 씨네?" 박사가 깜짝 놀라 반문했다. "나는 자네가 복잡한 일에 휘말릴 생각을 하지 않기 바라네…… 정말이야!"

"걱정 마세요, 박사님. 저는 제가 뭘 하고 있는지 잘 알고 있어요. 저는 단지 남성을 위해 싸우고 싶을 뿐이에요. 박사님도 그렇게 하고 계신 거 아니에요?"

순간 박사의 눈에 당황스러운 빛이 스쳐지나갔다. 그는 대답을 할 것처럼 입을 벌렸다가 아무 소리도 내지 않고 다시 다물었다. 그는 목을 가다듬은 다음 말했다. "조용히 하게. 여자들이 오고 있어."

야로슬라프 하셰크 Jaroslav Hašek(1883-1923)

야로슬라프 하셰크는 신문기자이자 대표적인 풍자 소설가이다. 상업고등학교를 졸업하고 은행원이 되었으나 나중에 작가로 활동하게 된다. 프라하의 자유분방한 예술가였던 그는 제1차 세계대전이 일어나기 전 체코 아나키스트와 친밀한 관계를 유지하였으며, 그로 인해 옥살이를 하기도 했다. 〈합법적인 온건당〉을 설립한 그는 주로 당시의 정치적인 상황을 해학적으로 풍자하는 글을 썼다. 하셰크는 사회주의적인 시를 풍자했으며 위선이나 감상주의를 비판하고 윤리적이고 문학적인 규범을 싫어했다. 그의 가장 의미 있는 작품은 4권으로 이루어진 미완의 장편소설인 『세계대전 중의 용감한 병사 슈베이크의 운명』(1921-1923)이다. 하셰크는 사람들이 이해하기 쉬운 대중의 언어로 작품을 썼으며 무의미한 전쟁과 구사회적 질서를 하찮고 우스운 것으로 묘사했다.

이반 클리마 Ivan Klíma(1931-)

이반 클리마는 체코를 대표하는 소설가이자 극작가이며 에세이스트이다. 2차 대전이 벌어지던 어린 시절, 테레진의 강제 수용소에서 3년을 보내고 살아남았다. 이때 겪은 불안과 죽음의 체험은 그의 작품의 핵심적 분위기를 이룬다. 1968년 프라하의 봄 당시 〈작가동맹〉의 편집자로 있었으며, 체제 비판적이라는 이유로 창작 발표를 금지당했다. 1970년대와 80년대 지하문학계에서 활발하게 활동하던 그는 90년대에 이르러 『사랑과 쓰레기』 『욕망의 여름』 『하룻밤의 연인, 하룻낮의 연인』 등이 유럽 문단의 격찬을 받으며 세계적 작가로서 명성을 얻었다. 밀란 쿤데라, 요세프 슈크보레츠키 등과 함께 현대 체코문학을 대표하는 작가로 꼽힌다.

카렐 차페크 Karel Čapek(1890-1938)

카렐 차페크는 철학자, 저널리스트, 번역가, 평론가로 활동했으며 제1차 세계대전과 제2차 세계대전 당시 체코 문화의 선도자였다. 프라하대학교 철학대학을 졸업한 그는 체코 국립도서관의 사서로 근무하였으며, 민족일보와 국민신문의 기자로도 활동했다. 그의 철학적, 미학적 이력과 저널리스트로서의 오랜 경력은 그의 예술가로서의 기질에 영향을 주었고, 잦은 외국 여행은 집필활동에 많은 자극이 되어 『이탈리아 여행담』 『영국 여행담』 『스페인으로의 여행』 『네덜란드의 그림』 『북쪽으로의 여행』 등의 저서를 남겼다. 체코슬로바키아의 국제펜클럽 초대 회장이었으며, 노벨상 후보로 여러 번 지목되었으나 수상은 하지 못했다. 체코를 대표하는 매우 중요한 작가인 차페크는 생전에 이미 외국에서도 널리 인정을 받은 최고의 작가였다.

야쿠브 아르베스 Jakub Arbes(1840-1914)

야쿠브 아르베스는 작가이자 평론가, 문화사 학자이자 풍자파에 속하는 신문 기자로 당시의 사회적 상황에 대한 용감하고도 날카로운 비판자였다. 무엇보다도 저널리스트로서 두각을 나타낸 그의 시각은 그의 장구하면서도 사회적인 소설들인 『현대적 흡혈귀』『메시아』『평화의 천사』에 잘 드러나 있다. 아르베스는 신비한 이야기를 선호하기도 하였지만 한편으로는 매우 과학적이고도 합리적인 관점을 가지고 있어서 첨단 과학의 발명에 지대한 관심을 보였다. 그는 이전에 존재하지 아니하던 새로운 문학적인 장르인, 내용에 있어서 판타지와 탐정 소설적 요소들을 가지고 있는 스릴러물이라고 정의할 수 있는 소위 로마네토를 창조해 체코와 세계 문학계에 헌정하였다. 아울러 아르베스의 소설에 나타난 판타지적인 요소들은 그의 소설 『뉴튼의 뇌』『인류 최후의 날』을 현대 판타지 문학의 시조라고 부를 수 있게 하였다.

얀 네루다 Jan Neruda(1834-1891)

얀 네루다는 체코문학에 있어 가장 중요한 작가 중 하나다. 기자로서 체코신문에 '문예란(Feuilleton)'을 최초로 만들었고, 스스로 그 문예란에 무려 약 2천 편의 글을 기고했다. 주로 프라하에 관한 문학 작품을 남긴 그는 시집 6권을 발표한 위대한 시인이었으며, 동시에 문학평론가였다. 세계적으로 유명한 칠레의 시인 파블로 네루다는 얀 네루다를 매우 존경하여 그의 이름을 빌어 자신의 필명으로 사용했다.

소설가로서 네루다는 체코의 비판적 현실주의의 개척자로, 자신의 작품을 통해 빈곤과 절망 등 당시의 열악한 상황을 드러냈다. 그의 최고의 작품으로 꼽히는 『말라스트라나 이야기』는 1848년 이전의 프라하 소지구(말라스트라나) 지역을 묘사한 단편소설집으로 현실적이고 물질적인 목표에 치중하는 당시 일반 시민들의 생활방식을 비판하면서, 동시에 자신의 독특한 유머를 도입하여 그들의 특징을 절묘하게 표현하였다.

■엮은이 소개

야로슬라프 올샤 주니어 Jaroslav Olša, jr. 주한 체코대사.

1990년, 체코 최초의 SF 월간지인 『이카리에IKARIE』를 창간하고 자신의 출판사 'AFSF'를 설립하여 거의 100권에 달하는 SF물을 출간했다. 1992년 외교관 업무를 시작하여 짐바브웨 주재 체코대사(2000-2006)를 역임하고, 2008년 9월 주한 체코대사로 부임했다. 짐바브웨 재임 시 민주주의 발전에 기여한 공로로 2011년 '제1회 외교관을 위한 파머 상(PALMER PRIZE)'을 수상했다. 체코의 저명한 SF소설가이자 저널리스트인 온드르제이 네프와 함께 『SF문학 백과사전』을 공동 저술 및 편찬하였으며, SF 평론가로서도 활발히 활동하고 있다.

■옮긴이 소개

유선비

체코 국립대학교인 프라하의 카렐대학교에서 체코문학 박사학위를 받았으며, 현재 한국외국어대학교 체코·슬로바키아어과 외래교수로 재직 중이다. 「기호, 문체 그리고 카렐 차페크의 희곡들」「연극기호학의 초석을 이룬 오타카르 지흐의 이론과 영향」 외 다수의 논문을 집필했으며, 『말라스트라나 이야기』『결혼식 날, 남자 그리고 그의 어처구니없는 영혼』 등을 번역했다.

이정인

고려대학교 철학과를 졸업하고 현재 전문번역가로 활동 중이다. 순문학을 비롯해, 역사물, 추리물, 과학소설 등 다양한 분야에 깊은 관심을 가지고 있다. 옮긴 책으로 『말라스트라나 이야기』『프라하 ― 작가들이 사랑한 도시』『체코 단편소설 걸작선』『바다의 별』『옥스포드 운하 살인사건』『숲을 지나가는 길』『제리코의 죽음』 등이 있다.

정보라

연세대학교 인문학부를 졸업하고, 미국 예일대학교 러시아 동유럽 지역학 석사를 거쳐 인디애나 대학교에서 슬라브어문학 박사학위를 받았다. 현재 대학에서 강의하며 슬라브권의 알려지지 않은 작품들을 번역하는 일에도 힘쓰고 있다. 옮긴 책으로 『고기』『창백한 말』『구덩이』『거장과 마르가리타』『우리는 아우슈비츠에 있었다』 등이 있다.

한국어로 번역된 체코 작가의 작품들

— 한국에서 출간된 체코 작가의 작품 목록

(시, 소설, 희곡 및 비소설 부문)

카렐 차페크의 『R. U. R. 로숨의 유니버설 로봇』이라는 유명한 희곡이 한국어로 번역되어 '잡지' 형식으로 연재되었던 것과 1950년대 이후부터 북한에서 간간히 체코 번역서가 눈에 띤 것을 제외하면, 한국에서 처음으로 출간된 체코 작품은 1982년에 출간된 바츨라프 르제자치의 좌파 성향의 어린이 소설 『대장간 골목』, 그리고 1983년에 출간된 야로슬라프 하셰크의 『병사 슈베이크』이다. 1984년에는 야로슬라프 세이페르트(노벨문학상 수상)의 시집 두 권이, 그리고 1988년에는 밀란 쿤데라의 베스트셀러가 한국어로 번역되었다. 1990년대에는 이십여 명이 넘는 체코 작가의 작품들이 한국어로 번역 및 출판되었고, 2000년 이후로는 이 수치가 두 배 이상 증가하였다.

아래에 정리한 목록은 일반 독자층을 대상으로 한국어로 번역된 체코 작가의 문학작품들이며, 어린이 책의 한국어 번역본은 포함하지 않았다.

체코의 오래된 어린이책 제작 전통에 따라 많은 작품들이 다양한 언어로 번역되어 있지만, 한국에서는 40권에 못 미치는 책들이 번역되었다. 그 중에서는 즈데네크 밀레르Zdeněk Miler의 작품인 크르텍Krtek이라는 두더지 만화캐릭터의 이야기를 찾을 수 있다. 에두아르드 페티슈카Eduard Petiška가 글을 쓴 그의 작품 『두더지는 바지가 필요해Jak krtek ke kalhotkam přiška』를 포함한 4권의 작품이 한국어로 번역되었다. 한국 어린이 독자들은 안데르센상을 수상한 두 체코 작가의 작품들도 좋아할 것이다. 1994년에 안데르센상을 수상한 크베타 파코프스카Květa Pacovská의 작품 중 적어도 8권이 2000년 이후에 번역되었고, 2012년에 안데르센상을 수상한 피터 시스Peter Sís의 작품은 12권 이상 한국어로 번역되었다. 피터 시스의 작품 중 『세 개의 황금열쇠The Three Golden Keys』와 『장벽The Wall』, 이 두 권은 글과 그림 모두 피터 시스가 짓고 그린 작품으로, 체코를 주제로 한 책이다.

위의 작품들 외에도 전형적인 체코 어린이 책 작가인 마르케타 진네로바Markéta Zinnerová, 요제프 라다Josef Lada, 얀 카라피아트Jan Karafiát, 그리고 바츨라프 취트브르텍Václav Čtvrtek의 작품이 한국어로 번역되었다. 또한 가장 젊은 체코 작가인 안나 네보로바Anna Neborová와 마르틴 스칼라Martin Skala가 소개되었으며, 유명한 체코 삽화가인 아돌프 본Adolf Born과 이지 트릉카Jiří Trnka의 그림은 다양한 작가들의 글과 함께 한국의 여러 출판사에서 발간되었다.

아래의 목록에는 교육자이자 종교개혁자인 존(요한) 아모스 코메니우스Jan Ámos Komenský(Comenius)의 작품 또한 포함하지 않았다. 그의 작품 중 적어도 10개의 작품이 한국어로 번역되었으며, 가장 유명한 『세계도회Orbis Pictus』와 철학논문인 『빛의 길Via Lucis』, 풍자적 우화물인 『세상의 미로와 마음의 낙원Labyrint světa a Ráj srdce』등이 있다. 이 작품들은 대부분 이숙종 번역가에 의해 독일어에서 한국어로 번역되었다.

마지막으로 한국어로 번역되어 북한에서 발간된 체코 작가의 작품을 언급하면 다음과 같다. 현존하는 정보에 따르면, 율리우스 푸치크Julius Fučík가 나치의 탄압 아래 사형수 수감소에서 고문을 받으며 쓴 『교수대의 비망록Reportáž psaná na oprátce』, 마리에 푸이마노바Marie Pujmanová의 반(反)파시스트 소설인 『죽음과 삶Život proti smrti』, 1930년대에 당시를 배경으로 쓴 이반 올브라흐트Ivan Olbracht의 유명한 현실사회주의 소설인 『프롤레타리아 안나Anna Proletářka』, 공산주의 체코슬로바키아의 대통령이었던 안토닌 자포토츠키Antonín Zápotocký의 회고록과 체코의 19세기 고전 소설인 보제나 넴초바Božena Němcová의 『할머니Babička』 등이 있다. 정확성을 기하기 위해 추가하면, 한국의 시조에 대한 오마주로서 리보르 코발Libor Koval의 『고조선의 꽃Květy staré Koreje』이라는 체코 시집이 1988년 런던에 있는 체코의 추방당한 출판사에 의해 한국어-체코어로 출판되었다.

■소설 및 희곡

• Karel ČAPEK 카렐 차페크

Hordubal (1933)
호르두발
　　서울: 리브로 1998.
　　서울: 지만지 2010.
　　권재일 체코원문 번역

Obyčejný život (1934)
평범한 인생
　　서울: 리브로. 1998.
　　송순섭 체코원문 번역

Povětroň (1934)
유성
　　서울: 리브로 1998.
　　김규진 체코원문 번역

별똥별
　　서울: 지만지 2006.
　　김규진 체코원문 번역

R. U. R. Rossum's Universal Robots (1921)

로숨의 유니버설 로봇

　　서울: 길(이계을) 2002.

　　김희숙 번역

로숨의 유니버설 로봇

　　서울: 리젬 2010.

　　조현진 번역

Válka s mloky (1936)

도롱뇽과의 전쟁

　　파주: 열린 책들 2010.

　　김선형 번역

Zahradnikův rok (1929)

원예가의 열두 달

　　서울: 맑은소리 2002.

　　홍유선 번역

초록숲 정원에서 온 편지

　　서울: 다른세상 2005, 2008.

　　윤미연 번역

Ze života hmyzu - Věc Makropulos - Bílá nemoc (1921, 1922, 1937)
곤충 극장
　　파주: 열린 책들 2012.
　　김선형 번역

■ 단편작

어느 의사의 길고 긴 이야기
　　서울: 한길사 1994.
　　햇살과나무꾼 번역(세계작품들 소개하는 모임)

의사 선생님의 길고 긴 이야기
　　서울: 글동산 1995.
　　임은경 번역

작은 새와 천사의 알 이야기
　　파주: 길벗어린이 1995, 2006.
　　변은숙, 홍혜영, 이오덕 번역

단지 조금 이상한 사람들
　　서울: 민음사 1995.
　　홍성영 번역

솔레마니 왕국의 공주님
　　서울: 한국안데르센 1998.
　　서울: 아가월드 2006.
　　김양미 번역

우편 배달부 워커씨 이야기
　　시흥: 부광 2005.
　　박정임 번역

시인
　　서울: 교원 2007.
　　박정임 번역

• Martin HARNÍČEK 마르틴 하르니체크

Maso (1981)
고기
　　서울: 행복한책읽기 2012.
　　정보라 번역

• Jaroslav HAŠEK 야로슬라브 하셰크

Osudy dobrého vojáka Švejka za světové války (1921-23)
병사 슈베이크
　　xxx: 주우 1983.
　　강홍주 번역

• Václav HAVEL 바츨라프 하벨

Audience (1975)
청중
    서울: 예니 2000.
    오세곤 번역

Odcházení (2007)
리빙
    서울: LG Arts Center 2010.
    신호 체코어 원문 번역

• Bohumil HRABAL 보후밀 흐라발

Ostře sledované vlaky (1965)
엄밀히 감시받는 열차
    서울: 中央日報社 1990. - 쿤데라의 작품과 함께 출간됨
    이윤기 번역

엄중히 감시받는 열차
    파주: 버티고 2006.
    김경옥, 송순섭 체코어 원문 번역

Obsluhoval jsem anglického krále
(1971 /1980/)
영국왕을 모셨지
　　파주: 문학동네 2009.
　　김경옥 체코어 원문 번역

- Ivan KLÍMA 이반 클리마

Milenci na jeden den - Milenci na jednu noc (1964, 1970)
하룻밤의 연인, 하룻낮의 연인
　　서울: 솔출판사 1995, 1998.
　　이성렬 번역

- Milan KUNDERA 밀란 쿤데라

L' Identité (1998)
정체성
　　서울: 민음사 1998, 2008, 2012.
　　이재룡 번역

L' Ignorance (2000)
향수
　　서울: 민음사 2000, 2008, 2012.
　　박성창 번역

Kniha smíchu a zapomnění (1978)

웃음과 망각의 책
　　서울: 예전사 1989.
　　xxx: 남송문화 1994.
　　한동현 번역

웃음과 망각의 책
　　서울: 형성사 1990.
　　최문실 번역

웃음과 망각의 책
　　서울: 문학사상사 1992, 2008.
　　정인용 번역

웃음과 망각의 책
　　서울: 민음사 2011.
　　백선희 번역

La Lenteur (1995)

느림
　　서울: 민음사 1995, 2009, 2012.
　　김병욱 번역

Nesmrtelnost (1987-88)
불멸

> 파주: 청년사 1992.
> 서울: 민음사 2010, 2011.
> 김병욱 번역

Nesnesitelná lehkost bytí (1984)
참을 수 없는 존재의 가벼움

> 서울: 民音社 1988, 1993, 1995.
> 宋東準 번역

프라하의 봄: 존재의 참을 수 없는 가벼움

> 인천: 포커스 1989.
> 박순황 번역

존재의 견딜 수 없는 가벼움.

> 서울: 中央日報社 1990. - 흐라발의 작품과 함께 출간됨
> 김규진 체코어 원문 번역

참을 수 없는 존재의 가벼움

> 서울: 한국외국어대학교 1995.
> 김규진 체코어 원문 번역

존재의 참을 수 없는 가벼움

> 서울: 삼성출판사 1992.
> 강창래 번역

참을 수 없는 존재의 가벼움
　　서울: 문화광장 1994.
　　정회성 번역

참을 수 없는 존재의 가벼움
　　서울: 민음사 1999, 2008, 2009, 2011.
　　이재룡 번역

참을 수 없는 존재의 가벼움
　　서울: 다락원 2011.
　　최기철 번역

Směšné lásky (1970)
우스꽝스런 사랑이야기
　　xxx: 친우 1988.
　　이태동 번역

영원한 동경의 나무에 열리는 황금사과: 일곱 가지 사랑이야기
　　서울: 世元 1990.
　　안성권 번역

우스꽝스런 사랑들
　　서울: 재원 1991.
　　안성권 번역

표류하는 섬
　　서울: 예가출판사 1993.
　　박준태 번역

레퍼블 러브
　　xxx: 작은우리사 1994.
　　李泰東 번역

사랑
　　서울: 예문 1995.
　　김재혁 번역

가볍고 우울한 사랑
　　부산: 거송미디어 1998.
　　김만중 번역

Valčík na rozloučenou (1972)
이별의 왈츠
　　서울: 中央日報社 1990.
　　김규진 체코어 원문 번역

운명의 춤
　　서울: 세기 1993
　　권은미 번역

천사
  xxx: 하문사 1994
  정승현 번역

이별의 왈츠
  서울: 민음사 2012
  권은미 번역

참을 수 없는 사랑을 위한 변명
  xxx: 청운 1994.
  엄효섭 번역

이별
  xxx: 하문사 1995, 1996, 1998.
  정승현 번역

Žert (1967)
농담
  서울: 지학사 1989
  xxx: 벽호 1992
  권재일 체코어 원문 번역

농담
  서울: 문학사상사 1996, 2009.
  전인용 번역

농담
　　서울: 민음사 1999, 2011.
　　방미경 번역

Život je jinde (1973)
생은 다른 곳에
　　서울: 까치 1988, 1998, 2006, 2011.
　　김제: 까치글방 2009
　　안정효 번역

생은 저 편에
　　강원: 여명출판사 1995.
　　서울: 대산출판사 2001.
　　홍준희 번역

삶은 다른 곳에
　　서울: 민음사 2011.
　　방미경 번역

짧은 글집
지혜
　　xxx: 하문사 1997.
　　신현철 번역

• Jan NERUDA 얀 네루다

Povídky malostranské (1878)
말라스트라나 이야기
　　서울: 행복한책읽기 2012.
　　신상일, 유선비, 이정인 번역

• Václav ŘEZÁČ 바츨라프 르제자치

Poplach v Kovářské uličce (1933)
대장간 골목
　　서울: 동서문화사 1982.
　　맹은빈 번역

대장간 골목
　　서울: 한거레 2012.
　　김경옥 체코어 원문 번역

■체코문학선집

더 이상 나비들을 보지 못했다 (Motýla jsem tu neviděl)
(테레진 수용소 아이들이 남긴 시와 그림 1942~1944)
Anita Franková + Hana Povolná (편집)
　　서울: 다빈치 2005.
　　이혜리 번역

동유럽 신화
    서울: 한국외국어대학교 2008.
    김신규 체코어 원문 번역

제대로 된 시체답게 행동해
(체코 SF소설집)
박상준 + Jaroslav Olša, jr. (편집)
    서울: 행복한책읽기 2011.
    김창규, 신해경, 정보라, 정성원, 최세진 번역

프라하 ─ 작가들이 사랑한 도시
(프라하 관련 단편소설집)
    서울: 행복한책읽기 2011.
    이정인 번역

체코 단편소설 걸작선
(19세기 및 20세기 초 체코의 고전작품집)
Ivana Bozděchová + Jaroslav Olša, jr. (편집)
    서울: 행복한책읽기 2011.
    김규진, 김동기, 이정인 번역

■시집

• Milan KUNDERA 밀란 쿤데라

독백
    xxx: 세시 1995.
    김규진 체코어 원문 번역
시인이 된다는 것
    xxx: 세시 1999.
    김규진 체코어 원문 번역

• Jaroslav SEIFERT 야로슬라브 세이페르트

Morový sloup (1973 /1977/)
프라하의 봄
    서울: 동광출판사 1984.
    양성우 번역

Odlévání zvonů (1967)
내가 이 땅에 남은 것은
    서울: 한국양서 1984.
    정성호 번역

■비소설

• Petr ČORNEJ — Jiří POKORNÝ 페트르 쪼르네이 – 이지 뽀코르니

간추린 체코 역사 이야기 (Dějiny českých zemí do roku 2004 ve zkratce)
　　xxx: 다해 2011.
　　서강대학교 HK 동유럽 연구 사업단 번역

• Julius FUČIK 율리우스 푸치크

Reportáž psaná na oprátce
교수대의 비망록 : 사회주의적 낙관성으로 지켜낸 인간 존엄의 기록
　　서울: 여름언덕 2012
　　김태경 번역

교수대로부터의 비망록
　　서울: 모티브 2003
　　박수헌 번역

• Milan KUNDERA 밀란 쿤데라

小說과 우리들의 時代 (Umění románu)
　　서울: 책세상 1990.
　　권오룡 번역

소설의 기술 (Umění románu)
　서울: 민음사 2008.
　서울: 책세상 1994, 2004.
　권오룡 번역

만남 (Une rencontre)
　서울: 민음사 2012.
　한용택 번역

커튼 (Rideau)
　서울: 민음사 2008. 2012
　박성창 번역

● Jan Milíč LOCHMAN 얀 밀리치 로흐만

사회주의와 기독교 : 체코교회의 경험
　서울: 나눔사 1999
　서울: 등불 1987

● Václav HAVEL 바츨라프 하벨

올가에게 보내는 편지 (Dopisy Olze)
　서울: 세계문학 1992.
　김규진 체코어 원문 번역

프라하의 여름 (Letní přemítání)
　　서울: 고려원 1994.
　　강장석 번역

• Ludvík NĚMEC 루드비크 네메츠

프라하의 아기 예수 (Pražské Jezulátko)
　　서울: 가톨릭출판사 1997, 2007.
　　김옥녀 번역

• Jaroslav OLŠA, jr. 야로슬라브 올샤, jr.

짐바브웨 현대미술전 (Modern Art of Zimbabwe)
　　서울: 한국국제교류재단 문화센터 2010.
　　하지은, 배수현 번역

• Jan "Eskymo" WELZL 얀 벨츨

황금의 땅, 북극에서 산 30년 (Třicet let na zlatém severu)
　　xxx: 천지인 2010.
　　이수영 번역

야로슬라브 올샤, jr. + 홍슬기 정리